LUCAS M. ARAUJO

o soneto do apocalipse

LUCAS M. ARAUJO

o soneto do apocalipse

INSÍGNIA

EDITOR: Felipe Colbert

PRIMEIRA REVISÃO: Beatriz Nascimento

SEGUNDA REVISÃO: Felipe Colbert

CAPA: Renata Vidal

DIAGRAMAÇÃO: Equipe Insígnia

ILUSTRAÇÃO DOS CAPÍTULOS: Designed by Freepik / rawpixel.com

Publicado por Insígnia Editorial
www.insigniaeditorial.com.br
Instagram: @insigniaeditorial
Facebook: facebook.com/insigniaeditorial
E-mail: contato@insigniaeditorial.com.br

Impresso no Brasil.

Dados Internacionais de Catalogação na Publicação (CIP)
(Câmara Brasileira do Livro, SP, Brasil)

Araujo, Lucas M.
O Soneto do Apocalipse / Lucas M. Araujo. --
São Paulo : Insígnia Editorial, 2023.

ISBN 978-65-84839-24-3

1. Aventuras 2. Drama 3. Ficção brasileira
I. Título.

23-165168 CDD-B869.3

Índices para catálogo sistemático:

1. Ficção : Literatura brasileira B869.3

Aline Graziele Benitez - Bibliotecária - CRB-1/3129

Os heróis do apocalipse do mundo real eram nove. Agora, somente oito.
Continue a sua jornada heroica onde quer que você esteja, Douglas Neves.

Aviso: Este livro contém violência gráfica e menções à nudez

Caro leitor,

Antes de começar a ler este livro, gostaríamos de informar que ele contém cenas de violência gráfica e menções a nudez. Talvez você considere essas descrições explícitas e perturbadoras, mas elas são usadas para desenvolver a trama e os personagens. Se você não se sente confortável com este tipo de conteúdo, sugerimos não continuar. Caso contrário, divirta-se!

Atenciosamente,
Equipe editorial

prefácio

Sempre admirei os autores que convidam alguma autoridade para escrever seus prefácios. E confesso que por um breve momento, me ocorreu de fazer o mesmo para *O Soneto do Apocalipse*. No entanto, depois de debater comigo mesmo o quão profundo gostaria de ir nas primeiras palavras deste projeto, não me restaram dúvidas. Este prefácio só podia ser escrito por mim e por mais ninguém. E você já vai entender o porquê.

A história do primeiro livro marcou um momento importante da minha vida adulta. Estava concluindo a faculdade de Sistemas de Informação, prestes a me tornar um profissional em uma área um tanto promissora. Tinha sonhos, muitos deles. Também tinha medos, ainda mais do que os sonhos. Mal eu sabia que estes medos não faziam jus ao que me esperaria nos anos seguintes. Anos estes que vieram na velocidade da luz. E, mais de uma vez, me atropelaram sem aviso prévio.

O Soneto do Apocalipse não é só um livro de ficção. Com certeza você pode lê-lo como tal e, se o fizer, espero que você tenha uma jornada incrível ao adentrar em uma camada muito mais profunda da infecção zumbi que começou em Palmas. Porém, se você der um passo para trás, você verá uma realidade maior que a ficção. A realidade de um estudante que se mudou de cidade para continuar os estudos, que se apaixonou mais de uma vez, que também teve seu coração partido mais de uma vez e que certamente partiu o coração de alguém. Uma realidade de descobertas, dúvidas sobre o futuro, arrependimentos sobre o passado e dores indescritíveis naquele presente.

Para este autor que vos fala, as palavras deste livro vão muito além de uma história imaginária.

Por vezes, *O Soneto do Apocalipse* é uma carta de amor.

Em outras, um pedido de socorro.

Um longo abraço de saudade.

Ou uma lágrima de aflição.

Dor.

Sentimentos e sensações reais que foram vividos em intensidades também reais. E que talvez, você aí do outro lado da página, também possa estar vivendo.

Não consigo mensurar o quão vulnerável estou sendo por publicar tais sentimentos em um livro. Tenho medos, muitos deles. Mas também tenho orgulho. Orgulho de mim e de cada herói do apocalipse que esteve ao meu lado, desde as páginas do primeiro livro e as primeiras aulas de algoritmo na faculdade da vida real.

E é apegado neste orgulho que gostaria de convidá-los para visitar Palmas (e um pedacinho do meu coração) outra vez.

prólogo

Em um futuro não muito distante...

— Não adianta mais ficarmos aqui, Leafarneo — disse Cris.

— Você dizendo isso... Era George quem gostava de me chamar assim.

— Todo mundo sempre te chamou de Leafarneo.

— É verdade. Você está certa, Cris. Talvez seja só mais um pretexto para me lembrar dele.

Cris olhou nos olhos de Leafarneo e percebeu que uma pequena lágrima teimava em se formar. Porém, ele foi firme e não a deixou escorrer. O luto não poderia ser eterno.

— Eles vão pagar por tudo o que fizeram. Tudo. — Cris cobriu os olhos, para evitar a luz do sol poente.

Era o terceiro dia consecutivo que eles assistiam ao pôr do sol naquele edifício imponente.

Três dias já era tempo demais.

— Ainda conseguiremos gravar hoje? — perguntou Cris.

— Acho que sim. Se não der, arrumamos outro cartão de memória.

— O que vai ser dessa vez? Já documentamos cada bizarrice...

— Agora vai ser diferente. Se alguém encontrar esta câmera...

— Que alguém? — interrompeu Leafarneo. — Não há mais ninguém, Cris. Ninguém que mereça ser salvo.

— Eu ainda tenho esperanças, Leafarneo. Já está gravando?

— Quase. Pode começar agora.

— Meu nome é Cris e eu sou uma sobrevivente do apocalipse. Atualmente, apenas Leafarneo, que está segurando a câmera e eu estamos vivos. Nossas famílias, amigos, governantes, policiais... todos estão mortos. As cidades estão desertas. Há escassez de água e comida. Se você encontrar essas filmagens, parabéns por estar vivo. Infelizmente, se estiver vendo isso, não estaremos aqui para ajudar. Estaremos mortos, mas pelo menos, podemos abrir seus olhos.

Cris respirou fundo e encarou a câmera.

— Não confie na ASMEC. Não confie nos seus amigos. Não confie em ninguém. Não há cura para essa maldita infecção. Ninguém pode parar o apocalipse.

parte 1

Sobreviventes detectados. Protocolo de Contenção: Nível 3 iniciado. Tempo estimado para aniquilação: 72h.

A voz de Nasha ecoou na Central da ASMEC.

— Droga, que protocolo é esse?

— Eu não faço ideia, acho que nossa posição aqui dentro não nos permite saber dessas coisas. Mas não parece nada bom — respondeu o técnico da ASMEC ao ouvir a voz de Nasha anunciando o início do terceiro nível do Protocolo de Contenção.

A localização de Nasha era incerta, mas os técnicos tinham acesso a dispositivos de entrada para estabelecer comunicação com o computador principal. A sala onde se encontravam era compacta e arredondada, com paredes escuras e repleta de monitores, que exibiam imagens das câmeras de segurança da sede. O destaque principal era o monitor central, muito maior que os demais, que mostrava um mapa do Brasil com dados sobre a propagação da infecção. Os dados eram atualizados constantemente conforme a ASMEC se comunicava com seus informantes espalhados pelo país. Já era possível ver novos focos de infecção em outras regiões, como Rio de Janeiro e Amapá, mas que ainda estavam sob controle.

Traves de segurança preparadas. Iniciando sequência de limpeza.

Uma pequena quantidade de gás foi liberada na sala pelo sistema de ventilação e as portas de vidro maciço se fecharam. Em poucos segundos, os monitores entraram em estado de espera.

— Que diabos é isso?

— Só pode ser brincadeira... Nasha está iniciando um processo de limpeza! Isso só deveria acontecer nas salas experimentais, não nas salas de comando. Vou entrar em contato com Sabatinni.

O técnico da ASMEC, um homem perto dos quarenta anos chamado Carlo, levantou-se e dirigiu-se à porta, tentando destravá-la usando os controles manuais. As luzes do corredor piscavam erraticamente. Será que todo o edifício estava em alerta? Não importava. O objetivo era sair dali o mais rápido possível e desativar a sequência de limpeza iniciada por Nasha na sala de comando.

Ao lado da porta, havia um pequeno painel eletrônico. Carlo abriu a tampa prateada e encontrou um teclado. Precisava digitar a senha que ativaria o controle manual de abertura das portas.

43786AX.

A porta não destravou. Tentou de novo:

4-3-7-8-6-A-X.

Mais uma vez, sem sucesso. O pequeno monitor exibiu a mensagem sobre um fundo avermelhado: "Permissão não concedida". Carlo bateu no painel, mas nada aconteceu. Suspirou e respirou fundo. A senha tinha que funcionar.

43786AX.

"Permissão não concedida."

— Droga! Estamos presos aqui — resmungou Carlo.

O outro técnico parecia tranquilo. Sem resposta. Sem desespero. Na verdade, estava mais do que tranquilo. Inerte.

Carlo desistiu de tentar e, ao olhar para trás, percebeu que já era tarde demais.

Os primeiros vestígios do gás começaram a invadir os pulmões de Carlo. Ele ainda tentou resistir, prendendo a respiração, mas seu corpo já estava condenado. O gás penetrou em seu organismo através da pele e até mesmo dos olhos, que logo ficaram paralisados. Suas pupilas se dilataram ao extremo e as pálpebras não respondiam mais aos seus comandos. Seus olhos se tornaram portas abertas para a morte; que, aos poucos, dominava todo o seu corpo. Não havia nada a fazer, exceto esperar que seu coração parasse de bater. Seus olhos, apesar de abertos, mal conseguiam enxergar. Tudo se tornou opaco e desprovido de vida, até mesmo os sons se tornaram mais baixos. Todas as sensações pareceram durar horas. Aos poucos, o cérebro cessou suas atividades. Em alguns minutos, ele se tornaria apenas mais um corpo inanimado, sem saber o motivo de sua morte prematura.

Nos últimos segundos de vida, Carlo rastejou até a porta. Sabatinni fez questão de verificar o andamento da limpeza. Carlo ainda se mexeu, mas sua consciência já havia partido. Eram apenas impulsos elétricos dando movimento aos seus músculos.

— Que diabos é esse nível 3, Saba? Eu pensei que tudo estava pronto para prosseguirmos — disse um homem ao se aproximar do doutor, ainda observando a morte de Carlo através da porta de vidro.

— Nível 3, nível 4, nível 10... não sei quantos são os níveis desse maldito Protocolo de Contenção do exército — respondeu o doutor, atordoado. — E que surpresa ver você por aqui. Pensei que ficaria em campo por mais tempo.

— Eu não queria ser o cara chato pra dizer "eu avisei", mas... eu disse para infiltrarmos alguém na porcaria do exército. Era óbvio que eles iriam intervir. Eu soube agora há pouco do nível 2...

— Não foram os nossos técnicos que impediram o nível 2 do protocolo. Os aviões perderam seus alvos e não destruíram a cidade e, graças a isso, a infecção ainda está se espalhando. E é assim que tem que ser. Logo chegará o momento que esperamos por anos. Nossa vitória será perfeita!

— Sabe o que eu acho interessante, doutor? Você sempre está preparado com seus discursos sobre o plano da ASMEC ser perfeito, que vamos mudar tudo e trazer paz à sociedade... mas, na verdade, você não passa de um falastrão. Sempre no seu jaleco impecavelmente branco... — Camargo tocou o bolso do jaleco enquanto proferia suas críticas. — Nem sai das instalações para fazer algo.

— Soldado Camargo, mais respe...

— Soldado? Então, agora sou um soldado? Bom saber — Camargo riu. — Todo mundo acha que você é o mandachuva de tudo isso daqui, mas você é só mais um dos idealizadores, assim como o meu pai, assim como um monte de gente. Ninguém aqui tá brincando de casinha não. Estamos aqui, há anos, pra tentar mudar o mundo. E é isso que faremos. Mas coloque uma coisa nessa sua cabeça de merda: nunca mais me chame de soldado.

— Eles deveriam ter sido mais firmes com você desde o início. Quem sabe assim, você entenderia melhor o significado da palavra respeito.

— Poupe-me do seu sermão, ou então me elimine de uma vez. Não é isso que você sempre quis? Que eu desaparecesse? Não é isso que você faz com quem atrapalha seus planos?

— Só te mantenho vivo por causa de Claus, tenha certeza disso. Por mim, seu corpo poderia ser despedaçado pelos infectados lá fora.

— A propósito, que criatividade a de vocês, hein? Essa ideia de infectados só pode ter sido sua!

— Na verdade, foi um efeito colateral ligeiramente inesperado.

— Vocês poderiam ter criado algo que matasse as pessoas, mas garantindo que elas continuassem mortas, né? – Camargo sorriu.

O doutor Saba concordou com a cabeça para evitar um confronto com Camargo. Ele já conhecia o temperamento daquele que era um dos membros mais condecorados da ASMEC.

Camargo sempre havia obtido sucesso em suas missões de campo, desde muito jovem. Com estatura acima da média e presença imponente, ele tinha um corpo atlético e vestia roupas que ressaltavam seus músculos; fosse por vaidade ou para deixar claro que tinha força suficiente para enfrentar seus adversários. Quem o visse na rua, pensaria que o homem era o candidato perfeito para estampar a capa de uma revista. Talvez a cicatriz no olho direito fosse um empecilho, mas nada que um bom editor de imagens não pudesse resolver — afinal, ter cicatrizes no mundo da moda parecia ser um crime. Era difícil vê-lo sem seu boné marrom, já desgastado e rasgado nas laterais. A pequena porção do cabelo que não ficava escondida contrastava com a pele clara e os olhos azuis. Com pose de galã e mais confiante do que qualquer um ali, Camargo se achava o melhor. E tinha bons motivos para tal.

Um silêncio desconfortável preencheu o ambiente. O olhar do doutor, no entanto, permaneceu frio como antes. Ele passou a ignorar a presença de Camargo e voltou os olhos para o corpo de Carlo, estendido no chão da sala de controle.

— Por que você precisou eliminar esses dois agentes mesmo?

— Eu não fiz nada. Nasha já está bem treinada em relação aos protocolos de segurança e nossa agenda está avançando. É hora de começar a eliminar os obstáculos antes de chegarmos ao nosso objetivo!

— Sempre sonhador... — Camargo suspirou. — É decepcionante ouvir esse discurso. Tenha cuidado com suas atitudes, Saba. E não deixe esse computador tomar decisões por você, pode ser perigoso. Não se esqueça de que você não é o favorito dos fundadores.

Saba olhou para seu relógio de pulso.

— Acho que alguém está atrasado para a reunião semanal de diretrizes, não é mesmo?

— Já estou indo, chefinho — Camargo saiu sorrindo. E resmungou, baixinho: — Otário.

Garoto petulante. Sempre foi. Não seria uma pena se ele fizesse uma missão com viagem só de ida.

O celular do doutor vibrou no bolso de seu jaleco e ele olhou meio desconfiado para a tela. Pelo número que estava aparecendo, sabia que era algo de seu interesse. Atendeu de pronto.

Doutor Sabatinni. Boa noite. Essa é uma mensagem restrita.

A inconfundível voz de Nasha. Ela estava em todos os lugares.

Saba continuou calado para ouvir a mensagem que acabava de chegar.

Uma voz rouca soou pelo dispositivo:

— Preciso de uma operação de remoção imediata. A segunda parte do plano foi concluída com sucesso. Repito: preciso de remoção... — a voz falhou por um breve período — ... transporte aéreo. — A mensagem foi finalizada.

— Nasha, quando esse pedido de resgate foi enviado? — perguntou Saba, ainda segurando o celular no ouvido.

Mensagem enviada há 43 minutos.

— Você consegue identificar o remetente? Com o chiado e as interrupções, ficou difícil de identificar. Pode ser que uma de nossas equipes de campo esteja em perigo.

Iniciando reconhecimento de voz. Padrão identificado. Grau de confiabilidade: 96%. Remetente da mensagem: Délia Albuquerque.

pesadelo

— Monstro?! Acorda, moço! — berrou Charles.

As únicas coisas que Monstro conseguiu mover foram suas pálpebras e elas ficaram abertas por um bom tempo. Monstro acordou perplexo e o susto foi seguido por uma longa respiração. Devia ser a primeira vez que seus pulmões ficavam tão cheios de ar. E que pele pálida era aquela? Parecia que tinha visto um fantasma!

Após alguns segundos, ele retomou o controle de seu corpo. Sentia que despertava de um longo pesadelo, um bem assustador. Suas pupilas estavam tão dilatadas que ele não conseguia nem reconhecer o rosto de Charles, que o encarava, esperando alguma reação.

— Tá de noite já, cara. Tu vai sair pra jantar alguma coisa?

— Jantar? Não tem o que com... ah!

Só então, ele olhou ao seu redor. Ele reconhecia o lugar.

Home sweet home.

— Onde estamos? O que está acontecendo?

Agora foi Charles quem ficou atordoado:

— Cara, acho que você tá em choque ainda. Tu deve ter tido um sonho muito doido mesmo!

Monstro olhou ao seu redor e tudo parecia normal em seu quarto. Até mesmo o som do vizinho ele podia escutar, tocando aquele brega terrível.

— Tu num faz ideia do que eu tava sonhando... Há quanto tempo eu tô dormindo, mesmo?

— Bom, tu chegou do Centro, deitou e morreu. Já são quase nove horas, vamos comer.

— Tu tá falando sério mesmo? Nada de mortos-vivos?

— Ih, tu tava usando droga lá no Centro? Para de preguiça, vamos levantar.

— Charles, Charles... Tu tava baleado. — Monstro franziu a testa. — E a ASMEC? *Oh, my God*, a ASMEC! E os mortos-vivos? A Torre da Paz?

Charles não entendia nada do que saía da boca de Monstro. Para ele, eram somente palavras soltas que se originaram nos profundos confins da mente alucinada de seu amigo.

— Véi, eu acho que tu fez foi bater a cabeça mesmo. Eu vou tomar um banho ali rapidão, porque eu tô vencido já. Vai pensando em algum lugar para o jantar.

Monstro viu Charles caminhar para longe sem dificuldade. Ele parecia... normal!

Algo não faz sentido. Foram dois dias inteiros de adrenalina. Como podem parecer tão reais? Tinha um doente no HGP, ele saiu matando as pessoas e elas começaram a voltar como mortos-vivos... E teve Délia e Claus... Será que eu tô ficando tão criativo assim?

Era difícil de acreditar. Ainda em choque por tudo que vivenciara dentro de sua mente, Monstro resolveu se levantar. Mas que sensação estranha! E aquela dormência absurda na coxa direita? Devia ter dormido de mau jeito de novo.

A dormência, então, se intensificou. Nada da perna responder aos seus comandos.

O jeito era ficar apalpando a perna para o sangue se restabelecer. Monstro puxou o lençol. Bem devagar, o tecido foi revelando o que existia ali. Ou melhor, o que não existia.

— Não, não, não, não, não! — ele gritou, ao perceber que havia tido sua perna direita amputada.

cidade fantasma

— Monstro, Monstro! Acorda! — gritou George.

Finalmente, ele despertou de seu sono profundo e, logo que abriu os olhos, não proferiu uma única palavra. Aos poucos, acordava de seu sonho, que talvez fosse mais feliz do que a realidade. Enquanto ainda abria os olhos, Monstro checou se sua perna direita estava inteira. E logo veio um longo suspiro ao confirmar que ela estava lá.

— Caramba, velho... faz tempo que estávamos tentando te acordar. Já estávamos preocupados contigo, pô — disse Charles.

— Então o apocalipse não era só um sonho, né? Para onde estamos indo? — perguntou.

— Estamos na estrada há umas três horas. E parece que vai ter uma puta chuva mais tarde. É bom acharmos um lugar para descansar, comer alguma coisa e resolver o que faremos de agora em diante — sugeriu Póka com os ombros baixos e a corcunda protuberante enquanto segurava o volante.

— Três horas? Não íamos passar em Porto Nacional logo depois de Palmas? Era pra termos chegado lá em menos de uma hora.

— Nós já passamos, Monstro. A cidade está abandonada pelos vivos e dominada pelos mortos.

— Mas... a mãe de George mora lá. E a irmã dele...

— Eu sei que elas estão vivas, em algum abrigo que o governo criou. Tenho certeza disso. — George abaixou a cabeça. — Elas sempre foram muito fortes, Monstro.

— Mas, George...

— Está tudo bem — interrompeu. Aquele sorriso era impagável. — Não precisa se preocupar comigo. Precisamos localizar os pais de vocês em outros lugares.

Charles interveio:

— Não podemos fazer nada. Meus pais moram em Guaraí e não chegaremos lá ainda hoje. Precisamos procurar ajuda, não dá mais pra enfrentar tudo por conta própria.

Ele tentou disfarçar os olhos marejados.

O silêncio tomou conta do carro outra vez. Monstro encostou a cabeça nos joelhos e deixou os pensamentos dominarem. Algo havia mudado dentro dele: mesmo se reconhecendo como ateu desde a adolescência, passou a pensar no divino e nas suas manhãs de domingo, acompanhando a mãe na igreja. Lá no fundo, parte dele queria que aquela divindade fosse real e que fizesse a roleta do tempo voltar dois dias, para que o mundo estivesse livre dos mortos-vivos, como outrora.

Sua linha de pensamento foi interrompida por Charles:

— George, tu sabe se trouxemos algum remédio pra dor de cabeça, lá da barreira?

— Acho que sim, Charles. Tá muito tenso?

— Tá um pouco...

— Relaxa. Assim que pararmos, vamos arrumar isso. Deve ter algo no porta-malas.

Charles respondeu com um sorriso singelo e fechou os olhos. Precisava dormir para sua maldita dor de cabeça passar até a próxima parada.

A viagem seguiu.

No outro carro, Felipe dormia como uma criança no banco da frente do conversível, estampando no rosto uma serenidade invejável. Se bem que tal serenidade podia ser só de fachada; pois a verdade era que Felipe nunca foi muito expressivo, nem com seus trejeitos, nem com sua face. Era como um totem, imutável e inatingível.

Emu seguiu firme no volante com a atenção dividida entre a estrada e os cenários que pipocaram em sua cabeça. Sua imaginação o levou para uma base intermunicipal, onde ele conseguia ajuda. Também imaginava o primeiro abraço que receberia de sua mãe, seguido do abraço de seu irmão caçula; o qual levantaria pelo quadril, antes de colocá-lo no colo. Esses cenários logo foram substituídos por outros não tão felizes, onde viu seus familiares mortos, devorados por zumbis ainda dentro de casa. Ao chacoalhar a cabeça, Emu conseguiu espantar os piores cenários por um tempo, mas eles insistiram em voltar antes mesmo da próxima placa de quilometragem, à beira da estrada.

No banco de trás, Thabs se entregou ao sono e dormiu com a cabeça apoiada na janela.

Já Leafarneo nem piscou durante a viagem; talvez em choque por causa dos últimos eventos ou talvez porque Cris dormiu em seu ombro e ele não queria perder um segundo daquilo. Sem perceber, deixou escapar um sorriso tímido e suas bochechas se avermelharam.

— Puta que pariu... Acho que tô quase ficando sem gasolina — resmungou Emu.

Felipe despertou naquele momento e viu que a luz do painel já estava acesa.

— Thabs, Cris. Tão vivas aí atrás? — perguntou ele.

— Mais ou menos, a Cris tá me babando todo aqui — resmungou Leafarneo.

— Babando o caramba! — Cris ainda mantinha os olhos fechados, mas já havia despertado.

— Thabs, Thabs, Thabs, Thabs, Thabs, Thabs...

— Já acordei, Cris! Para de ser chata.

— Já se olhou no espelho? — Cris chamou a atenção dela. — Tu tá com um vermelhão na testa.

— Deixa essa porcaria aqui. É que eu estava encostada no vidro.

— Tava beijando o vidro, né? Que carência...

— Carente é você aí dando em cima de Leafarneo, quase se jogando no colo dele!

Cris se afastou de Leafarneo e se forçou para não olhar para o lado. Por outro lado, Leafarneo encolheu o corpo para criar um espaço entre eles, mas lá no fundo, queria mesmo que o espaço não existisse.

— Temos que falar pro Póka parar antes que seja tarde demais — sugeriu Thabs.

Emu pisou firme no acelerador para ultrapassar o amigo.

— Urra, Emu tá com pressa, hein?! — disse Charles ao ver o outro carro cortando a pista.

Logo após a ultrapassagem, Emu continuou acelerando até tomar certa distância da Pajero. Em seguida, piscou as luzes traseiras.

— Esse povo quer parar mesmo pra quê? — indagou Monstro, mal-humorado. O pesadelo da perna arrancada ainda cutucava sua sanidade.

— Veremos, veremos... — Póka desacelerou o veículo.

Os dois carros pararam.

— Qual foi, mano? Quer caçar briga, é? — Póka saiu do carro.

— Que mané briga... Só se for por um pouco de gasolina — retrucou Emu.

— Como foi a viagem de vocês? — perguntou Monstro ao sair em seguida.

— Foi até boazinha — disse Emu.

— Boazinha? Para alguns foi muito boa, né, Cris? — implicou Thabs.

— Thabs, vai morrer, vai.

George foi o próximo a sair do carro e mal cumprimentou os amigos antes de seguir para o porta-malas, pois queria encontrar algo para ajudar Charles, que estava sendo atormentado por uma dor de cabeça lancinante. Não precisou procurar muito para encontrar uma caixa de primeiros-socorros, furtada da barreira da cidade. Entretanto, seus olhos foram capturados pela infinidade de armamentos que eles trouxeram e um turbilhão de imagens violentas passou em sua cabeça; desde as hordas de mortos-vivos a caminho do hospital até o ataque massivo na Praça dos Girassóis. As imagens vieram carregadas de culpa — afinal de contas, ele havia feito parte de um massacre contra os mortos, contra pessoas mortas. Eles tinham suas histórias, famílias, amigos; talvez um cachorro ou um gato...

Um gemido de dor vindo de dentro do carro trouxe George de volta à realidade. Charles. De imediato, o rapaz pegou um analgésico na caixa de primeiros socorros e levou até o amigo, que engoliu o comprimido só com a ajuda da saliva.

— George, como Charles tá? — perguntou Thabs.

— Ele tá com um pouco de dor de cabeça, mas já dei um analgésico pra ele. Logo, ele melhora.

— Tinha algum sal de fruta ou um Dramin nos primeiros-socorros? — perguntou.

— Nem sei, Thabs, mas deve ter alguma coisa sim. Tu tá se sentindo mal também?

— Acho que só estou um pouco enjoada da viagem. E sem nada no estômago, então nem tem o que colocar pra fora.

— Calma lá, bora resolver isso aí.

George e Thabs seguiram para a caixa de primeiros-socorros, mas não encontraram nada que parecesse útil contra o mal-estar dela. Apesar de relatar só um enjoo, Thabs parecia enfrentar algo diferente: a palidez de sua pele e as bolsas roxas embaixo dos olhos não condiziam com um mero mal-estar.

De mãos vazias, os dois voltaram ao grupo.

— Acho que logo vai chover, né? — Emu olhou para o céu e viu as nuvens ainda mais densas.

— E num vai ser pouco não... Vocês têm ideia de onde estamos? — perguntou Póka.

— Eu sei que deve fazer bem umas três ou quatro horas que estamos na estrada — disse Felipe.

— Precisamos dar o fora daqui o quanto antes e procurar um posto de gasolina. Eu não tô gostando nem um pouco dessas nuvens... E além da chuva, temos que comer, dormir um pouco e, uma hora, precisamos conversar sobre tudo isso que está acontecendo. Não dá pra ficar assim, vivendo no limite, sem traçar um plano — pontuou Cris.

— Gostei de ver. Toda heroína, fazendo planos — elogiou George, apoiando Thabs no ombro.

— Alguém lembra de ter visto um posto de gasolina no caminho? Eu estava muito ocupado...

— ... dormindo, né, Felipe? — provocou Emu.

— Engraçadinho — Felipe respondeu, franzindo a testa. — Alguém tem um mapa?

— Acho que não precisamos de um mapa e nem de um posto de gasolina, pelo menos para essa noite. Vocês também conseguem ver, lá no horizonte? — interveio Leafarneo, ao observar as construções à distância.

Todos voltaram para os carros de imediato. E logo que começaram a andar, o tempo fechou de vez e a chuva veio com tudo.

— Olha, lá na frente, Emu. Aquilo é uma placa de boas-vindas? — perguntou Felipe.

— É, sim... Pelo menos, é o que restou dela.

Não dava para ler se tinha mais alguma coisa no objeto. Se era uma placa de boas-vindas, havia uma cidade ali e só aquilo já bastava, no momento.

— Não vi ainda nenhum morto-vivo por aqui — disse George.

— Tá difícil pra ver... — Monstro passou a camiseta na janela para tentar enxergar algo do lado de fora. — Tem umas casas de porta aberta. E uma praça... tá vendo, George?

— É mesmo, uma praça... e uma igreja? Acho que podemos nos abrigar lá.

— Pode ser perigoso — Póka interveio. — Nem sabemos se a

infecção chegou aqui. Podemos estar entrando em um grande túmulo de mortos-vivos famintos.

— Podemos ficar, pelo menos até a chuva passar — George opinou.

Póka piscou as luzes dianteiras e Emu reduziu a velocidade. Em seguida, Póka acelerou e assumiu a liderança do comboio.

— Vamos para a igreja, então. Quem sabe encontramos alguma salvação lá, já que estamos na merda mesmo.

Os dois carros continuaram devagar, quando de repente...

— Para, Póka, para!

Havia uma pessoa na pista.

— Quem é aquele ali, no meio da rua?

Póka reduziu a velocidade e buzinou. O estranho ainda continuava de pé no finalzinho da rua, bem no caminho que terminaria próximo à igreja.

— Acho que ele não vai sair — reparou George.

— Deve ser só mais um zumbi escroto... e eu já tô cheio deles, muito cheio.

Póka partiu com tudo para cima do estranho, fazendo o carro derrapar na pista molhada. Os gritos abafados dentro do carro se misturaram e George abaixou a cabeça, apoiando-a entre os joelhos.

Póka estava determinado a ir até o fim.

E ninguém poderia impedi-lo.

— Póka, para, não faz isso... Póka!

O grito de George ecoou até ser abafado pelo impacto iminente.

protocolo de contenção: nível 3

Camargo se inquietou ao ver Saba adentrar o auditório da Central da ASMEC, já que não era costumeiro que ele participasse da reunião de diretrizes semanais. Assim que entrou, o doutor subiu em uma espécie de palanque e todos se calaram para ouvi-lo.

— Nasha, por favor.

A operação iniciada sob o comando da doutora Rosângela já está tomando proporções catastróficas.

Uma comemoração generalizada tomou conta do auditório e só cessou mediante o próximo anúncio de Nasha:

O nível 3 do Protocolo de Contenção, intitulado de Aniquilação, entrará em vigor em 26h.

Enquanto Nasha falava, um grande telão com mais de 150 polegadas, que se encontrava atrás do doutor Sabatinni, apresentava imagens em alta definição, repassadas a todos.

Um grande burburinho tomou conta do local.

— Se no primeiro nível, o exército isolou a cidade e no segundo, tentaram explodi-la com os aviões teleguiados, o que vai acontecer nesse nível 3? — perguntou um dos presentes.

— Soldados do exército irão adentrar à *Bolha*. Essa região é uma área circular, que tem Palmas como centro e possui um raio de 245 quilômetros a partir de seus limites geográficos. Esse é o perímetro de ação. Os soldados estarão equipados com munição de alto poder destrutivo e bombas termobáricas. Todos os focos de infecção serão eliminados. Todos! — explicou Saba.

— Isso não colocará toda a nossa operação em risco? A infecção precisa continuar...

— Exatamente — retrucou Saba. — E não é só isso. Eles devem enviar aviões controlados por seres humanos para fazer o trabalho sujo. A cidade de Palmas não vai resistir. Anotem minhas palavras.

— Já não despistamos esses aviões uma vez? Acho que podemos despistá-los de novo.

— É aí que você se engana, meu jovem agente — respondeu Saba, com sutileza na voz. — Não fomos nós que desativamos os aviões do

Protocolo de Contenção que iam destruir a cidade. Mas não se preocupem, já estamos trabalhando para identificar se existe alguém que possa nos comprometer.

— Tá... Ô, velhinho, por que que você chamou toda essa multidão pra ficar nesse aperto então?

Estava demorando para Camargo se manifestar com mais uma de suas gracinhas fora de hora. Saba fechou os olhos. Sabia que não era uma boa hora para perder a paciência ou se estressar com as infantilidades de Camargo — até porque ele era um elemento importante para seu plano.

— Eu os chamei aqui porque temos muito trabalho pela frente. Enquanto estudamos uma forma de parar o terceiro nível do Protocolo de Contenção, precisamos finalizar a fase 2 do nosso plano: a cura. E para isso, precisamos de Délia.

— Resgatar pessoas... É tão mais interessante matá-las — sussurrou Camargo. — Por ser o mais qualificado entre todos aqui, você quer que eu me encarregue desse resgate, é isso?

— Hum — resmungou um dos agentes presentes no auditório.

Aquele *hum* não agradou a Camargo, que levantou e olhou para os lados, em busca de quem o zombava na frente dos demais. Não foi difícil encontrá-lo. Sem pestanejar, caminhou até ele, livrando-se de quem estava pela frente.

— O que você acabou de dizer, meu jovem?

O agente permaneceu calado.

— Qual seu nome, agente?

O outro ainda ficou sem ação.

— Eu posso fazer você responder rapidinho...

Camargo puxou um revólver de sua bota e o apontou para o rapaz.

— Ficou mais fácil responder agora?

Todos se espantaram.

— Mais uma vez: qual seu nome mesmo, agente? — Camargo insistiu, engatilhando a arma na altura do pescoço do agente.

— Você acha mesmo que isso funciona comigo? — indagou ele, se levantando e olhando para Camargo. Em seguida, o agente segurou no cano do revólver e o apontou para sua própria testa. Seus olhos, em momento algum, se desviaram do frio semblante de quem o desafiava com tanta audácia. Assim, foi o jovem psicopata que ficou sem ação diante da coragem do agente, que não parecia nem um pouco amedrontado.

Após segundos de tensão, uma gota de suor se formou na testa de Camargo. Os outros agentes mal respiravam.

Ele, então, puxou o gatilho!

A gota de suor chegou ao chão, ao som de exclamações de terror por parte dos cientistas presentes no auditório.

— Sorte a sua. Eu o quero comigo — disse ao ver que o pente estava vazio.

O corajoso agente que desafiou Camargo se sentou como se nada tivesse acontecido.

— O que faremos nessa missão tão peculiar? — perguntou ele. Camargo nem piscou, encarando-o.

— Vocês devem encontrar Délia e trazê-la com segurança para esta unidade. Em menos de vinte e seis horas, a sua equipe precisa sair dos limites da Bolha. Esse é o tempo que vocês têm para sair em segurança.

— Então você vai me mandar para o epicentro do apocalipse? Ótimo! — esbravejou Camargo.

— E quanto aos outros focos de infecção? — Um questionamento veio do meio da multidão.

— Todos os focos de infecção serão estudados para garantirmos sua expansão em tempo hábil — uma outra voz respondeu.

— Camargo, quem fará parte da sua equipe de resgate? — perguntou Saba.

— Eu quero o jovem sem nome. Também levarei Jade e Nestor comigo.

Os dois agentes se entreolharam.

— Por mim, tudo bem. É só você não ficar no meu caminho — respondeu Jade, olhando para Camargo.

Ele sorriu.

Equipe do nível 3 do Protocolo de Contenção confirmada: Camargo, Jade, Nestor e Erick.

— Então ele se chama Erick. Bom saber! — retrucou Camargo assim que ouviu o comunicado de Nasha.

— Vocês partem em duas horas pelo portão K. Cuidem de seus armamentos. O helicóptero partirá logo. E boa sorte. Quem sabe, eu ainda veja algum de vocês vivo, depois de tudo isso.

— Pode apostar que sim, Saba — afirmou Nestor.

O doutor se retirou da sala e, aos poucos, sua audiência retornou aos seus afazeres enquanto Camargo e sua equipe se dirigiram para a sala de armamentos especiais.

— Vocês têm ideia de que vamos nos meter no meio de um monte de mortos-vivos? — Ele estava terminando de pegar os últimos cartuchos de munição quando tentou puxar conversa.

Jade olhou para ele, porém o ignorou. Os demais, nem se deram o trabalho de olhar.

— Já vi que essa não vai ser a melhor missão da minha vida — provocou Camargo. — Vamos fazer um voto de silêncio então e orar pela graça divina?

— Guarde a sua falta de humanidade para você e não zombe da fé dos outros — retrucou Jade.

— Não dê conversa pra ele, Jade. Ele não merece sequer uma palavra sua.

— Mas Erick...

— Mas nada. O prazo tá apertado.

Uma equipe auxiliar de suporte terrestre irá acompanhá-los.

O comunicado de Nasha soou na sala de armamentos.

— Nasha sempre me traz péssimas notícias. Mais crianças para eu tomar conta... — reclamou Camargo.

Equipe de suporte terrestre em transporte. Vocês irão encontrá-los quando chegarem no seu destino.

Minutos depois, os quatro estavam preparados no pátio do portão K.

— Camargo, tenho algo para você — disse Sabatinni, adentrando o pátio. — Aqui tem um relógio com o tempo previsto para que o nível 3 do protocolo seja iniciado. Nem o rastro de vocês pode estar lá nesse momento. Temos menos tempo do que esperávamos.

Tempo para aniquilação
26H 12M 14S

Saba se aproximou ainda mais do soldado para poder falar algo baixinho, só para que ele ouvisse:

— E mais uma coisa: não tente encontrar o seu pai. —A respiração ofegante do homem esquentou a orelha de Camargo. — Claus está morto.

a primeira fúria de charles

O homem no meio da estrada percebeu que o carro não pararia. E foi então que ele decidiu correr.

Entretanto, ele não correu para fora da pista e se pôs a correr de encontro ao carro.

— Para, Póka! Você tá louco? — gritou Charles, desesperado, no banco de trás.

Monstro se abaixou e cobriu a cabeça, já esperando o pior.

Quando viu o estranho correndo, George se jogou no volante para tirar o carro da estrada. Póka tentou impedi-lo, mas ele foi mais forte e conseguiu virar o volante de uma vez. No embate, Póka acabou pisando fundo no freio e soltou o acelerador. O impacto foi inevitável: com o movimento de George, o carro bateu no portão de uma residência.

Os sobreviventes do outro carro assistiram, atônitos, à tentativa de atropelamento e o estranho homem parou no meio da pista por um instante.

— Um morto-vivo jamais faria o que esse cara acabou de fazer. Precisamos ir atrás dele! — disse Leafarneo, saindo do carro em seguida.

Ao perceber que alguém ia em sua direção, o estranho correu em disparada até sumir na esquina adiante. Cris também saiu do carro para checar se todos estavam bem.

— Charles, George... Charles, me responde! — gritou, pela janela.

— Abre essa porra aqui! — ordenou Charles, se esforçando para sair do veículo.

— Graças a Deus que você tá bem! — ela falou.

Charles foi o primeiro a abandonar o carro. Tinha um pequeno corte na testa, mas fora isso, parecia estar inteiro. Ele esticou os braços para analisar o estrago. Nada demais. O corte na testa seria seu maior incômodo.

Póka e George estavam tonteados. O susto, porém, foi maior do que as reais consequências da batida.

— O que diabos aconteceu nesse carro? — indagou Cris, apoiando-se na janela do motorista.

— Você num viu um estranho parado no meio da rua?

— Eu vi, Póka. Mas por que você tava indo tão rápido? Você ia acertar o cara daquele jeito!

— Ele era um morto-vivo de merda! — retrucou Póka.

— Sério que você achou que era um morto-vivo e por isso resolveu arriscar a vida de todo mundo? Não tem como sabermos, seu inconsequente! — Cris arregalou os olhos. E ela bem que tentou segurar, mas sua mão foi mais rápida e voou nas costas do amigo com força. — Vamos sair daqui. A chuva tá muito forte e eu tenho medo do carro explodir, igual nos filmes. Então, *vamo, vamo, vamo* saindo!

— Num precisa me bater não, já entendi! — Póka fez uma careta.

Ainda tonto por causa do impacto, ele abriu a porta do carro e saiu. George, com mais escoriações que Póka, saiu pelo buraco da janela estilhaçada durante o impacto.

Fazia tempo que eles não viam Cris sendo durona daquele jeito, mas todos eles, em algum momento da faculdade, já tinham recebido os sermões dela. Para Póka, o momento tinha vindo quando ele ficou prestes a reprovar na disciplina de Algoritmos e quis desistir do curso. Para George, o sermão de Cris tinha vindo em um momento oportuno, quando ele estava ignorando a faculdade por conta de seu primeiro trabalho remunerado. Em ocasiões especiais, os sermões eram acompanhados de tapas e puxões de orelha.

Póka tinha acabado de desbloquear uma daquelas ocasiões especiais.

— Tá tudo bem aí fora? — perguntou Monstro, ainda abaixado e com as mãos sobre a cabeça. Naquele momento, todos já tinham saído, menos ele.

— Tá sim, seu besta. Vamos logo para a igreja, ao menos até essa chuva passar — orientou George, segurando a mão de Monstro para ajudá-lo a se levantar.

Emu piscou o farol quando viu o grupo caminhando e Cris olhou para trás, em seguida fez o sinal de legal com a mão. Ao ver que tudo não tinha passado de um baita susto, Emu dirigiu devagarinho, acompanhando-os.

— Pera, cadê Leafarneo? Ele saiu correndo atrás do estranho que apareceu na rua... — lembrou Felipe.

— Olha lá ele! — Thabs enxergou Leafarneo, todo encharcado e sozinho.

O grupo não precisou andar muito para chegar até a igreja, que ficava no centro de uma minúscula praça. Encharcados, sequer se preocuparam com as poças de água que encontraram pelo caminho. Ao lado esquerdo da igreja, encontraram resquícios de uma barraquinha de palha, destruída pela ventania.

Emu foi com o carro até onde conseguiu, mas teve que descer com Felipe e Thabs no meio da chuva para encontrar os outros. Leafarneo era o único que ainda não tinha chegado.

A igreja estava com a porta de entrada encostada, sem cadeado ou qualquer tranca, portanto conseguiram entrar com facilidade. Os bancos tinham sido carregados para outro lugar e restaram somente três, porém as pinturas nas paredes ainda traziam uma harmonia ao ambiente. Atrás do altar, havia um vitral com uma imagem de Jesus na manjedoura e uma estrela no céu, brilhando mais que as outras.

— Porra, o desgraçado corre muito! — disse Leafarneo ao entrar na igreja, esbaforido.

— Gente, que homem era aquele? — Thabs perguntou.

— Ele apareceu do nada no meio da rua e correu em direção ao carro, como se quisesse se matar — pontuou Monstro.

— Ou então ele queria só assustar vocês, mesmo. Para roubar alguma coisa, sei lá — disse Cris.

Enquanto a discussão sobre o estranho era o centro das atenções, Póka se sentou no último banco da igreja, sozinho. Ao ver seus amigos falando do que acabara de acontecer, sentiu-se culpado. Suas pernas balançavam sem parar, os olhos estavam mais vermelhos do que o normal e a respiração entrou em descompasso, como se o ar não fosse suficiente para seus pulmões.

Charles percebeu o afastamento dele e deixou o grupo para ir atrás de seu amigo. Opção A: Póka só estava preocupado e queria saber o que estava acontecendo. Opção B: era hora de oferecer um abraço amigo e dizer que tudo ia ficar bem. Charles, entretanto, escolheu a opção C. E quando chegou perto, segurou firme na gola da camisa de Póka com uma força descomunal, puxando o garoto para bem perto:

— Olha aqui: vê se num põe mais ninguém em risco desse jeito, seu louco!

Póka ficou calado e todos olharam assustados.

— Solta ele, Charles. Sabemos que ele não fez por mal — disse George, tentando amenizar a situação.

— Não fez por mal, mas podia ter feito o mal.

Charles soltou a gola da camisa, ao passo que Póka respirou fundo e abaixou a cabeça, sentindo-se mais que culpado. Estava arrependido do que fez. Por mais que a intenção fosse boa, lá no fundo todos concordavam que Póka não tinha agido corretamente.

O conflito, no entanto, logo se dissipou.

— O que vamos fazer agora, galera? — perguntou Felipe.

— Você é o cara das soluções, meu velho. Se *você* não sabe, a gente tá na merda — George respondeu.

Enquanto isso, Emu e Monstro conversavam baixinho ao canto:

— Eu tô preocupado, Monstro. O que você acha que aconteceu com as pessoas que conhecemos?

— Emu, acredite: não é só você que está preocupado.

— Ah, sei lá... tenho a impressão de que vocês não ligam. Nossos pais podem estar mortos...

— Não ligamos? Ok, vamos começar a pensar que nossos pais estão mortos. E depois? Isso vai adiantar de alguma coisa?

Emu permaneceu calado.

— Eu prefiro mil vezes pensar que eles estão vivos, que estão bem e que, assim como nós, foram corajosos e conseguiram ajuda a tempo. Por sorte, eles moram em outro estado, longe daqui.

— Fale por você! Seus pais estão lá no Maranhão, mas minha família mora muito perto de Palmas. Assim como essa cidade está abandonada, a cidade dos meus pais também... E meu irmãozinho tá no meio disso tudo.

— Emu, pode parar agora com esse pessimismo barato. — Leafarneo interrompeu-os, torcendo a camisa. — Eu não sei se vocês querem ficar escanteados e encharcados, mas eu não quero ficar mais nem um minuto com essa roupa molhada. Já basta passar por tudo que estamos passando, ficar gripado ia ser muito paia.

— Toda igreja costuma ter aquelas salinhas na parte de trás com roupas de padre. Será que temos chance de encontrar algo por lá, ao menos para amenizar um pouco do frio? — sugeriu Cris, ao ouvir Leafarneo.

— É uma boa sugestão. Mas ainda assim, estamos desarmados aqui...

— Rapaz, fale por você — interrompeu Felipe, mostrando a todos um revólver preso na cintura.

O grupo se dirigiu para as dependências da igreja, com Felipe liderando o bando. Não tardou para que encontrassem um interruptor.

— Puta que pariu, caralho!... luz, luz! — exclamou Emu.

— *Oh, my God* — Monstro logo deixou o sorrisão surgir.

O espaço era pequeno, mas o suficiente para abrigar um armário com hóstias, bolachas água e sal e um estoque de garrafas de vinho. Os jovens também encontraram lençóis, mas não havia nenhuma roupa que pudessem usar. Entre conversas aleatórias e pequenos abraços de celebração, o grupo voltou ao salão principal da igreja, mas não sem antes carregar o máximo de vinho que conseguiram.

E por lá, se embebedaram pela próxima hora, até os primeiros sinais de excesso surgirem.

— Thabs, você já bebeu muito. Melhor parar com isso... — Cris se mostrou preocupada.

— Eu acho que bebi muito mesmo, tô sentindo meu estômago mexendo...

— Era só o que faltava: ressaca em pleno apocalipse! — resmungou Póka.

— Olha só quem fala! Você tava morrendo de vomitar lá no mercado.

— Então, galera... Eu sei que tá muito interessante ficar ouvindo vocês conversarem sobre quem vomitou, quem fica de ressaca e tal, mas precisamos dar um jeito nas nossas vidas — Felipe interrompeu.

— Que vidas? Você ainda não percebeu que agora só nos resta esperar a morte? — indagou Emu.

— Calma, meu velho... também não é assim — George interveio. — Ainda podemos encontrar alguém nessa cidade. Aqui tem energia, pelo menos. E o estranho, o que significa que há mais pessoas resistindo, assim como nós.

— Alguém testou se aqui tem sinal de celular? — indagou Charles.

— Com certeza! — respondeu Leafarneo.

— Tem sinal, Leafarneo?

— Não, com certeza eu já verifiquei. Não temos sinal.

— Ah, droga... — Charles resmungou, por fim.

— Eu tô preocupado com os meus pais — choramingou Thabs.

— Eles também devem estar preocupados com você — Cris se aproximou e lhe deu um abraço apertado.

— Não podemos ficar nessa igreja para sempre. Precisamos de um novo carro agora, já que Póka...

— Charles, não precisa dessa provocação barata...

George se aproximou do amigo e sussurrou no ouvido dele:

— Melhor não provocá-lo. Tá acontecendo alguma coisa pra você andar nervoso desse jeito?

George só recebeu um profundo silêncio como resposta.

— Deixa ele pra lá, George — aconselhou Monstro.

— Charles tá estranho... Não é de agora que eu tô vendo isso, Monstro — respondeu George.

— Talvez seja só fome mesmo. E o estresse. E fome de novo.

— Ai, que vontade de comer um sanduíche do Giga! — Felipe já estava com os olhos brilhando. — Com molho de ervas e tomar uma Pepsi gelada...

O sanduíche do Giga era sagrado nos fins de semana — e até mesmo durante os dias úteis, quando as aulas não terminavam tarde.

— Vamos parar de sonhar, que tal? Podemos procurar algum supermercado — sugeriu Cris.

— E mais uma vez, estamos numa praça. Não tenho boas recordações disso... — disse Leafarneo.

— A diferença é que agora estamos protegidos. Relaxa, cara. — Felipe mostrou a arma outra vez.

O grupo deixou a igreja e notou que a chuva tinha enfraquecido. Contudo, os clarões dos relâmpagos ainda se faziam presentes e, pelo visto, não iriam terminar tão cedo. Nenhum sinal de vida podia ser detectado. Nenhum sinal de morte podia ser detectado.

— Eu não tenho dúvida de que essa doença escrota já chegou por aqui — disse Emu.

— Verdade. Não é normal essa cidade estar assim, tão abandonada.

— Pois é, Thabs. Pode ser que os moradores tenham fugido a tempo, assim que as notícias saíram...

— Eu não quero te cortar, Felipe, mas preciso que você fique bem quietinho agora. Todos vocês — pediu George, concentrando-se em um ponto distante. — Tem um possível morto-vivo lá do outro lado da praça.

— As nossas armas estão no carro — enfatizou Emu.

— Tudo bem. Primeiro as armas, depois o supermercado. Silêncio absoluto, ok? — sugeriu George.

— Eu não acredito que passaremos por isso de novo... — reclamou Monstro.

Os sobreviventes chegaram ao carro estacionado próximo à igreja e se armaram; em seguida, a caminhada silenciosa continuou. Não demorou para que chegassem a uma rua estreita e cercada de árvores secas, que ficava ao lado da pracinha. Havia carros abandonados ao longo da rua, alguns com as portas abertas.

Naquele momento, George confirmou sua suspeita: havia um morto-vivo caminhando ali perto.

Um arrepio percorreu a espinha de Thabs. Em seus pensamentos, se viu cercada de mortos-vivos, assim como na universidade. Naquele instante, se deu conta de que parte de suas memórias eram falhas e que sua mente a protegia de um sofrimento inimaginável. Também se deu conta de que não conversou sobre o que viveu dentro do contêiner com nenhum de seus amigos.

Respirou fundo e esperou aquela sensação ruim passar. Pensou em seus gatos, em Cris e respirou fundo mais uma vez. Precisava continuar. Não podia ficar travada por causa de uma maldita memória em frangalhos.

George e Leafarneo foram para o outro lado da rua, a fim de investigar se novas ameaças estavam próximas. Entretanto, tudo parecia tranquilo e o morto-vivo do outro lado da praça ainda não tinha notado a presença deles.

— Agora não tem mais por que andar nesse silêncio todo — disse Cris, ao tomarem uma distância segura do morto-vivo.

— Nunca se sabe, Cris. Olha todas essas casas... imagina quantas pessoas moravam aqui — reparou Felipe. — Dá até pra imaginar a agonia. Os mortos-vivos entrando e estripando todo mundo...

— Para com isso, velho. Eu tô enjoada só de imaginar — reclamou Thabs.

— Pense na agonia das mães tentando proteger os filhos... Ai, deve ter sido um caos só.

— Para! Não tá vendo que a garota tá enjoada? Chegou de brincadeira, chegou! — resmungou Charles.

Monstro avistou uma mercearia. Não era um supermercado como

o Hiper M, mas era o que tinham à disposição. Emu se juntou a ele para fazer uma varredura rápida enquanto os outros esperaram na entrada. George e Leafarneo se destacaram do resto do grupo, em busca de um novo carro para o comboio de fuga.

— Cris, me espera. Eu tô meio tonta... — pediu Thabs, ficando para trás.

— Ninguém mandou encher o rabo de vinho — Cris a repreendeu, mas parou para esperá-la. Thabs, porém, não tinha mais forças para caminhar.

— Me ajuda, Cris. Me...

— Thabs! — gritou Cris, ao vê-la caindo no chão, já desfalecida.

o estranho

Póka, Charles e Felipe saíram correndo para ajudar Thabs. Monstro e Emu já estavam próximos à mercearia, portanto não conseguiram ver o que tinha acontecido e só escutaram o grito de desespero de Cris. Eles não foram os únicos: Leafarneo e George, também preocupados, começaram a ir em direção à ruiva.

— *Oh, God!* Corre daí, Cris! — gritou Monstro ao perceber um morto-vivo se aproximando.

De longe, Felipe atirou na cabeça da criatura, fazendo-a em pedaços. Aquele, no entanto, foi só o primeiro de muitos mortos-vivos atraídos pelo som do tiro. A sorte era que ainda estavam longe. Mesmo assim, não havia tempo para fugir e, muito menos, munição para derrubar todos. Não dava para repetir a matança da Praça dos Girassóis.

— Cris, não tem como sairmos daqui — sussurrou Thabs, zonza após o desmaio.

— Quieta! Não dê nenhum pio, ok? Felipe é bom com armas, ele vai conseguir nos tirar dessa.

— Se ele atirar, ele morre. São muitos deles, não vai ter como derrubar todos...

— Nesse caso, precisamos rezar pra eles não chegarem aqui.

— Rezar?

— Rezar, torcer, ter esperança... O que funcionar pra você.

Cris e Thabs se agacharam atrás de um carro.

A multidão de zumbis tomou toda a rua em poucos minutos. A troca de olhares passou a ser intensa entre os sobreviventes. Naquele momento, não podiam fazer nada e ficar em seus esconderijos era a melhor saída. Não havia tempo para fugir, não sem danos colaterais.

— Leafarneo, é melhor pararmos.

— Por que, George?

— Olha lá, a Thabs já acordou. Não seremos de grande ajuda nessas condições. Vamos nos esconder.

Eles entraram em um dos carros que estava aberto e permaneceram ali, em silêncio absoluto.

Uma moça se aproximou. Uma moça morta.

Provavelmente, nem poderia mais ser chamada de moça: tinha se tornado um zumbi, um monstro sedento e faminto que parecia ter sentido a presença dos garotos dentro do carro. Ou talvez ela só estivesse desorientada. De qualquer maneira, ela parou ali pertinho e encostou a cabeça no vidro da janela traseira, deixando George e Leafarneo acuados.

A morta-viva de longos cabelos castanhos parecia já ter seus quarenta ou cinquenta anos de idade. Poderia até estar inteira antes da infecção, mas àquela altura, até seu queixo já tinha ido embora, devorado por quem a transformou. Enquanto ela esfregava o rosto no vidro, pequenos pedaços de carne se desprendiam de suas bochechas necrosadas e, junto à carne, escorria um pouco de sangue e também uma secreção purulenta. Mas não bastava só esfregar o rosto no vidro, a morta-viva tinha também que lambê-lo; assim, vez ou outra, os pequenos pedaços de carne com pus acabavam sendo atingidos pela língua inquieta.

George não conseguia nem olhar. Preferiu abaixar a cabeça, fechar os olhos e esperar até que ela fosse embora. E a morta-viva só foi quando percebeu Cris e Thabs, escondidas ao seu alcance.

Enquanto isso, Emu e Monstro entraram na mercearia e fecharam as portas de vidro. De repente, Emu avistou um vulto perto da prateleira dos enlatados e parou de andar na mesma hora, não mexendo sequer a sobrancelha. Monstro espiou entre as prateleiras para procurar o vulto, mas não viu nada. O mercado parecia não ter sido invadido e, pelo visto, tudo estava em perfeita ordem: não havia nenhum vidro quebrado, nenhum pacote de comida aberto, nem jogado pelo chão... Mas por que a porta estava aberta se não tinha ninguém lá dentro? Por mais que tentasse, Emu não conseguia controlar o descompasso de sua respiração.

Monstro tentou espiar pela segunda vez. Estava escuro e suas pupilas se dilataram ao máximo quando ele fez todo o esforço do mundo para conseguir ver naquele breu. De repente, uma face surgiu do outro lado da prateleira, olhando diretamente nos olhos dele. O grito foi instantâneo.

Do lado de fora, Póka, Charles e Felipe permaneciam escondidos atrás dos carros, perto de Cris e Thabs, que estava nos braços da amiga enquanto recuperava a consciência. Em torno deles, havia uma legião de mortos-vivos. Para o grupo, era impossível não se lembrar dos acontecimentos da Praça dos Girassóis.

— Thabs, você tá muito quente!

— Eu sei, Cris. Acho que aquele vinho não me fez muito bem...

— Você não deveria ter bebido tanto. Você tá sentindo mais alguma coisa?

— Não sei dizer... Parece que meu estômago tá se desfazendo dentro de mim.

— Caramba, não fala isso! Deve ser só a febre falando por você.

As duas conversavam baixinho, mas não o suficiente.

— Cara, vai dar merda! Olha uma indo em direção às meninas! — gritou Póka, saindo do esconderijo.

Em questão de segundos, a ex-moça sem queixo chegou até elas. Cris largou Thabs, então, puxou uma pistola de sua cintura e atirou... Pena que sua arma não estava engatilhada: por mais que ela tentasse, não conseguia deixar a arma preparada para o tiro. As duas estariam perdidas se não fosse por Póka, que explodiu a morta-viva com um tiro na nuca. Ele relaxou por apenas um milésimo de segundo, nutrindo um certo orgulho pelo assassinato que acabara de cometer, mas seu reinado foi interrompido de súbito quando um morto-vivo agarrou sua perna.

Cris quase gritou pelo nome do amigo, mas tapou a boca para não causar ainda mais alarde, ao passo que Felipe e Charles correram para ajudá-lo.

Mortos-vivos começaram a chegar por todos os lados.

Cris conseguiu engatilhar a arma e atirou. O morto-vivo que agarrou a perna de Póka já não se movia após o disparo e o rapaz estava a salvo — ou melhor, estava vivo, já que sangue escorria pela perna dele, formando uma poça vermelha no asfalto.

Felipe passou o braço de Póka em seu pescoço e Cris passou o braço de Thabs no dela. Os quatro se puseram a caminhar em direção à mercearia, com Charles na retaguarda dos quatro para protegê-los de quem quer que se aproximasse. Assim que chegaram, ele arregaçou as portas. Primeiro, as duas meninas entraram. Em seguida, seria a vez de Felipe entrar com Póka; mas Charles tinha planos diferentes.

— Me dê isso! — gritou Charles, empurrando Felipe para dentro da mercearia e pegando o revólver de sua cintura. Em seguida, fechou as portas pelo lado de fora.

— Você perdeu a cabeça, seu louco? Vamos morrer aqui! — exclamou Póka.

— Não, Póka, não perdi a cabeça. Você é que vai perder a sua!

Charles se abaixou e segurou na perna machucada do garoto, que soltou um grito apavorante de dor.

— Isso aqui é uma mordida! Tá vendo? Uma maldita mordida de zumbi. E eu não vou morrer por sua causa. É só uma questão de tempo até você se transformar!

Charles não se contentou em somente esbravejar com Póka e fincou os dedos na mordida presente atrás da panturrilha esquerda de seu amigo. Como se não bastasse, também pressionou o revólver contra a testa do outro, que ficou paralisado de dor e medo. E ainda não satisfeito, Charles mexeu os dedos dentro do machucado.

— Eu posso te livrar do sofrimento. Vai ser melhor pra todo mundo — disse Charles sorrindo, seus olhos tomados por veias afloradas. Ele estava tão atordoado pelo ódio que nem percebeu quando o estranho homem surgiu, de dentro da mercearia.

— Larga a arma ou você também morre!

O estranho de outrora abordou os dois e apontou uma faca contra o pescoço de Charles.

antes do amanhecer

Camargo foi o primeiro a descer do helicóptero depois de algumas horas de voo — horas que foram marcadas por três palavras na sua cabeça: *Claus está morto*. Mesmo sem querer acreditar em Saba, a possibilidade de não ver mais seu pai assombrou-o mais do que ele esperava. De qualquer maneira, ele tinha uma missão para liderar e era hora de esquecer aquelas três malditas palavras, por enquanto. Precisava resgatar Délia em segurança — só assim, a ASMEC poderia completar seu ambicioso plano. E nada seria melhor para Camargo do que torrar a paciência de sua equipe, para manter a mente tranquila.

— Por que você ainda está usando isso, Erick? — questionou, vendo o rapaz de óculos escuros em plena madrugada. — É pra não precisar olhar diretamente nos meus olhos?

— Eu já disse que não tenho um pingo de medo de você... Ca-mar-go — Erick se aproximou para intimidá-lo. — Só estava de óculos para meus olhos não ficarem irritados com as luzes do helicóptero.

Jade percebeu logo que o clima ia ficar feio. Encarou Camargo com o intuito de pará-lo somente com o olhar. Em seguida, fixou os olhos em Erick. Eles diziam: *cala a boca, que vai ser melhor pra você.* Erick retribuiu o olhar e Jade ficou desconcertada, porque aquele olhar trouxe à tona pensamentos que ela sempre guardou para si e que prometera nunca compartilhar com mais ninguém.

Erick sempre usava os benditos óculos escuros. Contudo, não era para evitar a irritação nos olhos, já que mesmo ao caminhar pelos infinitos corredores da Central da ASMEC, os óculos estavam com ele. Era só de vez em nunca que algum sortudo via seus olhos verdes, perdidos no espaço, sempre olhando para o nada. Era como se ele estivesse o tempo todo desatento, no mundo da lua.

Nos treinos aquáticos, ele só trocava o acessório pelos óculos de natação. Só que na água, a conversa era diferente: o agente, que parecia sempre no mundo da lua, vinha com tudo para mostrar o porquê merecia estar ali. Entrava na água para humilhar qualquer um que estivesse treinando no momento e seu corpo — longo, fino e desprovido de qualquer pelo — o favorecia no quesito velocidade. Dentro da piscina, contudo, não era só o seu excelente desempenho que chamava atenção: os largos ombros serviam de estandarte para uma tatuagem que se destacava em sua pele alva, de um escorpião que se iniciava na altura da nuca e percorria suas costas, até a coxa direita.

Só que Jade não podia se iludir com a beleza, o charme ou a tatuagem de Erick. Não agora. Precisava intervir antes que a situação ficasse insustentável:

— Vocês dois podem parar com as provocações baratas?

Apesar das suas ações, Erick tinha bom senso e sabia que não era hora de enfrentamento gratuito, mas sim de focar na missão de resgate. Ele sacudiu os ombros em desdém ao líder e deu as costas. Eventualmente, Camargo também acabou esfriando.

Foco na missão. Aquele era o lema das próximas horas.

A noite ainda cobria todo o céu naquele fim de madrugada. Era a primeira vez deles em solo palmense, mas não pretendiam ficar muito. Só precisavam encontrar Délia viva, para levá-la de volta.

— Você tem ideia de onde fica o hospital? — perguntou Jade.

— Estamos bem perto, acredito que podemos continuar o nosso percurso a pé mesmo — respondeu Nestor, olhando para o GPS que carregava preso ao pulso.

— Ok, vamos lá então. Seria bom trabalharmos em um esquema tático, para nos defendermos dos possíveis ataques. Nestor e Jade vão na retaguarda defendendo o time principal, que será composto pelo corajoso Erick e por mim — orientou Camargo. — Quero todos os agentes de suporte indo à nossa frente.

Por um breve momento, os agentes se entreolharam, mas acataram a sugestão; até porque não tinham muitas opções. Camargo podia ser arrogante, impaciente e até psicótico, mas a sua inteligência e as táticas em campo sempre foram as melhores. Não por acaso ele fora um dos agentes mais jovens a ficar tão próximos de Saba e participar das operações classe S da ASMEC. Crescer ali dentro pode ter feito muito bem para ele — ou talvez tenha estragado a pouca essência humana que ele tinha ao nascer.

— Como eu imaginava, estamos chegando na avenida principal da cidade. Seguindo ela, podemos chegar ao hospital — Nestor continuou, analisando as coordenadas indicadas pelo GPS. — Não parece ser muito difícil andar por aqui.

O grupo seguiu sem maiores problemas. As ruas da cidade não pareciam tão infestadas como há dois dias, mas não significava que as imediações estavam livres da infecção. A movimentação do grupo foi lenta e cuidadosa, já que qualquer ataque poderia colocar toda a missão em risco.

— Ainda estamos muito longe do hospital? — questionou Erick.

— Mais alguns minutos de caminhada e estaremos lá — respondeu Nestor.

— Que merda é aquela?! — indagou Jade em voz alta após avistar uma grande horda de mortos-vivos, quase estagnados, na Praça do Bosque.

O palco do primeiro ataque real aos sobreviventes do curso de Sistemas ainda estava repleto de zumbis. E a pé, sem os estoques de munição, não seria fácil passar por todos eles.

— Silenciadores nas armas, agora! — orientou Camargo.

Os quatro agentes colocaram os dispositivos em suas armas. Em seguida, Jade e Nestor se esconderam atrás de um carro, ao passo que Erick e Camargo assumiram uma postura mais ofensiva e foram à frente. Os agentes de suporte próximos de Jade e Nestor se esconderam atrás de dois veículos abandonados e um outro acabou ficando sozinho, em um terceiro carro, porque não teve tempo de correr para ficar com os outros. Pobre homem. Mesmo que tomasse todo o cuidado, seria impossível passar por ali sem ser visto por pelo menos um ou dois mortos-vivos — daquilo, eles já tinham certeza. Era a hora de traçar a melhor rota, para garantir o mínimo de danos colaterais ao fim da missão.

— Em frente. Vamos! — ordenou Camargo.

Os mortos-vivos começaram a se aproximar. Jade e Nestor abatiam os que chegavam perto da equipe, porém não contavam com um instinto tão aguçado dos zumbis. Eles podiam não pensar, não raciocinar, não tinham sentimentos, mas havia duas coisas possuíam de sobra: fome e o olfato apurado. E o cheiro de carne fresca se espalhou, em questão de segundos, no ar.

O último agente de suporte bem que tentou, só que, mesmo derrubando alguns mortos-vivos, ele acabou sendo cercado. Descarregou a arma após incontáveis disparos, mas ainda assim não foi suficiente. Precisava de ajuda imediata.

— Droga, fiquei sem munição! — gritou o agente.

— Fique aí, estou indo te ajudar! — avisou Jade em resposta, saindo de sua zona de conforto para salvá-lo.

Se ela tivesse sido um pouco mais rápida, talvez aquela bela colegial loira não tivesse conquistado o coração do agente primeiro.

Ele ficou cercado e sem munição. Não tinha para onde correr.

A loira foi só a primeira. Seus cabelos dourados podiam deixar qualquer homem babando; só que, naquele momento, era ela quem estava babando quando segurou o braço do agente e se jogou no robusto peitoral de sua mais nova refeição, arrancando-lhe roupa, pele e carne, tudo em uma única mordida. Só a primeira, de muitas que se seguiram até, literalmente, conquistar seu coração. E se deliciou com ele, enquanto seus *amigos* se deliciaram com os outros membros. Em segundos, não sobraria mais nada, nem um resquício do pobre agente.

Não demorou muito para que os outros fossem vistos e uma multidão de mortos-vivos se aproximou, vindo de todos os lados! Por mais que a equipe tivesse táticas militares de alto escalão, era a hora de dar o fora dali.

— Droga, eles não morrem! — Nestor descarregava pentes de munição em segundos, mas só via o número de zumbis aumentar.

— Cuidado! — esbravejou Camargo, explodindo a cabeça de um zumbi que se aproximou de um dos agentes do suporte terrestre.

— Precisamos recuar! — sugeriu Erick.

— Nada de recuar. Corre! Se seguirmos em frente, chegaremos ao hospital — orientou o líder.

Eles se puseram a correr, já que não havia mais tempo de tentar atirar ou de criar um esquema de ação tático. Só restava uma saída: sobreviver — e era o que precisavam fazer de agora em diante, para concluir a missão dada por Saba. Mesmo em meio à horda que se formou ali, na avenida principal da cidade, os agentes continuaram correndo. Era hora de contar com a sorte e com todas as habilidades de fuga e resistência aprendidas nos treinamentos de outrora.

— Não! — Ouviu-se um longo e agonizante gemido.

— Mais um ficando para trás! — Camargo esboçou um desconcertante sorriso no rosto.

Erick parou na mesma hora.

Enquanto a multidão vinha com toda vontade de devorar até seu último pedaço de carne, ele simplesmente parou e olhou para trás, vendo seu companheiro ser devorado. Não era que o rapaz se importasse com a vida do agente, mas aquela mochila cheia de munições fez seus olhos brilharem.

Camargo olhou para Erick, percebendo que ele havia ficado para trás e o deixou para morrer. Jade e Nestor ficaram na retaguarda e atiravam a todo instante, tentando chamar a atenção de qualquer zumbi que se aproximasse demais. Aquela mochila seria essencial para garantir a sobrevivência de todos até encontrarem Délia. As habilidades de Erick eram incríveis e o objetivo era a mochila, nada de matança desnecessária.

Três tiros. Ele precisou de somente três tiros para recuperar a mochila. Contudo, era claro que a pontaria certeira de Jade e Nestor também foram imprescindíveis para que ele completasse sua missão.

— Corre, corre! — gritou Erick, alcançando os dois, com a mochila em mãos.

— Logo alcançaremos Camargo no hospital. Vai!

Camargo e os dois agentes de suporte que ainda resistiam foram na frente. Depois de algum tempo correndo sem intervalo, o número de mortos-vivos parecia ter diminuído.

— Acho que podemos desacelerar um pouco o ritmo! — sugeriu um dos agentes, exausto.

— Nada de diminuir. É só ficarmos parados que logo eles nos encontram — argumentou um de seus parceiros.

— Dois minutos... Só dois minutos e voltamos a correr.

— Que inferno é esse pra onde eles nos mandaram?

— Esse inferno foi criado por nós mesmos, mas agora precisamos dar um jeito de finalizar a missão de resgate. Por Carlos, Jonas e por todos os outros que já morreram por nossa causa.

— Que bonitinho... Quer dizer que agora vocês são vingadores profissionais?

— Deixa de ser estúpido, Camargo.

— Olha o respeito, rapaz! Controle-se, porque vocês ainda estão sob a minha supervisão.

— Eu não respondo mais às suas ordens! Vou fazer de tudo para honrar a vida dos nobres agentes que ficaram pra trás, desde o início.

— Desde sempre, vocês todos sabiam que essa era uma missão suicida!

— Eu nunca imaginei que a cidade estivesse infestada por criaturas...

— Que nós criamos, com todo nosso empenho científico! — ironizou Camargo.

— Não liga para essas provocações, Erick. Vamos indo. Já se passaram os dois minutos de descanso e o hospital está próximo. A gente chega, acha a maldita da Délia e damos o fora daqui.

— Quanto tempo ainda temos para sairmos com segurança?

— Eu podia não dizer e...

— Quanto tempo?! — esbravejou um agente, que deixou Camargo acuado.

— Equipe de merda... Ainda temos dezesseis horas.

— Acho que é tempo suficiente.

Os dois agentes e Camargo se puseram a correr. Jade, Nestor e Erick vinham logo atrás. Finalmente estavam no HGP — Hospital Geral de Palmas. Segundo as informações fornecidas pela ASMEC, o sinal de transmissão de emergência de Délia havia se originado dali.

— Caramba, é melhor entrarmos logo e terminar com isso.

— Com certeza, Nestor. Vamos! — disse Jade.

Os seis agentes entraram no hospital e, pelo menos ali na entrada, tudo parecia bem tranquilo; mas do lado de fora, uma chuva sem precedentes estava se formando. As negras nuvens no céu acobertavam qualquer resquício de luar que se atrevesse a aparecer naquele fim de madrugada e, como era de praxe, os relâmpagos e trovões já estavam começando. Nada melhor para anunciar mais um grande dilúvio na cidade de Palmas.

Sons de passos puderam ser ouvidos.

— O que foi isso? — perguntou Jade.

— Não sei... Parece que tem alguém nos corredores — Nestor também notou.

— Menos perguntas e mais ação! Vamos procurar pela Délia logo — disse um dos agentes do suporte.

— Tem alguém bem estressadinho por aqui, hein? — provocou Camargo.

Eles continuaram andando pelo corredor principal, que dava acesso às alas de internação. A área estava livre, mas os agentes seguiram com cautela para evitar confrontos desnecessários. O objetivo era chegar no subsolo, na antiga instalação de pesquisa que a ASMEC utilizava. O melhor palpite é de que Délia estaria lá, aguardando pelo resgate.

— Psiu! — orientou Jade, que caminhava à frente do grupo.

— Você também ouviu isso? — Nestor manteve a voz baixa. — Parece que tem mais alguém aqui...

Os saltos tocando o solo faziam um barulho medonho.

— Vamos continuar até o subsolo — ordenou Camargo, assumindo a frente para guiar o grupo; enquanto Jade, Nestor e Erick acompanharam, bem de perto, os outros agentes.

Os ruídos que eles ouviram não os impediram de chegar ao subsolo escuro.

— Vocês não estão achando que esse local tá muito calmo? Aqui foi o epicentro da infecção. Encontrar essa região abandonada e sem nenhuma ameaça é estranho... — observou Jade.

— Pelo menos uma vez na vida, acredite na sorte, minha cara Jade — disse Camargo.

— Não podemos depender da sorte para completar essa missão. Eu vou checar o perímetro para ver se estamos seguros — retrucou Nestor, que logo se virou para ela. — Você não acha que eu vou deixá-la em perigo, não é?

— Encantador, como sempre — respondeu a moça com um tímido sorriso no rosto.

— Eu vou ajudar Nestor a fazer a varredura do perímetro — avisou Camargo. — Enquanto isso, vou procurar pela Délia nessas salas anexas.

As luzes do hospital piscaram por alguns segundos antes de se apagarem.

— Porra, que susto! — exclamou Jade.

— Calma, mocinha. Não fica com medo do escuro, não — disse Nestor. — Fique viva, por favor.

Nestor e Camargo saíram pelo lado esquerdo do corredor. O primeiro passo era checar o perímetro em busca de possíveis ameaças e nada poderia passar em branco. Jade, Erick e os dois agentes seguiram pelo lado oposto, se movimentando sem fazer qualquer ruído.

Na primeira sala, nada.

Na segunda sala, havia somente um monte de materiais de laboratório. Nada de mortos-vivos, nem da doutora Délia.

Terceira sala.

Encontraram algo lá no cantinho. Seria um morto-vivo?

Hora de acender uma pequena lanterna para conferir. O primeiro ponto iluminado pela luz fez brotar a esperança: dava para ver a ponta de um jaleco sob um armário derrubado no chão, o que indicava que Délia podia estar ali embaixo.

Os quatro entraram na sala, pois uma pessoa não conseguia levantar o armário sozinha. Jade segurou uma ponta, Erick segurou a outra e um dos agentes engatilhou sua arma, de prontidão para abater qualquer ameaça que pudesse se levantar. O outro agente seguiu os demais para assegurar de que nada entraria pela porta metálica do laboratório.

A porta foi brutalmente fechada por fora!

— Puta que pariu! — Erick se assustou com o estrondo e deixou a sua ponta do armário cair, fazendo o agente encarregado pela defesa largar a arma para ajudá-lo.

— Calma, mocinho. Num fica com medo do barulhinho, não — Jade conseguiu sustentar a estrutura suspensa até a chegada dele.

O susto foi indescritível, mas o armário foi colocado de pé, mostrando que aquilo foi só um alarme falso: era só um dos jalecos que estava guardado nas caixas. Nada de morto-vivo, nada de doutora Délia. Os agentes ficaram em silêncio por alguns instantes e era possível ouvir alguém caminhando ali fora.

Caminhando não, correndo.

E não era uma pessoa só.

A porta metálica sofreu mais uma pancada devastadora. Alguém estava querendo entrar a todo custo e parecia não estar disposto a tentar um diálogo.

Mais uma pancada. E outra. E outra.

Elas não paravam.

A cada golpe, a porta metálica era amassada pelo lado de fora. O coração de Jade acelerou a cada estrondo e o medo tomou conta dela, pouco a pouco. *Que força brutal daquele monstro! Se ele entrasse ali, as balas não seriam suficientes para pará-lo.*

Um pequeno fio de sangue escorreu por baixo da porta, mas aquele pequeno fio de sangue se transformou numa grande poça em questão de segundos.

As pancadas cessaram.

Quando o susto pareceu ter passado, um berro ensurdecedor

ecoou nos corredores subterrâneos do HGP. Até mesmo Camargo, que estava concentrado em sua busca do outro lado, parou e ficou perplexo.

Os olhos de Jade quase saltaram para fora de seu rosto.

— Você também ouviu isso?

Ela tremia de medo, mas tentava escondê-lo de todas as formas. Jamais passara por algo assim durante seus treinamentos. Jamais tivera que enfrentar um inimigo que tivesse tamanha força.

As luzes piscaram, mais uma vez.

A agente estava trêmula, quase fora de controle. Olhava para todos os lados e voltava sua atenção à porta, que já estava toda amassada.

— Agora eu tenho certeza de que tem alguma coisa ali — confirmou Erick.

— Vem aqui, seu monstro de merda! — Uma voz bastante familiar soou do lado de fora da porta metálica.

— Corre, Felipe! — gritou Póka, com o pouco fôlego que lhe restou nos pulmões, após tantas pancadas contra a porta de metal. Não tendo mais forças para resistir, Póka caiu desmaiado na poça de sangue.

a segunda fúria de charles

Charles ficou paralisado em frente à lâmina, já deixando um corte superficial em seu pescoço. Monstro saiu do mercado após o estranho.

— Melhor se acalmar porque você está em desvantagem por aqui. São nove contra um.

— Garoto, não é comigo que você precisa se preocupar. Seus amigos estão tentando se matar aqui fora. Eu só quero ajudar, não quero machucar ninguém!

Uma ação precipitada custaria a vida de Charles. Monstro encarou o estranho, pensando que queria encontrar verdade nas suas palavras mais do que nunca.

— Póka, pra dentro. Agora! — ordenou Monstro.

— Você quer mesmo acabar comigo, Charles? — Póka o desafiou. — Vai em frente. Esse mundo não tem mais jeito e eu serei só mais um. Anda logo!

Monstro atirou para o alto e esbravejou:

— Ninguém mais morre nessa porra! Se vocês não pararem com isso agora mesmo, vão morrer sozinhos!

Charles abaixou a arma e tirou os dedos do ferimento de Póka, limpando-os na lateral da calça, ao mesmo tempo em que o estranho moveu o braço e retirou a arma do pescoço de Charles.

— Logo ficaremos encurralados. Me acompanhem — orientou o estranho, guiando-os por trás da mercearia.

No momento em que o comboio seguiu, Emu notou um detalhe que não havia visto antes: uma etiqueta de identificação no bolso esquerdo da jaqueta do estranho. Deveria ter um nome escrito nela, mas um borrão o impediu de ler com clareza. Além da jaqueta, o estranho trajava um par de botas escuras e vestimenta de fibra grossa, rodeados por um cinto tático de nylon na cintura. Não carregava armas.

Ele é um militar ou alguém programado para nos defender. Pode ser o fim desse pesadelo...

Emu se aproximou de Cris.

— Precisamos voltar para buscar George e Leafarneo. Eles ainda ficaram no meio da multidão.

O estranho escutou o comentário.

— Ficou alguém para trás? Droga! — reclamou, puxando em seguida um rádio da jaqueta. — Precisamos tirar essas crianças daqui, câmbio! Alguém na escuta?

Sem resposta.

— Tentando contato mais uma vez... responda! Precisamos de vocês agora! Há sobreviventes em perigo.

Ainda sem resposta, ele ouviu somente um chiado no rádio comunicador.

— Porra, responde! — suplicou o homem.

A multidão de mortos-vivos se aproximou da mercearia.

— Quem é que você tanto chama? — perguntou Felipe.

— É a equipe de militares da qual faço parte... Ao menos fazia, até esse caos todo começar.

— Militares? Você é do exército?

— Sim, garoto. Mas, olha, não há tempo para explicações. Eu quero salvar vocês e a infecção está saindo do controle. Se a contenção for feita com sucesso, nós ainda teremos alguma esperança.

— Conten... — A voz abandonou o corpo de Felipe.

O termo soou como uma bomba ensurdecedora.

— Vamos, agora. Sem mais explicações. Vocês devem sair vivos daqui enquanto ainda há tempo!

— Thabs, você consegue correr? — perguntou Monstro.

— Tentarei, né? Mas eu acho que consigo — respondeu Thabs.

O estranho seguiu liderando o grupo e Felipe passou o braço pelo ombro de Póka para ajudá-lo no trajeto. Charles seguiu atrás dos dois, sem conseguir tirar os olhos de Póka.

Cris, Thabs, Emu e Monstro eram os últimos do grupo.

— Não podemos deixar Leafarneo e George para trás — resmungou Felipe em voz baixa.

— Não se preocupe com isso, garoto — respondeu o estranho. — Assim que encontramos um lugar seguro, voltaremos pelos seus amigos. Eles devem ter encontrado uma forma de se proteger.

Monstro acelerou o passo e alcançou Charles.

— Você vai ficar bem, né? Pare de agir feito um louco, isso é a última coisa que precisamos.

— Agora você vai defender esse moleque? Ele tá com o vírus

correndo nas veias, comendo o cérebro dele! Logo ele vai se transformar... e daí, você vai se responsabilizar por isso?

Monstro chegou bem perto de Charles e o segurou pela gola da camisa.

— Escute aqui: há dois dias, quem estava com o vírus circulando pelo corpo e à beira de um colapso era você! — Charles estava com os olhos arregalados. — Seria muito fácil enfiar a bala na sua cabeça e te deixar lá de aperitivo, mas não foi isso que fizemos. Nós cuidamos de você e cuidaremos de Póka. Ele é nosso amigo, entendeu?!

— Que bom que vocês não me deixaram de aperitivo, ainda mais porque eu fui infectado te salvando da morte! Ou você nem percebeu isso? Deveria me devotar sua vida por agradecimento, seu...

— Sai daqui, vai! Anda. Sai, sai!... — respondeu Monstro, nervoso.

O estranho parou de caminhar.

— Eu sei o que preciso fazer para sairmos daqui. Mas vou precisar da sua ajuda, garota. — Ele lançou um olhar na direção de Cris.

— Por que eu? — Cris ficou espantada.

— Você parece correr bem. Precisaremos de uma isca.

— Ninguém vai ser isca de ninguém aqui — respondeu Emu, que já tinha servido de isca viva na Praça do Bosque. Na ocasião, por pura sorte, ninguém ficou ferido.

— Ou fazemos isso ou todos nós vamos morrer. O exército tem pouco tempo para resgatar os últimos sobreviventes, droga! Não temos muito tempo antes do protocolo de contenção ser iniciado.

— O que você sabe sobre essa droga de protocolo? — Charles partiu pra cima do estranho, atingindo-o pelas costas.

O preparo militar do estranho não foi o suficiente para livrá-lo da investida; assim como gritos das garotas também não foram suficientes para conter Charles, que havia se transformado em uma besta incontrolável. Ele derrubou o rapaz e lhe encheu a cara de socos — um atrás do outro, sem dó, nem piedade; somente raiva e o imenso prazer de sentir sua mão esmagando a face daquele que oferecera ajuda. Charles, entretanto, não se contentou somente com socos no rosto e também deu pancadas na altura do tórax e estômago.

Felipe desligou a raiva do amigo com uma cotovelada certeira na nuca, deixando-o inconsciente. Cris quase gritou no momento do susto com a pancada, mas lhe faltou voz — e que bom que a voz não cooperou, porque a multidão de zumbis ali só crescia.

Eles já estavam cercados. A pouca esperança que restara estava coberta de sangue, com os dentes quebrados.

— Vocês precisam... sair daqui. Agora! — Mesmo no chão, o soldado ainda tentava ajudar.

Não havia nenhuma saída. Nenhum caminho estava seguro. Estavam a poucos metros da mercearia, mas voltar para lá seria apenas um pedido para adiar a morte, pois ficariam encurralados em um piscar de olhos.

— Isso pode até não funcionar, mas precisamos tentar. Todo mundo pro chão... sem barulho — sugeriu Emu. — Escondam-se.

Os sobreviventes se abaixaram perto de um carro quando alguém despontou no fim da viela.

— Tem mais carne aqui! — Soou um grito ao longe.

— São os meninos... — Thabs sussurrou.

Cris se ajoelhou para tentar enxergar na escuridão e logo viu George em cima de um carro, gritando a plenos pulmões.

— Eles estão conseguindo atrair os zumbis!

Um morto-vivo se aproximou do carro em que George estava, mas não durou muito tempo em pé, porque foi abruptamente derrubado.

— Caramba, o que aconteceu? Você consegue enxergar alguma coisa daí, Cris? — perguntou Felipe, que recebeu só um *"Shiu!"* como resposta.

Mais um dos zumbis se aproximou e também foi ao chão, um pouco duro na queda. Leafarneo esmagou a cabeça dos dois com um extintor que encontrou dentro do carro, mas sabia que o plano não funcionaria para sempre.

— Saiam daí, agora! — gritou George.

— Eles querem atrair os zumbis para nós fugirmos. Esses idiotas querem morrer por nós — resmungou Thabs, inconformada. — Não podemos deixar os dois lá. Precisamos ajudá-los!

O estranho pegou a mão de Cris e a colocou sobre o seu peitoral. Ela congelou ao tocá-lo, até sentir sua mão se mexendo, sob o comando dele, para alcançar um dos bolsos da jaqueta. De dentro do compartimento, ela tirou uma granada.

— Ai, Deus! O que eu faço com isso?

— Salvem-se — disse o estranho, a voz quase falhando...

Cris fez uma pausa para pensar.

Charles está desacordado. O estranho, espancado no chão. Póka, incapacitado de correr. Thabs está melhor, porém ainda fraca. Não vamos sair vivos daqui se só corrermos. Eu preciso fazer alguma coisa.

— George! — As veias do pescoço de Cris latejaram após o grito estridente. Ela tinha um plano. Só restava saber se funcionaria como ela desejava. — Mercado, agora!

Cris levantou a mão, apontando para a mercearia. George pulou do carro para correr com Leafarneo, fazendo com que a multidão de mortos-vivos fosse atrás deles.

— Cris! Cris! — gritava George a todo instante para que todos os mortos ali presentes o seguissem.

Ela chegou primeiro na mercearia e os dois rapazes entraram logo após, seguidos por um monte de zumbis. Assim que entrou, Leafarneo esmagou a cabeça de mais um morto-vivo com o extintor do carro. Ele já estava se tornando um esmagador profissional.

George empurrou e derrubou três prateleiras perto da porta para atrasá-los.

— Cris, que bom que você está bem! Como estão os outros? — Foi a primeira pergunta que veio à cabeça dele. Uma pergunta simples, mas que não podia ser mais inadequada para aquele momento.

Charles tá escroto. Achamos um estranho... Ou melhor, ele nos achou e Póka vai virar zumbi em algumas horas. É isso.

Aquela seria a resposta mais sincera possível, mas não. Aquele não era o melhor momento para sobrecarregá-los com tais novidades.

— Está tudo bem... — ela respirou fundo. — Vai ficar tudo bem. — Respirou fundo outra vez. — Estão vendo a saída dos fundos? Colocaremos todos eles aqui dentro e então, mandaremos essa mercearia pelos ares com isso. — Cris mostrou a granada para os dois.

— O quê? Onde você achou isso? — perguntou George.

— Depois, George. Depois.

Os três chegaram na saída dos fundos. A mercearia estava infestada de mortos-vivos.

— Você quer que eu cuide disso, Cris? — perguntou Leafarneo.

— Jamais! Eles são meus. É só puxar essa bosta de pino e correr, certo?

Leafarneo assentiu com a cabeça.

Cris retirou o pino de segurança da granada e destravou o sistema mecânico. Em quatro segundos, todos eles iriam pelos ares, então Cris jogou a granada e correu pela saída, com os dois garotos. A explosão veio em seguida, derrubando parte do teto da mercearia sobre os zumbis, causando um esmagamento de mortos-vivos em massa. Mesmo do lado de fora, os três foram atingidos pela força da explosão que os levou ao chão.

O corpo de Cris ficou inteiro, mas suas roupas ficaram chamuscadas e as mãos de George ficaram arranhadas quando ele caiu no chão. Leafarneo foi o mais sortudo, porque estava sem danos aparentes. Antes que mais mortos-vivos pudessem alcançá-los, os três seguiram para se juntar ao restante do grupo, que os recebeu em uma comemoração sucinta e silenciosa, para não causar mais alarde. O barulho da explosão tinha atraído os mortos-vivos ainda nas proximidades, deixando o grupo mais seguro para se afastarem dali.

Emu e Monstro cooperaram para carregar o estranho; já que, depois da surra que levou de Charles, ele não tinha condições de andar sozinho. Felipe, mais uma vez, deu suporte a Póka com a perna dilacerada. Thabs, a passos lentos, foi ao encontro de Cris para lhe dar um abraço quando ela estava chegando com George e Charles ainda permanecia desacordado, após a violenta pancada.

Assim, sobrou para Leafarneo carregá-lo nos ombros, sem nenhuma ideia do que ele poderia fazer a seguir.

a última esperança

Após minutos de caminhada, o grupo se abrigou em uma residência abandonada. Depois que todos entraram, Leafarneo encostou o portão de metal que dava acesso à garagem e fez uma varredura para saber se o local estava livre de mortos-vivos. Emu e Monstro entraram e deitaram o estranho em um sofá de três lugares, Charles foi colocado no sofá ao lado. Cris entrou inquieta e se pôs a procurar algo para limpar os ferimentos de Póka, que estava ardendo em febre. Por sorte, a garota achou um frasco de álcool embaixo da pia do banheiro — sorte dela, não de Póka, que agonizou a cada segundo do álcool em contato com o seu ferimento.

Cris não se sentava nem por um minuto, verificando se Charles estava respirando, se o estranho tinha acordado e se Póka já tinha se transformado em um morto-vivo. E todos os demais ajudavam no que podiam: busca de alimentos, cobertores, remédios, panos limpos... Qualquer atitude era válida naquele refúgio temporário.

George chamou Felipe para conversar em um local mais reservado.

— Me conta de Póka. Como ele tá? — indagou George.

— Ele não tá bem. Logo teremos que tomar uma providência em relação a isso.

— Droga, droga! E essa figura aí, quem é?

— O soldado?

— Soldado? — indagou George, de sobressalto.

— Sim, ele é um soldado do exército. Ele disse alguma coisa sobre contenção, mas o descontrolado do Charles não deixou o homem falar mais nada. Tem alguma coisa errada com ele, George.

— Nosso amigo passou por uma barra pesada. Dê um tempo pra ele, até as coisas ficarem mais tranquilas, ok?

— Mas quando as coisas vão ficar mais tranquilas? — Felipe quase o cortou. — Pensamos que o sufoco tinha acabado ao deixarmos a cidade, mas agora já estamos desse jeito, correndo de zumbis, explodindo mercearias e tendo que decidir como matar um de nossos melhores amigos antes dele se transformar em um bicho daqueles. — Felipe apertou os olhos e balançou a cabeça, repugnando a ideia. — Me diz: quando que isso vai ficar mais tranquilo?

George não sabia o que dizer. Felipe tinha toda razão.

— Tudo parece estar indo sempre no caminho contrário... — disse Felipe.

— É isso, Felipe! Caminho contrário. Não precisamos matar Póka, podemos salvá-lo!

— Como?

— Lembra do soro de Délia? Ele funcionou para Charles e Thabs...

— Mas não temos mais nenhum soro, George.

— Temos algo melhor que isso: Délia. Ela está viva lá em Palmas, eu a vi com meus próprios olhos.

— Cara, sério? Sério mesmo? Se isso for verdade, podemos ter uma chance!

— Tu acha que ela aceitaria curar Póka? Délia é uma vadia.

— Ela não precisa aceitar. Vamos obrigá-la a fazer isso.

— George, nós estamos muito longe de Palmas. Levaríamos horas...

— É nossa única chance. Eu não vou descansar enquanto não fizer o possível para salvar Póka, Felipe.

— Você acha que eles vão concordar em ir conosco?

— De forma alguma. E não podemos ir com todo mundo, porque nem sabemos como vai estar a cidade. A essa altura, muita coisa pode ter mudado. É melhor não colocar a vida de todo mundo em risco.

— Droga... Você sabe mesmo como me convencer a fazer alguma coisa. Eu vou com você, então. Pelo Póka.

George olhou ao redor e percebeu uma quietude na casa. Se fossem mesmo seguir adiante com o plano de voltar para procurar Délia sem levar o restante do grupo, aquele era o momento mais que ideal. Emu, Monstro e Thabs estavam deitados em um chamativo carpete perto da TV enquanto Leafarneo estava ali no chão mesmo, atrás do sofá. Charles continuava desacordado, mas o corte em sua nuca era superficial e já não sangrava mais.

— Cris, vem cá. Senta aqui — chamou George e Cris veio de pronto. — Eu queria te agradecer por hoje... Obrigado, viu? Você foi muito corajosa por ter saído correndo no meio daqueles zumbis, para nos salvar.

— Ah, não foi nada... Eu nem sabia o que estava fazendo direito, agi quase que por impulso. Se fosse agora, não teria coragem. Céus, como eu tive coragem de fazer aquilo, George?

George abraçou Cris para confortá-la.

— Me promete uma coisa?

Cris se ajeitou nos braços dele e olhou em seus olhos.

— Ih, eu num gosto disso não... — ela disse.

— Eu podia virar pra você e falar que as coisas ficarão bem e que vamos sair dessa, só que eu estaria mentindo se fizesse isso. Eu não sei quando será a última vez que verei você, que estarei com você... mas pode ter certeza de que farei tudo, tudo o que estiver ao meu alcance pra que todo mundo sobreviva. E o que não estiver ao meu alcance, eu vou dar um jeito de alcançar. Faço a loucura que for preciso pra não deixar ninguém morrer.

— George, eu sei disso.

— Me promete uma coisa? — George pegou na mão de Cris e entrelaçou seus dedos aos dela. Cris estava com a mão fervendo. — Eu não sei se esse soldado é confiável ou em que merda de problema ainda vamos nos meter daqui pra frente. Eu tenho medo da ASMEC, tenho medo de que eles estejam atrás de nós... Eu tenho medo de qualquer um, para falar a verdade. Não sabemos em quem confiar.

— Ai, George! Não, não, não. Eles não estão atrás de nós.

— Mesmo assim, eu tenho medo de que eles nos separem ou que façam mal para algum de nós. Isso é peixe-grande, Cris. A gente se meteu em algo muito maior do que podemos lidar.

— Olha, George... Se algum dia estivermos com problemas, podemos nos comunicar por códigos.

— Mais códigos? Já bastou a faculdade, Cris. Queria tirar férias de programação.

— Não, seu besta, códigos mesmo, tipo aqueles códigos militares. Já sei! Hipopótamo!

— Oi? — George arqueou as sobrancelhas, confuso.

— Se você estiver com problemas, diga "hipopótamo". É perfeito!

— Cris, não!

— Já que você num gostou do "hipopótamo", se você estiver com problemas e não puder falar por algum motivo, me fala que vai chover, tá?

Ele sorriu.

— Ai, Cris... Só você mesmo pra me fazer rir em uma hora dessas.

— Ih, tá me chamando de palhaça, é? — Ela deixou um sorriso

curto escapar. — Afinal de contas, o que você queria que eu te prometesse?

— Me promete que você nunca vai desistir? E que independente do que acontecer, você vai lutar até o fim, mesmo que você não tenha mais forças?

— Prometo!

— Agora vá se deitar, porque você precisa descansar. E por favor, vamos caçar outras roupas pra você, né? Daqui a pouco você tá sensualizando com essa barriga de fora e essas pernas sedutoras à mostra.

— Chato. Depois eu vejo isso... Agora vou me encostar aqui mesmo, porque se alguém acordar, eu vejo.

Cris se encostou em uma poltrona perto do sofá e não demorou para cochilar.

Felipe e George esperaram todos os outros dormirem e, em absoluto silêncio, foram até o quarto onde Póka estava e o apoiaram sobre o ombro. Ele ardia em febre, mas a perna já tinha parado de sangrar, porque o ferimento estava coberto com alguns curativos e bem amarrado, com uma camiseta que Cris conseguiu em um dos guarda-roupas da casa.

Ninguém os viu partindo para o local que seria o epicentro do terceiro nível do Protocolo de Contenção.

E havia um risco imenso de ninguém mais vê-los no futuro.

enfermagem por amor

Foi em um carro qualquer, encontrado próximo à casa onde estavam refugiados, que Póka, Felipe e George partiram de volta para Palmas. George se sentou com Póka no banco de trás, ao passo que Felipe assumiu o volante e fez o possível para acelerar, sem pena. Precisavam chegar em Palmas ontem, se quisessem ter uma mínima chance de salvar Póka.

A viagem durou quase metade do tempo que um motorista normal levaria ao dirigir dentro dos limites de velocidade. Pela janela do carro, assistiram o que mais parecia uma cena de filme de terror: os escombros da universidade, o estacionamento do Hiper M lotado de mortos-vivos, um helicóptero nas imediações da Praça do Bosque...

Espera... um helicóptero?

Alguém na cidade tem muitas conexões para fazer um helicóptero de resgate chegar até aqui.

Contudo, não havia tempo para checar. Felipe continuou dirigindo até a parada completa na frente do Hospital Geral de Palmas.

— Péra, por que diabos estamos no HGP? — perguntou George.

— Por causa daquilo. — Felipe apontou para a entrada do hospital; ou melhor, para a Hilux de Thabs, que ficou esquecida na Praça dos Girassóis.

— O quê? Impossível!

George abriu a porta da esquerda e saiu primeiro para conferir. Que surpresa! Realmente a Hilux estava lá e ele nunca tinha ficado tão feliz ao ver uma daquelas na vida. Podia ser só uma coincidência incrível... Não, não podia. Tinha que ser Délia.

— Eu nem acredito que aquela vadia sobreviveu. Felipe, eu deixei ela morrendo lá embaixo!

— Vamos entrar. Eu ainda tenho essa belezinha aqui comigo. — Felipe sacou uma pistola, para verificar a munição. Carregada.

— George, Felipe... vocês podem me levar pra casa? — suplicou Póka, de dentro do carro, com a voz quase inaudível.

— Nós vamos levar você pra casa seguro, Póka. Agorinha mesmo... — prometeu George. — Felipe, você ouviu isso?

Felipe espremeu os olhos como se estivesse concentrando sua atenção nos ouvidos.

— Ouvi, sim... parece que tem alguém correndo — completou Felipe, apontando para a porta do HGP.

Uma enfermeira padrão, com seu uniforme mais vermelho do que azul, esperava por eles. A mulher calçava pequenos saltos, pronta para mais um dia de trabalho; mas nenhuma parte de seu vestuário escondia a brutalidade da infecção. Ela não tinha mais nenhum fio de cabelo, o rosto se assemelhava a uma máscara de cera. Os olhos opacos e sem vida estavam mais expostos do que o normal em suas órbitas já decompostas. A pele corroída revelava parte do crânio e um pouco de músculo que insistia em permanecer. O nariz já não existia, a cartilagem exposta mostrava sinais de deterioração avançada.

A única coisa que ela fazia era mover seu rosto em ângulos extraordinários, olhando sempre para os três. Sua coluna estava torta, inclinada para a esquerda em uma posição no mínimo desconfortável, com os dois joelhos virados para dentro.

— Felipe... aquela arma... acho que seria uma boa hora pra usar — sugeriu George.

Sem pensar duas vezes, Felipe mirou a pistola para a enfermeira! Pena que ela não era tão estúpida quanto os demais mortos-vivos e, antes que Felipe pudesse atirar, ela saiu correndo para dentro do hospital.

Ela estava recuando! Que morto-vivo recua perante uma arma?

— O que diabos acabou de acontecer? — George mal conseguia fechar a boca.

— Como vamos entrar? — questionou Felipe.

— Com o dobro, o triplo de atenção. Se ela é tão esperta assim, não vai mexer conosco, não é mesmo? — respondeu George, aparentando convicção. Só que, lá no fundo, ele sentia um medo como nunca sentira.

Os passos, outra vez. Muitos passos.

— Fodeu... Agora ela tem companhia. Estamos na merda.

fuga

A chuva se intensificou e Cris acordou de sobressalto com o barulho, parecendo estar saindo de um terrível pesadelo. Passou pouco mais de duas horas cochilando e, naquele meio tempo, conseguiu cair em sono profundo. Apesar de ter sido um cochilo rápido, foi o suficiente para que George e Felipe iniciassem o plano quase suicida para encontrar Délia em Palmas e salvar a vida de Póka. O corpo de Cris ainda estava pedindo por um descanso de pelo menos uns três dias, mas não havia tempo para descansar e ela não conseguia ficar quieta enquanto estava acordada. Precisava checar todos os seus amigos. Precisava saber se todos estavam bem.

Cris se levantou se apoiando no sofá e olhou para a sala, onde Emu, Monstro e Thabs ainda permaneciam no carpete cheio de almofadas. Depois que haviam caído no sono, nem se mexeram mais. Charles e o estranho-possível-soldado estavam nos sofás, também dormindo. Leafarneo era o que parecia mais desconfortável e se mexia a todo instante, estirado no chão da casa.

Póka? Preciso ver como ele está.

— Póka? George? Felipe? — Cris chamou o nome dos três, mas não ouviu nenhuma resposta.

A cada cômodo, a sua angústia se alimentava, deixando sua voz cada vez mais chorosa.

No entanto, era tarde demais. Os três já estavam bem longe.

— Acordem, acordem! Os meninos sumiram! — ela saiu gritando e cutucando todos os que dormiam.

Em poucos segundos, acordou todos na casa.

— Cris, calma! Respira... O que foi? — perguntou Thabs, ainda sonolenta.

— Os meninos, Thabs! Os meninos sumiram, fugiram, morreram, sei lá! Eles não estão aqui.

Charles só deu uma risada no canto da sala.

— Ainda não ficou óbvio pra vocês? É claro que eles fugiram. George jamais iria deixar Póka completar a transição aqui e Felipe nunca iria permitir que algum de nós visse ele sendo executado.

— Executado? — Monstro indagou, fazendo uma cara de espanto. Não tinha parado para pensar ainda no que aconteceria com Póka, caso ele completasse a transição. E nada parecia ser mais sensato do que executá-lo a sangue frio, se aquilo acontecesse. Por mais que as palavras fossem duras, todos sabiam que Charles tinha razão. Eles estavam, simplesmente, adiando a conversa sobre a iminente transformação de Póka.

— Isso não é possível... Eles não podem ter fugido assim. Calma, respira... calma! — dizia Cris para si mesma. — Charles, como você está?

— Depois desse sono, tô bem calmo, até — respondeu o garoto.

— Thabs?

— Thabs o quê? — perguntou a ruiva, se fazendo de desentendida.

— Co-mo vo-cê es-tá? — perguntou Monstro.

— Besta. Eu estou bem, era só uma coisa chata se remexendo no meu estômago. Acho que devia estar muito esgotada e o meu corpo reclamou.

— Nós vamos sair para procurar os meninos? — perguntou Emu, que nem tinha se dado o trabalho de levantar e ainda mantinha seus olhos fechados, só escutando toda a repercussão pelo sumiço de seus amigos.

— Vocês NÃO podem sair para procurá-los! — o estranho se manifestou, bem enfático.

— Eles vão voltar. E não irão trazer boas notícias de Póka. Eles só querem nos poupar do sofrime...

— Eles não têm esse direito, Cris — Monstro a interrompeu. — Depois de tudo o que passamos, por que sair assim, sem dizer nada para ninguém? Pra que deixar todo mundo preocupado, com o coração na mão? Vai saber se eles também não estão mortos em algum beco por aí?

— Monstro, você calado é um poeta, sabia? Eles vão voltar. George e Felipe nunca fariam nada ruim — disse Cris. — Nem o doidinho de Póka, ainda mais agora que ele tá desse jeito...

O estranho se levantou do sofá e procurou pelo rádio comunicador, mas não o encontrou.

— Está procurando por isso? — disse Monstro, mostrando o rádio para o militar. — Se quiser mesmo, pode começar a falar a verdade verdadeira.

Cris, Leafarneo, Monstro, Emu, Thabs e Charles começaram a encará-lo.

Eles esperavam respostas. E esperavam que elas fossem bem esclarecedoras.

Hora do interrogatório.

— O que vocês querem saber? — perguntou o estranho depois de um longo suspiro.

— Quem diabos é você, pra começo de conversa? — perguntou Cris.

— Meu nome é Eriberto. Eu sou um enfermeiro do Exército Brasileiro...

— E o que você tá fazendo por essas bandas? Também ficou perdido no meio do apocalipse?

— Não, garota — respondeu para Thabs. — Eu sou um ajudante do exército, atuando no nível 3 do Protocolo de Contenção!

— Eu sabia que isso não cheirava bem... — disse Emu.

— Não cheira bem? Essa é a maior operação que o Exército Brasileiro vai orquestrar na história. Vocês têm ideia do quanto esse vírus já se espalhou? De quantos infectados, de quantas mortes estamos falando? São dezenas de milhares! O Estado está praticamente todo comprometido. O protocolo serve para não deixarmos que isso se espalhe e destrua o mundo como o conhecemos.

— Pera, você disse mesmo "*o Estado*"? — Leafarneo fez questão de frisar as aspas com as mãos. — Está dizendo que ainda existe vida lá fora? Vida de verdade? Com shoppings, supermercados, polícia, internet e pessoas sadias?

— Sim, garoto. O exército está trabalhando pra tentar impedir que isso vire uma catástrofe ainda maior. Eu estava aqui para um resgate dos militares que foram enviados para combater os primeiros sinais da epidemia, mas não conseguimos salvá-los. — Eriberto abaixou a cabeça. — Agora eu estou aqui para tirar vocês da Bolha com segurança.

— Bolha? — indagou Charles. — Que bolha?

— A Bolha é um perímetro gigantesco, que tem seu centro na cidade de Palmas. Equipes do exército adentrarão essa região para aniquilar os mortos-vivos, até que a infecção seja dizimada. Será uma operação monitorada 24 horas por dia.

— Você está dizendo que vai nos tirar dessa confusão toda e nos devolver ao mundo real? — perguntou Emu. — Vai resgatar nossos pais? Nossos amigos que ainda estão nessa Bolha?

— Teoricamente, sim. Mas, para isso, eu vou precisar do meu rádio... — respondeu o estranho. — Nós faremos de tudo para que os humanos saudáveis sejam resgatados com sucesso e tratados como merecem. É só uma questão de tempo até vocês se reencontrarem.

O sorriso foi inevitável no grupo e a esperança reapareceu nos corações de todos eles. Depois de tanto sufoco, os sobreviventes precisavam mesmo das promessas de uma vida normal, ao lado das pessoas amadas. Mesmo com receio, Cris devolveu o rádio ao estranho, que mexeu, fuçou e apertou alguns botões, até levantar uma antena e conseguir um sinal. Pelo menos, era o que parecia.

— Alguém... na escuta? — soou uma voz rouca.

— Positivo, soldado. Graças a Deus, graças! — disse Eriberto para si mesmo. — Precisamos de ajuda. O sinal está bem ruim... missão sem sucesso, missão sem sucesso. Precisamos de resgate agora!

— Certo. Quem está na escuta? — perguntou a voz. Era difícil até para entender o que o cara do outro lado estava dizendo, porque havia muita interferência.

— Eriberto, time de resgate T8642. Repito, precisamos de resgate urgente.

— Time de resgate T8642. Confirmado. Precisamos falar com seu líder.

— O líder está morto! Todos estão mortos! Ocorreu um banho de sangue por aqui e ninguém resistiu. O nosso objetivo está morto. Repito: o nosso objetivo está morto. Mas eu tenho sobreviventes. Precisamos sair da Bolha agora!

O chiado do outro lado cessou por alguns segundos até a comunicação ser retomada.

— Não desligue. Estamos rastreando o sinal para identificarmos a localização.

— Certo, estou na escuta... O que está acontecendo por aí?

— As tropas estão em formação. Tudo está saindo como planejado e.... pronto. As coordenadas de vocês já foram identificadas pela nossa equipe de resgate. Mas...

Estava fácil demais. É claro que precisava ter um "mas".

— Mas o quê? — perguntou o enfermeiro.

—Talvez a equipe de resgate não consiga chegar até vocês a tempo por conta da chuva.

O soldado que respondia do outro lado do rádio passou a mão no rosto e afastou as gotas d'água que tinham começado a cair da chuva que havia chegado aos limites da Bolha. Ele olhou para os lados e conferiu que nenhum de seus superiores estava por perto.

— Eles vão entrar na Bolha em mais ou menos duas horas.

— Certo. Se a equipe de resgate não chegar a tempo, alguma dessas equipes poderá nos salvar, certo?

— Não... É isso que estou tentando avisar. As equipes de resgate vão entrar em aproximadamente duas horas, mas a entrada só será autorizada após uma nova tentativa de destruir o foco da infecção com um bombardeio aéreo. Haverá uma segunda tentativa de aplicar o nível 2 do protocolo.

— Eu não sabia...

— Ninguém pode saber que estou te contando isso. Se em duas horas o helicóptero não chegar, saiam da cidade de Palmas e vocês ainda poderão ter uma chance de serem encontrados. Mas lembrem-se: vocês não devem fazer nenhum movimento brusco ao entrar em contato com outras equipes, porque elas estão orientadas a matar sob quaisquer possíveis ameaças de contaminação. Repetin...

Aquelas foram as últimas palavras do soldado. Ele já tinha se comprometido demais ao revelar a repetição do segundo nível do protocolo, antes do início do nível 3.

— Quer dizer que ficaremos aqui, no meio dessa confusão? — reclamou Charles.

— Garoto, chega de gracinhas e comentários idiotas! Eu tive que assistir toda a minha equipe ser devorada, estraçalhada por essas criaturas, agora estou preso. Vocês acham mesmo que eu queria estar aqui? Eu não queria ver os meus amigos morrerem! — Eriberto já estava ficando impaciente.

Ele se sentou no sofá e tocou no rosto. Os machucados ainda doíam e deixariam marcas roxas ao redor dos olhos.

— Cris, eu acho que...

Thabs não conseguiu terminar de falar: de uma hora para outra, ela se pôs de joelhos no tapete e apoiou as mãos no chão. O vômito cheio de sangue veio em seguida.

Monstro e Emu se afastaram de sobressalto.

Thabs não estava infectada, estava? Por que ela estava vomitando sangue, então?

Cris não pensou duas vezes e tirou Thabs do chão. Eriberto se afastou, deixando Thabs se sentar em uma das metades do sofá. Ela estava com uma respiração irregular e batimentos cardíacos acima da média.

E então, ela não falou mais nada e seu corpo se normalizou nos minutos seguintes. Não era a primeira vez que Thabs passava mal nas últimas horas e os demais já tinham começado a perceber que havia algo errado com ela.

Por um breve momento, o único som que se ouviu na sala foi a respiração dos sobreviventes e do suspeito soldado. Todos aguardavam o resgate, que podia não aparecer.

— Eriberto, mil desculpas, mas... — Cris fez uma breve pausa. — É no mínimo estranho, sabe? Passamos dois dias inteiros vivendo no inferno. E nem pense que era um inferno só com zumbis, que eram só uma parte dos nossos problemas. Agora você aparece assim do nada, quase embalado pra presente, nos oferecendo um resgate quase divino? Tá estranho isso!

— Cris, não é? — Eriberto sorriu. — Você foi muito corajosa com aquela granada. Eu lembro de quando você a pegou, mas não consegui ver mais nada depois. Eu suponho que deu tudo certo, já que estamos aqui, a salvo. Você tem todo o direito de ficar desconfiada. Todos vocês, aliás. A prova mais verdadeira de todas, eu só vou poder dar nas próximas horas, quando todos estivermos seguros. O Exército Brasileiro não se esqueceu de vocês. Ninguém se esqueceu.

— Jura?! — Charles se exaltou com o comentário. — Não era isso que parecia há um dia. Vocês nos prenderam nessa cidade cheia de monstros por causa desse maldito Protocolo de Contenção! Eu levei um tiro e quase vi a luz branca mais cedo do que esperava.

— Se você estivesse fora daquela barreira, o que você gostaria que fizéssemos?

Todos ficaram calados diante da pergunta de Eriberto.

— Pode ser muito fácil apontar dedos agora e tentar procurar culpados por tudo que aconteceu nesses dias. Mas, nesse momento, não dá pra olhar pra cada pessoa separadamente... Essa infecção está se espalhando mais rápido do que qualquer epidemia que já acometeu a humanidade. Vocês têm alguma ideia do que isso significa? Estamos falando do fim da raça humana e por isso precisamos tomar medidas drásticas. É tão difícil assim de entender?

— Salvar a humanidade ou *se* salvar? Como você diz: olhando de fora, podemos pensar em salvar a humanidade. Mas quando é você que está em perigo, quando é sua mãe, seu pai, aquela pessoa que você ama... Essa pergunta tem uma resposta quase automática. Quando é a sua amiga que está ali nos seus braços, se afogando em meio a tanto sangue e você pode escolher entre salvá-la ou vê-la morrer, para dar uma possível chance ao planeta, o egoísmo sempre vai falar mais alto. — Charles abaixou a cabeça para esconder as lágrimas que se formaram nos seus olhos. — Que graça teria continuar a viver em um planeta sem aqueles que você ama?

Ele lançou um olhar para Thabs, que ficou desconcertada.

Por um breve momento, Charles e George tiveram em mãos a cura que poderia ser replicada para salvar a humanidade, mas preferiram salvar Thabs quando ela estava quase morta, na universidade.

O silêncio tomou conta pela hora seguinte. Não era só aquele milagroso resgate que ocupava suas mentes inquietas; a preocupação ainda ia além. A preocupação não tinha nada mais, nada menos do que três nomes: George, Felipe e Póka. Os três não deram qualquer sinal de vida. E foi em meio a essa preocupação exacerbada e a completa impotência, perante o sumiço dos três garotos, que o silêncio foi rompido pelo som mais encantador do universo.

— Mentira... Não posso nem acreditar nisso! — Emu se exaltou ao ouvir o movimento das hélices. — Eu tinha certeza de que esse moço estava nos passando pra trás.

— Não podemos partir sem eles, não mesmo! — esbravejou Cris.

— Nós não temos escolha, Cris. Temos que ir agora — retrucou Emu.

— Nós nem tentamos procurá-los nas redondezas! Ainda dá tempo. Seus amigos cheios de armas podem nos ajudar. Por favor... — suplicou Cris a Eriberto, que se aproximou dela e encarou fundo seus olhos, que estavam brilhando por causa das lágrimas. Sem pensar duas vezes, o homem a abraçou, sem aviso prévio.

— Eu admiro muito sua coragem... Cris, não é? — E sorriu ao repetir o nome dela. — Lembra daquela música que diz: *Levante a sua cabeça, nós temos que ir embora*?

Cris nem conseguiu pensar em música alguma naquele momento, focada apenas em reunir coragem para partir sem os três.

— Eu imagino o quanto você deve estar preocupada, mas seus

amigos vão ficar bem. Eles são corajosos, com certeza estão pela cidade e vão se salvar de qualquer perigo. Assim que chegarmos ao nosso destino, vou fazer questão de passar informações sobre eles para as equipes que adentrarem a Bolha, após as explosões de emergência.

— Você sabe que isso é uma promessa, né? — perguntou Cris, enxugando os olhos.

— Ok, garot... ok, Cris. Isso pode ser uma promessa.

— Eu vou te dar esse voto de confiança, então, não me decepcione! Eu estarei no seu pé o tempo todo até que eles sejam encontrados.

— Já imaginava... — Eriberto sorriu.

Todos se aproximaram da área externa, próxima ao portão. E lá estava ele...

Não tinha nada de muito especial, mas com certeza era o helicóptero verde-oliva mais lindo do universo. Estava na hora de ir para uma zona segura, com comida, água de verdade e autoridades que poderiam salvar o mundo. Precisavam ir para uma zona segura, sem a astúcia de George, a sabedoria de Felipe e as loucuras de Póka.

a poça de sangue

As enfermeiras os encararam. Três, talvez quatro delas, paradas, só olhando para a refeição em potencial. Não tardou para que elas corressem para dentro do hospital.

— Caramba... Como a gente vai entrar aí agora? — indagou Felipe, sem saber o que fazer.

Póka estava acordado, mas ele sabia que essa situação era bem passageira: logo, ele ia dormir de vez pra não acordar mais. Pelo menos, não como um ser humano. Não como o jogador de Dota e bebedor de Pepsi nos fins de semana.

— Não temos escolha... Precisamos continuar, Felipe — disse George.

Eles estavam fazendo de tudo para salvar um amigo — tudo mesmo, até enfrentar as malditas criaturas em trajes de enfermeiras. Póka, com a ajuda de Felipe, conseguiu dar alguns passos enquanto George seguiu na frente e, já na entrada do hospital, foi possível escutar os saltos contra o chão outra vez. Em silêncio absoluto, os três entraram no hospital, em direção aos laboratórios da ASMEC, que ficavam no subterrâneo. George ainda se lembrava bem daquele lugar: foi ali que quase perdeu a vida e viu seus amigos serem devorados, quando descobriram mais informações sobre o nível 2 do Protocolo de Contenção.

Eles chegaram até o fim do corredor que terminava na sala de triagem. Ali estava a porta que revelava a escada infinita até as instalações subterrâneas da ASMEC. George desceu na frente, ao passo que Felipe e Póka demoraram bastante para descer. Cada vez que Póka apoiava a perna mordida no chão, deixava escorrer uma lágrima.

A grande porta metálica estava ainda entreaberta. As travas, destruídas.

— Escutou isso, George? — indagou Felipe.

— Escutei sim. Elas estão aqui. Malditas...

A escuridão dominava o corredor, portanto era impossível olhar para frente e ver onde ele terminava. As pupilas do rapaz já tinham se dilatado ao máximo, entretanto a visão era quase nula. Qualquer ataque, sob aquelas condições, com certeza impediria quaisquer chances dos três se defenderem. Novamente, ouviram o som dos saltos tocando o chão, bem mais nítido desta vez. Era como se elas estivessem a poucos metros de distância. As lâmpadas piscaram por uma fração de segundo e, por mais que tenha sido muito rápido, deu para que tivessem ideia do tamanho do corredor. Não havia ninguém à vista, pelo menos não naquela fração de segundo que puderam enxergar.

— George, espera! — pediu Felipe, após ouvir algo estranho.

As lâmpadas piscaram outra vez e voltaram a se apagar. Dessa vez, o corredor não estava vazio como antes: tinha alguma coisa lá no final, só esperando por eles. A respiração de Felipe ficava irregular à medida que o desespero tomava conta de sua mente. Felipe se virava para todos os lados, tentando encontrar nem que fosse o menor dos menores pontos de iluminação, enquanto os passos das enfermeiras começaram a ficar cada vez mais inaudíveis. Felipe não as escutava mais, no entanto, escutava as batidas de seu coração, bombeando o sangue em alta velocidade dentro de seu corpo.

Foco, Felipe. Foco.

E então, seu coração já não batia tão rápido — ou pelo menos, ele não escutava mais as batidas que lhe causaram calafrios percorrendo a espinha.

— George, precisamos sair daqui — sussurrou Felipe.

— Calma, Felipe. Precisamos encontrar Dé...

As luzes. Malditas luzes. Elas acenderam ao som de um estalo assustador, seguido por um incessante zumbido de eletricidade. Elas estavam ali: as três malditas enfermeiras, que os esperaram na recepção do hospital quando os sobreviventes chegaram. Entretanto, não estavam mais no fim do corredor, como outrora. Estavam ali mesmo, no meio deles.

Uma delas estava posicionada aos pés de George, quase alcançando sua perna direita. A segunda tinha cercado Felipe e estava atrás dele, com as mãos preparadas para degolá-lo.

A terceira...

— George! — gritou Póka após ser arrastado corredor adentro.

A terceira foi mais rápida que as outras duas, porque não ficou brincando de estátua no chão para assustá-los. Ao invés disso, agarrou as pernas de Póka e saiu em alta velocidade, arrastando-o pelo corredor.

Os reflexos de Felipe o salvaram da investida da segunda enfermeira. Em um rápido movimento, ele se abaixou e puxou a arma. Não tinha nem o que pensar. Atirou três vezes. Contudo, as luzes ainda estavam acesas e a enfermeira desviou dos tiros, como se pudesse sentir que eles estavam prestes a atingi-la. Em seguida, se afastou.

George foi puxado para o chão por uma enfermeira, que agarrou suas pernas.

— Felipe, me ajuda! — gritou em desespero.

Mas Felipe não respondeu, porque tinha acabado de entrar em choque com o ataque. George olhou para o lado e o viu no chão, desconsolado. Não podia reagir dessa forma, não agora. Não podia deixar o medo tomar o controle. Póka estava em perigo, mais do que nunca. Era hora de revidar.

George chutou o rosto da enfermeira com toda a sua força até ela soltar suas pernas. Tentou se levantar, mas logo foi puxado novamente. Aquela criatura era diferente dos outros mortos-vivos que eles haviam encontrado: ela podia arrancar parte da sua perna com uma mordida, mas não... A enfermeira queria carregá-lo para algum lugar.

Talvez ele pudesse encontrar Póka, se parasse de lutar. Não, não podia deixar isso acontecer. Seria muito arriscado.

Ainda rastejando e mexendo as pernas a todo instante, George se aproximou de Felipe e pegou a arma de sua mão. Sem conseguir se posicionar direito, ele atirou. Logo no primeiro disparo, ouviu um estranho gemido. Será que tinha acertado? Não tinha como saber, então continuou atirando até ouvir os estalos da arma sem balas. Então, a maldita enfermeira correu em fuga.

— George! Felipe!

O eco dos gritos de Póka era desesperador! Ele estava com suas forças quase esgotadas, à beira da morte, sendo arrastado pelos corredores.

— Não deu, George... Não deu! Ele simplesmente foi arrastado daqui.

— Droga, precisamos encontrá-lo!

— Droga, merda, porra, caralho! Eu não sei o que fazer!

— Isso não é normal, George. Os mortos-vivos não pensam e não sequestram as pessoas. Eles mordem e comem cérebros ou sei lá o quê. Não faz sentido algum!

— Na Unibratins, aconteceu algo parecido. — George ainda recuperava o fôlego, após a última investida. — Alguém... alguma coisa pegou Thabs e a levou para outro lugar.

— Será que essas porcarias estão sofrendo mutação? — Felipe se recompôs.

— Eu não sei... E, na boa? acho que é melhor nem sabermos. Como faremos pra ir atrás de Póka?

— Não podemos nos separar — concluiu Felipe.

— Nos filmes de terror, sempre falamos mal do grupo que se separa e todo mundo morre. Mas não vai adiantar acharmos Póka e não encontrarmos a cura. Você estará mais bem protegido com essa arma.

— Me dá aqui! Eu sabia que você ia dar um jeito de acabar com as minhas balas... — Felipe tomou a arma das mãos de George e a recarregou.

— Vá atrás de Póka, Felipe. Traz ele de volta. Eu vou ao laboratório de Délia e voltar de lá com uma cura. Pode ter certeza disso.

Ele não tinha certeza de nada, nem tinha como ter, mas aquelas pareciam as palavras certas para o momento. Para dar o máximo de coragem para Felipe seguir sozinho e encontrar Póka, nos corredores subterrâneos do hospital.

— Certo. Ache a cura, eu acho Póka. E, George, mais uma coisa...

Felipe deu um abraço apertado em George, que poderia ser um abraço de adeus.

— Ok, vamos lá, super-nerd.

George fechou as mãos. Felipe repetiu o gesto e os dois se cumprimentaram.

— Não deixe aquelas criaturas te pegarem — orientou George.

Os dois seguiram caminhos separados.

Felipe seguiu reto pelo corredor durante o início de sua busca, depois virou à direita. Mais salas. Eram laboratórios que a ASMEC utilizava em seus projetos, desde sabe-se lá quando. Ele escutou os saltos das enfermeiras, porém não conseguiu vê-las.

— Póka! Póka! Cadê você?! — gritou Felipe.

Até George — que estava em outro corredor — conseguiu escutar, ao longe, o nome *Póka* sendo repetido inúmeras vezes, devido ao eco.

Mesmo sabendo o perigo que Felipe corria ao gritar pelos corredores, era a única forma de encontrá-lo.

De repente...

— Aqui... — o "*aqui*" saiu tão baixinho, que quase nem deu para ouvir.

Felipe ficou alerta na hora. Póka estava por perto. Estava ali, quase na frente dele.

— Póka! Póka! — gritou Felipe ao avistar o amigo, todo ensanguentado, encostado em uma parede. — Póka, fala comigo... Fala comigo e não fecha os olhos, por favor!

— Felipe, deixa eu ir pra casa.

— Vamos te salvar. Fica quieto, economize suas energias, porque nós vamos te salvar! Cadê a criatura que fez isso com você?

— Eu não sei, ela me deixou aqui. Deve estar me usando de isca para atrair vocês.

— Póka! — Felipe deixou uma lágrima escorrer pelo rosto. Pelo que parecia, mais delas logo viriam a cair também. Estava desolado ao ver Póka se entregando daquela forma. Sem forças para acreditar e sem saber o que fazer, Felipe caiu de joelhos, a tristeza o consumindo mais a cada segundo.

— Ih, por que você está chorando mesmo?

Felipe deu um abraço apertado em seu grande amigo. Quando chegou mais perto, conseguiu ver algo que jamais imaginaria: Póka estava com um pedaço de vidro em suas mãos, tentando cortar parte da própria perna para se livrar daquele machucado horrível.

— Póka, não faz isso... para com isso!

Por mais que Felipe suplicasse e tentasse retirar o pedaço de vidro das mãos de seu amigo, ele continuava a se mutilar e o pedaço de vidro cortava a carne de Póka, fazendo o sangue jorrar a todo instante. Os pequenos estilhaços entravam nos músculos do garoto, causando-lhe uma dor sem comparação.

— Para! — Felipe, com as mãos também já cheias de sangue, conseguiu pegar aquele vil pedaço de vidro e o atirou longe.

— Não se preocupe comigo, eu já me acostumei com essa dor. Mas eu tô sofrendo muito, porque... Não quero morrer daquele jeito. Eu não quero virar um zumbi, Felipe. E eu sei que já estou condenado. Não há nada que vocês possam fazer.

— Não fala isso! Deixa a gente te ajudar... George está atrás da cura e, logo, você vai sair dessa.

— Me ajudar? Vocês já me ajudaram, mais do que deveriam. Se

arrancaram de um lugar meio seguro para virem até aqui, pra tentar me ajudar. E não é só isso...

Mesmo com muitas dificuldades para falar e em meio a soluços de dor, Póka insistia em dizer o que estava em seu pensamento.

— Você não precisa dizer isso...

— Vocês fizeram eu perceber o quanto é valioso ter amigos que se importam conosco, que querem o nosso bem. Que nos fazem rir todos os dias, que mandam SMS chamando pra jogar Dota no meio da madrugada... Me zoavam porque eu não gostava de milho, mas ninguém precisa saber o porquê, né? Vocês são os melhores amigos do mundo. Os melhores amigos que eu podia ter, só que agora... vocês precisam me deixar ir. Precisam sair daqui vivos e sobreviver. Está na hora de acabar com essa maldita ASMEC, que está nos separando.

— Não faz isso... — Felipe chorava sem parar. — Você também é muito especial pra todos nós. E com quem vamos dividir a Pepsi, quando você não tiver aqui? Me diz...

Póka sorriu e Felipe, mais uma vez, abraçou-o bem forte. O garoto retribuiu o abraço, já quase sem forças. Os dois estavam em prantos. Uma amizade como a deles, acabando tragicamente daquele jeito... Era de partir o coração de qualquer um.

— Obrigado, por tudo. Mesmo. Mas não tem jeito, não tenho mais forças pra lutar. Chegou a minha hora...

O som dos saltos ecoou pelos corredores. As enfermeiras estavam próximas, muito próximas!

— Nada disso fará sentido se todos nós morrermos, né? Me deixa aqui e vá, se salve. Salve George. Salve o mundo, meu velho.

— Me perdoe, Póka.

Felipe o deixou. Uma das enfermeiras alcançou Póka e, com uma força brutal, segurou a cabeça do garoto e deu pancadas em uma porta de metal, que dava acesso a uma sala. A cada pancada que ecoava pelos corredores, Felipe sabia que seu amigo estava sofrendo.

— Vem aqui, seu monstro de merda!

— Corre, Felipe! — gritou Póka, com o pouco fôlego que lhe restou nos pulmões, após tantas pancadas contra a porta de metal. Não tendo mais forças para resistir, Póka caiu desmaiado na poça de sangue.

a batalha perdida

Felipe parou de correr.

Um vulto tinha acabado de cruzar o seu caminho. Só que, dessa vez, não só cruzou e foi embora: ele ficou ali, no canto, em um lugar escuro... De repente, o morto-vivo partiu para cima dele — ou melhor, a morta-viva. Era uma das malditas enfermeiras. O empurrão jogou Felipe no chão e, na hora que ela subiu em cima do garoto, tentou mordê-lo de todas as formas, mas ele revidou.

— Vadia maldita, me deixa em paz!

Ela não era uma morta-viva comum: tinha o hálito podre, a face desfigurada e a cabeça lisa, sem nenhum fio de cabelo sequer.

— Eu não vou morrer aqui, sua piranha...

Com uma jogada de mestre, o garoto conseguiu colocar o cano da pistola na boca da enfermeira quando ela tentou mordê-lo.

— Isso aqui é pelo Póka.

Felipe pressionou o gatilho e o tiro atravessou a cabeça dela. O corpo da criatura parou de se mover de repente e, após menos de um segundo, que pareceu durar uma eternidade, desabou sobre Felipe. Enojado, ele se livrou dela e se levantou, todo sujo de sangue e fedendo a morto-vivo.

— E isso é pelo Póka de novo. E de novo. E de novo!

Ele continuou atirando várias vezes até descarregar toda a pistola. Após tantos tiros, nem era possível mais ver a cabeça da enfermeira, que já estava em pedaços no chão do corredor. Felipe então soltou a pistola e correu para tentar encontrar George. O plano tinha falhado e Póka tinha ficado para trás, portanto, era hora de ir embora dali o quanto antes. Depois do brutal assassinato, ele já não era mais o mesmo e foi mais fácil correr pelos corredores, vasculhando cada uma das salas atrás de George. Sentia-se mais corajoso.

Finalmente o encontrou na sala de Délia, debruçado sobre uma pilha de papéis. Tudo estava revirado, cada centímetro da sala.

— George, para! — Felipe disse enquanto esperava na porta da sala.

— Cadê Póka?

Felipe só abaixou a cabeça e ficou choroso mais uma vez. George viu o sangue nas roupas de Felipe e deduziu logo o que aquilo significava. A troca de olhares tristes não deixou mais dúvidas: Póka estava morto. Felipe e George se aproximaram e trocaram um abraço apertado.

Tentando se recompor, George abaixou sobre os papéis e continuou procurando por algum frasco, alguma fórmula, qualquer coisa que pudesse ser a cura para a infecção.

— Os nossos amigos devem estar preocupados. George, já fizemos o possível.

— Mas o *possível* não foi suficiente. E quando mais um de nós for mordido?

— Não dá, para com isso! Nunca vamos encontrar a cura por aqui. Charles e Thabs têm a cura no sangue. Talvez a gente encontre algum cientista, alguém que consiga sintetizá-la e curar as pessoas. É o melhor que podemos fazer agora: sobreviver e expor essa bosta de ASMEC para o mundo todo, se ainda existir algum mundo quando...

A porta entreaberta se movimentou.

Eles estavam sendo observados.

George e Felipe se calaram.

Uma das malditas enfermeiras podia estar de prontidão, só esperando o momento certo para abater os dois em um único ataque. Mas quem os espiava nesse momento pela fresta aberta da porta estava mais vivo do que nunca.

Camargo.

Onde estão esses preciosos amigos com a cura?

— Felipe, olha pra mim. — George notou que eles estavam sendo observados quando a porta se mexeu. — Quando eu contar até três, você corre — sussurrou.

Camargo ouviu que tinha sido descoberto e sabia que era hora de entrar em ação. Já que não tinha achado Délia até então, pelo menos ele tinha uma fortíssima pista sobre a cura circulando no corpo dos dois jovens. Seria uma excelente alternativa para manter o sonho da ASMEC vivo.

Ele estava preparado para intervir e iniciar o contato com George e Felipe, porém, seu plano foi por água abaixo quando uma enfermeira morta pulou em cima dele, preparada para lhe arrancar até o último pedaço de carne.

— *Três!* Corre, Felipe! — gritou George ao perceber a movimentação do lado de fora se intensificar.

Os dois saíram pela porta, sem nem olhar o que ficara para trás.

A enfermeira fazia barulhos grotescos enquanto tentava matar Camargo e, mesmo com seu treinamento especial, ele teve dificuldades para lidar com a fúria da morta-viva. Em certo momento, ela chegou bem perto do homem, bem perto mesmo, e urrou! Uma baba nojenta pingou nos lábios de Camargo, que aproveitou o momento para mudar aquela situação. Ele conseguiu afastar a enfermeira e lhe deu um soco, mas a enfermeira não ficou nem um pouco feliz e o esmurrou de volta. Com seus braços soltos, Camargo a empurrou para trás e deixou seu corpo livre.

Em uma fração de segundo, ele pegou uma faca de sua bota e a cravou na testa da enfermeira. Apreciou a cena ao ver as pequenas migalhas de carne surgirem a partir da perfuração. Ainda assim, ele não se deu por satisfeito: retirou a faca e, mais uma vez, cravou a lâmina no rosto da moça, cujo corpo não se movia mais. Assim, ele continuou no seu ritual macabro e desferiu quarenta e duas impiedosas facadas. Para finalizar com chave de ouro, segurou a cabeça da enfermeira e passou a faca em seu pescoço, repetidas vezes, até desmembrá-la. Ao fim do massacre, George e Felipe já estavam longe. Foi quando Nestor apontou do outro lado do corredor.

— Camargo, Camargo! É você?

— Não estamos sozinhos, Nestor.

— Eu sei disso. Eu matei um monstro, ali atrás. Era uma mulher, Camargo, uma mulher!

— Eu não estou falando dessas criaturas, seu idiota! Existem pessoas, seres vivos rodando por esses corredores! Elas sabem de pessoas que foram curadas, mas acho que devem saber muito mais do que isso... Existe uma cura, Nestor! Mesmo sem encontrar Délia, podemos ter a cura.

— Do que você está falando? — questionou Nestor.

Novamente, o barulho dos saltos pôde ser ouvido.

— Droga, minha arma! Eu perdi minha arma quando aquela vadia me atacou.

— Ela está vindo, Camargo!

Uma das enfermeiras correu na direção dos dois. No meio do caminho, parou de supetão e fez aquele movimento estranho com a cabeça, virando o rosto para um lado e depois, para o outro. Ela estava pisando sobre os restos da cabeça que Camargo destruira e, com um grito assustador, anunciou o ataque e correu, pronta para abater suas presas.

— Não dá para ficarmos aqui, vem! — Nestor puxou Camargo para uma das salas.

Quatro enfermeiras zumbis chegaram ao local e empurraram a porta da sala com força. Uma delas chegou a bloquear o fechamento da porta com o braço.

— Fecha logo essa merda, Nestor. Desse jeito, elas vão entrar aqui!

— Não dá, porra! Não dá, elas são muito fortes! O que diabos elas são, afinal? — perguntou Camargo empregando toda a força possível para tentar fechar a porta.

A enfermeira que bloqueava a porta era insistente, não havia força que iria fazê-la tirar a mão dali. Mesmo que a palma estivesse toda esmagada e com os dedos já fraturados, ela insistia em deixar o braço preso, do mesmo jeito.

— Eu não sei, mas não é nada bom. Os cientistas loucos da ASMEC passaram dos limites.

Depois de tanta força e de tanta agonia, a porta metálica foi fechada e a enfermeira teve o braço decepado. O mais incrível é que, no momento que ocorreu a mutilação, ela gritou de desespero; não de um jeito comum, não de um jeito humano. Foi um urro, vindo de uma criatura assustadora. Um grito que tomou todos os corredores do subterrâneo.

— Fecha, trava isso logo, pra ela... pra *aquilo* não entrar! — gritou Camargo.

Nestor empurrou os três ferrolhos que manteriam a porta travada e perguntou:

— Você sabe que isso não vai durar por muito tempo, né?

— Eu sei disso, precisamos dar um jeito de sair daqui. E de pegar aqueles moleques. Eles têm a cura para isso tudo. Délia não tá mais por aqui, tenho certeza que ela já tá morta.

— Se isso que você está falando é verdade... podemos salvar a ASMEC.

— Claro que sim. Com essas enfermeiras aí fora, fica difícil, mas eu tive uma ideia.

— Qual é o plano?

— Não tem muito segredo...

Camargo deu uma coronhada em Nestor e pegou sua arma. Em seguida, abriu os ferrolhos da porta metálica e assim que destravou o último, a porta foi empurrada com toda força por duas enfermeiras famintas. Uma delas foi direto no pescoço de Nestor e mastigou o que sua boca tocava, de forma que Camargo nem teve tempo de assistir seu companheiro servir de isca para os mortos-vivos. Ele o deixou para morrer e saiu correndo atrás dos garotos.

Nestor foi destroçado ainda vivo: as duas enfermeiras desmembraram o militar enquanto o mordiam com violência. Primeiro, o braço esquerdo foi fraturado e separado do resto do corpo, assim como aconteceu com os outros membros. Elas seguraram as tripas do rapaz e puxaram com toda a força. Intestinos, fígado... tudo foi exposto! Nestor nem teve muito tempo de sofrimento, porque logo se tornou apenas um amontoado de membros e vísceras espalhados pelo chão.

Camargo correu. Ele não estava nem um pouco preocupado com as ameaças das enfermeiras, seu foco era encontrar a suposta cura, para pôr em prática a gananciosa operação da ASMEC.

Enquanto isso, George e Felipe continuaram correndo. Eles não podiam mais salvar Póka, agora que já sabiam que não estavam sozinhos no subterrâneo do hospital. Eles quase se perderam em meio ao emaranhado de corredores, mas graças à sagacidade de Felipe, os dois conseguiram alcançar as escadas que davam acesso ao andar superior. Felipe subiu na frente, mas quando estava mais ou menos no meio da escada, foi surpreendido.

— Velho, eu te alcanço! Não olhe pra trás, continua subindo... — disse George, fazendo o caminho inverso.

— George, aonde você vai?

Felipe não seguiu os conselhos do amigo e olhou para trás, vendo a multidão de mortos-vivos subindo a escada. Ele já estava cansado e não conseguia subir tão rápido tantos degraus. Alguém precisava atrasar os mortos...

George partiu para cima da multidão. Estava se entregando à morte, em prol de salvar seu amigo. Afinal, a ideia de voltar para Palmas fora dele, portanto não aguentaria o fardo de ser responsável pela morte de Felipe, após o outro acompanhá-lo em uma missão quase suicida para tentar salvar Póka.

— Eu volto por você. Não morra aí embaixo, não quero desculpas! — disse Felipe.

Ele continuou subindo e deixou George continuar a descida para chamar a atenção dos mortos-vivos, que apareciam a todo instante. George tinha que vencê-los, para que Felipe pudesse chegar até o topo e fugir dali. Talvez a ideia de voltar tenha sido muito ruim, mas ele fez o que achou certo para salvar Póka. Jamais conseguiria ver o amigo morrer, sem ao menos tentar fazer algo por ele.

Só que, somente com a determinação, ele não venceria aquela horda faminta de mortos-vivos.

Ele não estava ali para vencer.

Ele estava ali para se entregar.

Era um mártir necessário.

Aquele plano já tinha dado errado quando a vida de Póka fora drenada pelos mortos-vivos e não podia deixar que Felipe se tornasse mais um dano colateral. Mesmo sabendo de sua morte iminente, George não abriu os braços e se entregou aos mortos-vivos. Já que tinha que morrer, morreria com honra e faria todo o possível para chamar a atenção deles, até que Felipe estivesse seguro.

Enquanto os mortos-vivos que conhecia estavam ali, era fácil desviar. Eles só queriam comer. Não eram estrategistas como as enfermeiras que haviam tentado carregá-los quando os amigos tinham chegado ao hospital. George então desviou do primeiro, do segundo e passou ainda por mais dois deles, até que, finalmente, acabou de descer a escada. Ela estava limpa.

Olhou para trás e viu Felipe, quase no topo.

Será que ainda vale a pena subir?

Felipe estava a salvo. Se ele conseguisse se livrar dos mortos, podia sobreviver. Não precisava mais ser um mártir.

Quando George voltou o olhar para o corredor, para analisar se poderia fugir, viu seu possível executor. Não era uma das enfermeiras que tinha visto quando chegara no hospital, era um homem bastante bruto e de aparência grotesca. Parecia que todos os seus músculos tinham sofrido uma sobrecarga após a infecção e, assim como as enfermeiras, ele também não tinha cabelo, porém seu rosto era mais deformado do que o de outros zumbis que o garoto tinha visto. Não tardou para ele fazer aquele estranhíssimo movimento com a cabeça: primeiro virou para um lado e depois para o outro, olhando para o mesmo ponto.

Depois daquele sinal, George sabia que não adiantava mais lutar. Estava pronto para morrer.

O morto-vivo saltou para cima dele, porém quando ainda estava no ar, a cabeça do monstro explodiu em vários pedaços. George não sabia se estava mais assustado pelo quase ataque que tinha acabado de sofrer ou se o estrondo havia sido mais impactante. Nunca tinha escutado um tiro como aquele. O sangue, acompanhado por pedaços de cérebro, voaram após o disparo.

— Opa, foi mal pela sujeira, garoto. — O psicopata fez uma breve pausa enquanto caminhou até George, em seguida, abriu um sorriso e estendeu-lhe a mão. — Prazer, eu sou Camargo. Temos muito o que conversar.

encontro inesperado

Camargo fez o favor de não só acabar com o morto-vivo que ameaçava a vida de George como também atirou em todos os outros zumbis no corredor. Ele era certeiro em seus disparos: um único tiro na cabeça para cada morto-vivo era o suficiente e, a cada tiro, o homem fazia uma pose dramática diferente. Estrelava um show de horrores, em que ele era o astro principal e derrubava os mortos-vivos como alvos fáceis de uma brincadeira em um parque de diversões.

Só George e Camargo permaneceram de pé.

George ficou boquiaberto com tamanha destreza. Ele respirou fundo uma última vez antes de ser dominado pelo medo e suas pernas deixarem de responder aos seus comandos.

Se mexam, por favor, me tirem daqui.

Súplicas que seu corpo não queria escutar. Até queria, mas algo o bloqueava.

Os quase inexistentes pelos de seu corpo se eriçaram mediante o perigo e suas pupilas se dilataram quando encontraram o olhar psicótico de Camargo.

— Garoto... Oi! Você pode falar comigo?

George permaneceu sem reação. Contudo, não só as pernas se revoltavam contra a sua vontade; os pulmões também pareciam não mais responder. Era como se ele tivesse esquecido como respirar.

— Tudo bem com você? Quer tomar uma água? — Camargo olhou ao redor. — Não sei bem onde vamos achar água neste fim de mundo, mas podemos dar um jeito. Preciso daquela cura que você estava comentando há pouco.

Camargo passou a mão na cabeça como se estivesse falando de um assunto corriqueiro qualquer.

— É verdade que você conseguiu curar dois de seus amigos? Você quer me contar como isso aconteceu?

— Cura? Então... você não vai me matar? — George questionou.

— Te matar? Posso pensar nisso depois... mas vamos lá, foco, garoto, foco! Preciso saber como vocês curaram os seus amigos.

— Eu não sei do que você está...

— Garoto, garoto... Como é que eu te chamo mesmo? É tão agoniante ficar te chamando de "garoto" o tempo todo.

— É George. O nome dele é George.

A última frase foi proferida por uma terceira pessoa. Alguém que conhecia os dois sobreviventes.

Felipe não conseguiria descer as escadas com tanta rapidez para participar daquela reunião nada confortável e a voz tinha um timbre diferente do de Felipe. Era o tom firme de uma mulher.

— Olha só quem resolveu dar as caras por aqui! Isso está ficando mais excitante do que eu imaginava — disse Camargo.

— DÉLIA! — George foi tomado por uma segunda onda de pânico.

Da última vez que George a vira, ela estava se desfazendo em sangue em uma instalação secreta da ASMEC, na Praça dos Girassóis. Ela já não usava aquele jaleco de antes, já que teria ficado ensopado de sangue após o ataque. Seus cabelos loiros já não pareciam tão bem cuidados após os últimos eventos e Délia só se preocupou em prendê-los em um coque cheio de pontas soltas e irregulares.

— Como é possível...

— Ok, podemos pular boa parte dessa conversa. Délia conhece George, George conhece Délia, Délia faz a cura, George curou dois amigos. Fim de papo. Já saquei tudo. Agora você já pode morrer, garoto.

Camargo apontou a arma para a testa de George e colocou o dedo no gatilho. Em seguida, fechou o olho direito para fingir que precisava mirar antes do tiro.

— Você vai se arrepender pelo resto de sua vida se fizer isso — avisou Délia.

— O quê? Você quer que eu deixe *isso* vivo?

George engoliu um pouco de saliva. Agora, sim, precisava controlar o seu corpo para não se mexer um centímetro sequer. Estava diante de um possível assassino e da mulher que, nos últimos dias, havia causado um estrago sem precedentes em sua vida e na de seus amigos. Já estava quase certo de que sairia morto daquele encontro — ou melhor, de que não sairia.

George olhou para Délia e para Camargo. Délia parecia estar pronta para defendê-lo, sabe-se lá o porquê.

— Camargo, abaixa essa droga de arma! Pode parar com esse

drama todo e vamos embora. Eu já estava ficando impaciente, não conseguia mais esperar esse maldito resgate — disse ela.

Délia mantinha a mão esquerda, todo o tempo, pressionada contra o abdome. Mesmo tendo tomado o soro deixado por George como ato de misericórdia, ela ainda tinha grandes chances de não escapar da morte se continuasse sangrando daquela maneira. Como médica, ela havia dado um jeito de estancar o ferimento e se dopar de analgésicos para não sentir dor por enquanto.

— Délia, Délia... — Camargo repetiu seu nome, pausadamente. — Você sabe que eu estou aqui perdendo meu precioso tempo só para te resgatar, não sabe? Deixa eu matar logo esse garoto e saímos daqui. Vai ser só mais um efeito colateral.

— ASMEC — disse George. — Mais uma vez, estou de frente com quem quer destruir o mundo.

— Destruir? O mundo já está destruído, George. Você não vê? Nós só estamos tentando consertá-lo enquanto ainda temos tempo — rebateu Délia.

— Incrível que, mesmo depois de tudo, você ainda tem a ousadia de me chamar pelo nome.

— Ousado é você, que continua falando mesmo com uma arma apontada para a testa!

— Você disse para ele não atirar, não é mesmo? E ele não atirou. Não precisa de muito para entender que esse Camargo devia mesmo é se chamar *Capacho*.

Camargo se enfureceu e se concentrou para atirar.

— Não faça isso — Délia o interrompeu, entrando na frente da arma. — Precisamos de Charles. E só George sabe onde Charles está agora. O garoto tem a cura circulando nas veias nesse momento. Precisamos dele, Camargo.

— Você só precisa de alguém com a cura nas veias? — intercedeu George. — Por que você não...

— Calado, garoto! — Délia deu-lhe um tapa no rosto.

O rosto de George virou após o tapa e um pequeno fio de sangue escorreu pela sua bochecha avermelhada.

— Délia, você está enganada. Eles têm dois amigos curados, não só um. Você perdeu parte dessa novela.

— Então vocês usaram a outra ampola? — Délia perguntou de olhos arregalados e se lembrando de que tinha confeccionado três ampolas. — Camargo, agora você deve, mais do que nunca, proteger esse garoto até encontrarmos os demais sujeitos do experimento. Sem eles, não conseguiremos avançar.

De quase assassino para protetor. Aquilo ia ser, no mínimo, curioso.

George abaixou a cabeça e sorriu. Mais uma vez, sua morte estava sendo adiada.

— Droga. Não tem problema, garoto. Vou continuar te chamando de garoto, porque esse seu nome, hein? Vou te contar... — Camargo balançou a cabeça em negação. — Onde estão? Onde estão os possíveis candidatos que eu preciso sequestrar?

George se manteve em silêncio e a paciência de Camargo se esgotou na velocidade da luz, fazendo-o largar a arma e empurrar Délia para o lado. Não queria saber de proteger ninguém. Já estava mais do que na hora de acabar com aquela ladainha.

— Diz, garoto! Onde está esse tal de Charles?

— Não, Camargo — Délia tentou interrompê-lo, mas foi jogada para longe com outro empurrão.

Camargo atacou George com um soco certeiro na lateral direita de seu rosto. E a sensação não foi nada agradável. Camargo nem deu a chance de George sequer falar ou tentar se defender e logo desferiu o segundo, ainda mais intenso, na face esquerda. O segundo soco foi o mais sofrido, a dor irradiando do queixo até a testa e, naquele momento, George se viu em situação de completa impotência. Queria ter força e destreza para contra-atacar e, na sua mente, ele até conseguiria movimentar os braços e vencer aquela batalha... Pena que aquilo acontecia somente em seus pensamentos. A terceira pancada foi a que lhe tirou mais sangue, jorrado em um único cuspe involuntário ao ar livre. Mais uma onda de agonia tomou todos os músculos da face, o cérebro chacoalhou dentro do crânio e o equilíbrio foi comprometido. George olhou para os lados, porém não tinha mais noção de onde estava.

Sem conseguir se defender, torceu para que a morte não demorasse a levar sua alma deste mundo. Aquela dor era insuportável. Ela precisava acabar.

força, george

Délia assistiu ao espancamento gratuito sem interferir. Não queria se tornar mais uma vítima das cruéis mãos de Camargo. Os três socos deixaram George quase morto no chão frio, contudo Camargo não estava satisfeito: ainda precisava de uma resposta antes de acabar de vez com a vida de George. Para consegui-la, segurou o pescoço do garoto com força. Ou ele falava, ou ele falava.

George não conseguia respirar, por mais que tentasse. Ele também não tocava os pés no chão, já que Camargo o mantinha suspenso enquanto o enforcava. Seus olhos foram tomados por teias vermelhas e não ia demorar para que ele começasse a perder os sentidos.

— George! — Felipe gritou, do topo da escada. — George, você está vivo?

Camargo e Délia desviaram a atenção para a voz que vinha de cima. George já estava quase sem forças, mas sabia que aquela era sua única chance. Ele precisava sobreviver. Ele queria sobreviver!

A faísca da sobrevivência se tornou uma explosão instantânea e se concentrou em seu pé direito, já suspenso. George o balançou para trás e, com um único pontapé, acertou Camargo na região onde todo homem nunca deseja ser acertado. O chute cumpriu o seu objetivo: mesmo com todo o treinamento, Camargo não suportou a dor e foi ao chão, apoiando-se em um joelho e deixando George livre. O grito de dor ecoou pelos corredores do hospital.

— Seu idiota! — gritou Camargo, em agonia.

Quando Camargo o soltou, George não conseguiu se manter de pé, pois seu corpo era pesado demais e as pernas ardiam em uma dormência esquisita. Entretanto, não podia esperar mais se quisesse fugir, mesmo que precisasse se arrastar dali até a escada.

Délia ainda tentou segurá-lo pela gola da camisa quando ele chegou às escadas, mas levou um chute na boca do estômago.

Assim, George conseguiu rastejar até o topo da escada.

— Felipe! Corre, Felipe! — pronunciou com dificuldade ao tentar se levantar, o rosto desfigurado pelas pancadas.

— George! Quem fez isso com você?

— Dé...lia. Ca... Ca... margo.

Felipe não fazia ideia de quem era Camargo, mas Délia era um nome que ele não esqueceria tão cedo. Aquele deveria ser o momento em que Felipe abriria um sorriso por ver seu amigo vivo, porém vê-lo naquelas condições deixou o seu coração apertado. Tinha sangue por todo o rosto de George e o olho direito estava inchado, além de dois dentes deslocados para trás.

George se pôs de pé e segurou na mão de Felipe para os dois andarem até encontrarem a saída do hospital. Nada de mortos-vivos por perto. George não tinha condições de falar, todas as suas forças estavam destinadas ao sucesso daquela fuga.

— Camargo, ele tá fugindo! — gritou Délia, que ainda estava no chão.

— Deixa, deixa esse *merda* correr. Eu não consigo correr atrás de ninguém agora — Camargo mal abria os olhos, segurando as partes para tentar aliviar a dor. — Ele me acertou em cheio!

— Camargo, você precisa ir. Dependemos daquele garoto, você tá me entendendo?

— Não, Délia, você é quem não está entendendo. Eu vou levar você para a Central agora! — Camargo colocou-se de joelhos. — Você já produziu essa cura antes, não é? Basta fazer de novo e assim, todos serão felizes. Esse garoto vai encontrar o fim que merece.

— Camargo, é difícil sintetizar a cura.

— Délia, isso é problema seu. Se você não conseguir, eu vou ser o cara mais feliz do mundo em poder te dar um tiro, bem no fundo da sua garganta e, então, outro cientista conseguirá. Você é descartável, entendeu? É a nossa melhor chance no momento, mas se você não fizer o que deve fazer, vai virar história. Ou nem isso, de acordo com a política da ASMEC.

Délia se calou. Ela sabia que não podia lutar contra Camargo de forma alguma.

O agente se levantou.

— Onde você estava todo esse tempo? Há horas estamos te procurando — ele comentou.

— Eu estava me escondendo dos malditos mortos-vivos. Tem criaturas aqui que estão além da nossa compreensão. Eles estão começando a pensar, a racionalizar...

— Deu para perceber. Precisamos finalizar essa missão agora mesmo.

— *Precisamos?* Quer dizer que você tem companhia?

— Claro que sim. Eu sempre soube que poderia cumprir essa missão sozinho, mas o pessoal insistiu em mandar agentes comigo. Eles deviam saber que eu precisaria de iscas para te resgatar.

— Camargo, como você pode ser tão insensível?

Camargo deu de ombros.

— E cadê todo mundo?

— Não importa. Agora é só eu e você, querida madrasta. Vamos sair daqui. — Ele fez uma pausa dramática, olhando para o chão antes de continuar andando. — Você pode até não acreditar, mas eu senti saudades de você.

— Você está certo. Não tem condição nenhuma de eu acreditar em você.

Camargo sorriu pelo canto da boca.

— Aquele idiota do meu pai está morto, não é?

Os olhos de Délia se arregalaram após a pergunta.

— Você demorou para perguntar... e se demorou tanto assim, sabe que nem preciso te responder.

Camargo manteve o olhar fixo para o chão. Impossível imaginar, mas de certa forma, ele parecia ter confirmado uma notícia amarga. Queria poder ouvir um grande "não" de Délia, seguido de um "o Claus está vivo". Claus era uma das únicas pessoas com paciência suficiente para aguentar a personalidade de Camargo e de amá-lo enquanto exercia seu papel de pai.

Délia se levantou do chão e abaixou a cabeça. Sem mais palavras, ela e Camargo foram em direção às escadas. Agora, Délia poderia respirar em paz — em partes, pelo menos. Ela estava viva, porém sabia que ainda precisava da cura. Não podia arriscar contar a Camargo que a cura também circulava em suas veias, mas com certeza iria dar um jeito de sintetizá-la.

As palavras de Camargo haviam deixado bem claro que ela era descartável. E era mesmo. Quanta pequenez, se comparada ao ambicioso plano da ASMEC. Preferiu não trocar sequer outra palavra com Camargo, nem fazia questão de olhar em seus olhos. Desprezava o homem há muito tempo e não podia demonstrar o seu desprezo, mas também não precisava ser a pessoa mais simpática do mundo.

Quando os dois passaram pela saída do hospital, Camargo parou e fez uma varredura, girando em trezentos e sessenta graus e tentando avistar o garoto, que o machucara para valer com aquele chute. Não conseguiu detectar nada. Era inútil continuar procurando.

Mal sabia ele que George e Felipe estavam perto dali, embaixo do carro que tinha guiado ambos até a cidade de Palmas. Eles foram para lá assim que saíram do hospital. George sabia que precisava ver Camargo partir para ficar em paz.

Délia e Camargo seguiram caminhando pela Avenida Teotônio Segurado. Ela mancava e tinha dificuldades de acompanhar o enteado — não que Camargo se importasse em ir na frente, atirando em cada morto-vivo que cruzava o seu caminho. Ele não olhou mais para trás. Délia o seguiria, disso ele tinha certeza.

George não tirou os olhos da dupla até perdê-los de vista.

— Fala comigo, por favor... — implorou Felipe.

— Não há o que falar. Não sei o que dizer.

Lágrimas começaram a se formar nos olhos de George, que não conseguiu esconder a voz chorosa.

— Aquela era mesmo Délia? Aquela Délia?

— Sim, era ela.

— Você disse que não precisaríamos mais nos preocupar com ela. Eu pensei que você tivesse visto ela morrer...

— Felipe, eu juro que tentei, mas não consegui. Ela estava contaminada, assim como Charles. Mesmo depois de tudo, não consegui deixá-la morrer. Ela ficou com uma das ampolas de cura. E essa vadia sobreviveu. — George sentia o gosto de sangue em sua boca a cada letra proferida.

— Caralho, é inacreditável isso. Como pode?

George sorriu, ou pelo menos, tentou. Não havia mais necessidade de ficar embaixo daquele carro, portanto os dois saíram do esconderijo e se colocaram de pé. Estava na hora de deixar Palmas, de uma vez por todas.

— E sabe o que é mais inacreditável? Viemos até aqui para encontrá-la e conseguimos, Felipe. Mas já era tarde demais, porque Póka...

George engoliu o choro sangrento e não terminou de falar. Tinha mantido, o máximo possível, a lembrança de Póka longe de sua mente. Sabia que, se pensasse nele, sentiria-se triste e impotente, podendo ficar em perigo. Mas engolir o choro não era mais possível. Não conseguia mais evitar. Não conseguia.

— O Pókinha que conhecemos está morto, Felipe. Tá morto.

Felipe se aproximou de George e o abraçou, fazendo-o chorar daquela forma que não se pode conter. Uma enxurrada de lágrimas tomou o ombro de Felipe, onde George encontrou consolo. Nunca tinha perdido um amigo tão próximo quanto Póka, alguém que ele via direto quando estavam na faculdade. Alguém com quem ele compartilhara os melhores momentos de zoeira e farra — leia-se: Dota e Pepsi infinita. Suas pernas estavam trêmulas. Ele repetia o nome do amigo, bem baixinho, na esperança de que seus chamados fossem atendidos e Póka aparecesse ali, vivo, na sua frente.

Já Felipe, por outro lado, deixou somente uma lágrima escorrer. Por dentro estava em pedaços, mas queria aparentar uma casca forte por fora, para que o outro pudesse se apoiar nele.

— Felipe, precisamos ir embora. Não é seguro permanecer aqui.

Felipe nem se deu o trabalho de responder, pois nem precisava dizer o óbvio.

Ao longe, avistaram um morto-vivo se aproximando pela rua lateral ao hospital e sabiam que estava na hora de entrar no carro e ir embora. Felipe teria uma oportunidade de encarar o turbilhão de emoções quando estivesse mais perto de todos os seus amigos — e, de preferência, depois de ver George recuperado após ser espancado por Camargo.

George se apoiou nos ombros de Felipe para conseguir caminhar e deu o primeiro passo com dificuldade. Colocava um pé na frente do outro, em meio a mancadas e deslizes.

A cada passo dado pelo amigo, Felipe fazia uma mini comemoração. Logo, George estaria deitado no banco traseiro, se recuperando da agressão que sofrera.

Força, George.

Infelizmente aquela sequência de passos lentos, que tinha tudo para ser um sucesso, foi interrompida por um disparo seco e silencioso. George não conseguiu ver de onde tinha vindo, só conseguiu perceber que o atirador era, na verdade, uma *atiradora* quando virou o rosto para a entrada do hospital, pouco antes de sua vista escurecer como o céu daquela madrugada.

os heróis do apocalipse

— A cobertura completa da maior operação militar da história do Brasil, você acompanha aqui — disse Joana, deixando a sua posição em frente à câmera para retornar ao seu camarim improvisado.

Depois de mais uma gravação, Joana tomou uma latinha de Coca-Cola quase em um gole só. Essa já era a nona aparição ao vivo que ela fazia na TV nas últimas horas. Todo o esforço estava valendo a pena: ter o privilégio de cobrir, tão de perto, o maior evento militar dos últimos tempos não era para qualquer um.

A jornalista pegou um espelho em sua bolsa e em seguida, secou as pequenas gotículas de refrigerante que arruinaram a sua maquiagem. Ela tinha que estar impecável para aparecer ao vivo em rede nacional. Batom, ok, e o cabelo castanho e curto acordou comportado, como se tivesse adivinhado que seria um dia daqueles. A franja desajeitada até tocava as sobrancelhas, mas ela só precisou mover uma mecha teimosa, que insistia em tocar nas lentes gigantes e arredondadas, circundados por um aro no mesmo tom de seus cabelos. Seu nível de miopia não condizia com o tamanho dos óculos, todavia Joana não seria ela mesma se não estivesse com um par de lentes imensas no rosto.

A camisa azul de botões acinzentados realçava os tons de seu rosto alvo e Joana ajustou a altura das mangas, pois precisavam estar alinhadas nos braços. Ela não alcançou o resultado esperado, porque seu tempo era curto. Logo iria ao ar para mais uma transmissão sobre o quase fim do mundo.

As grandes emissoras, até mesmo as independentes, estavam nos limites da Bolha, já conhecida nacionalmente. Tropas do exército chegavam a todo o momento, preparados para uma missão sem precedentes em um território hostil, com inimigos ainda não compreendidos. Os militares tinham armamentos, capacetes, botas e máscaras de proteção para evitar a infecção pelo ar. Todo cuidado era pouco, perante a uma ameaça tão irreal.

O plano era simples: precisavam repetir as explosões do segundo nível do protocolo e seguir em solo para a eliminação de focos mais resistentes de infecção. Se o nível 3 do protocolo falhasse, a humanidade estaria condenada à extinção.

A base, nos limites da Bolha, se localizava ao norte da cidade de Gurupi e contava com uma área de quatro quilômetros quadrados. A estrutura tinha largas paredes de plástico reforçado, sustentados por longas hastes de aço. Havia árvores secas de um lado da BR 153, mais árvores e folhas murchas do outro lado da BR, e a esplêndida cidade ao fundo. A via de acesso terrestre fora interrompida pela estrutura.

Dois helicópteros pousaram nos limites da Bolha. Um deles carregava armas, explosivos e munição. O outro, esperança para todos: ele trazia os seis sobreviventes resgatados por Eriberto.

O dia começava a raiar.

Cris foi a primeira a conseguir ver os pequenos pontos pretos no chão, porém ainda não entendia o que estava diante dos seus olhos.

Thabs estava com a cabeça apoiada no ombro de Cris e uma das mãos sobre o estômago. Sentia-se enjoada.

Monstro e Emu estavam no assento de frente para Cris e Thabs.

Leafarneo mantinha o olhar fixo para a janela do helicóptero, porém seus olhos não enxergavam nada. Ansiava saber o que havia acontecido com George, Felipe e Póka. Entendia os motivos para uma possível fuga dos três, mas seu coração apertava. Por que não compartilhar essa decisão tão difícil com todo o grupo?

Charles e Eriberto se acomodaram em lugares opostos do helicóptero.

— Aeronave não reconhecida no espaço aéreo. Favor se identificar. Câmbio.

— Helicóptero militar HM-2 S-70A. Permissão para pouso. Estamos com uma tripulação de sobreviventes.

— Aguarde um momento, câmbio.

Chiado no rádio.

— Permissão de pouso concedida para a aeronave HM-2 S-70A. Bem-vindos. Vocês estarão seguros aqui.

A comunicação foi cessada. A notícia do resgate correu rápido entre os militares, jornalistas e curiosos que estavam no local.

Cris sorriu e uma lágrima morna escorreu pelo rosto até contornar o nariz. Era uma lágrima de felicidade pela chance de cultivar a esperança após os últimos dias de sua vida terem se tornado um grande pesadelo, porém, que teve um fim. Mesmo assim, a preocupação ainda insistia em tomar conta de seus pensamentos. Queria George, Felipe e Póka de volta. Já.

O helicóptero alcançou o chão, as hélices ainda em funcionamento parcial. Um dos curiosos gritou palavras sem significado. Junto a ele, vozes de comemoração emergiram. Era o cenário perfeito para o fim do sofrimento.

As duas garotas desceram primeiro. Cris e Thabs saíram abraçadas, protegendo o rosto contra o forte vento da manhã. Charles, Leafarneo e Emu vieram em seguida. Os sobreviventes ouviam gritos, aplausos e Monstro foi o último dos estudantes a descer.

Eriberto, o piloto do helicóptero e seu navegador, saíram minutos depois.

"Como vocês sobreviveram?"

"O que está acontecendo lá dentro?"

"Você encontrou mais alguém vivo?"

Flashes, microfones, gravadores, empurrões... As perguntas vinham de todos os lados, porém, antes mesmo de qualquer declaração para a imprensa, os seis sobreviventes já tinham um nome: os Heróis do Apocalipse.

— Ok, sem assédio por favor, sem assédio! — pediu um soldado, ao se aproximar e delimitar o perímetro com os braços para protegê-los.

Cris abraçou Thabs e Monstro, que logo acolheu Emu no abraço coletivo. Ela chorava sem parar, num misto de alegria, dever cumprido e preocupação, porque George, Felipe e Póka ainda estavam dentro da Bolha.

— Ei, vocês dois, venham cá! — Eriberto chamou Charles e Leafarneo para uma grande barraca ao norte das instalações.

Enquanto eles atendiam ao chamado do homem, os demais foram abordados por dois oficiais, que lhes trouxeram toalhas limpas e água mineral.

— Nós ainda não agradecemos ao Eriberto, nem a vocês. Muito obrigada por terem nos tirado de lá. — As bochechas de Thabs se avermelharam.

— É nossa missão manter a humanidade a salvo. E vocês ainda vão receber uma enxurrada de perguntas dos nossos amigos repórteres ali. — O soldado apontou para Joana, que mais uma vez estava ao vivo.

— Moço, me desculpe, mas onde tem comida? — perguntou Monstro. — Eu tô cagado de fome!

— Claro! Mil desculpas, nós deveríamos ter oferecido antes — disse o outro soldado, segurando as toalhinhas que ainda não tinham sido utilizadas. — Me acompanhem, por favor.

Monstro foi de imediato junto com o soldado, acompanhado por Emu, que os seguia, porém mantendo uma certa distância. Estava mais cabisbaixo que o normal. Queria, o quanto antes, ver sua mãe e abraçá-la por um longo tempo. Queria sentir aquela calorosa preocupação e a doce voz em seu ouvido, dizendo que ele ficaria bem e que ele superaria o que tinha vivido naqueles dois dias de puro terror. E seu irmão caçula? Como explicaria a própria ausência por dois longos dias, sem dar um sinal de vida por telefone? Tinha que planejar uma boa justificativa.

— Eriberto nos disse que tudo por aqui ainda estava bem. É verdade? É verdade que a infecção ainda não se espalhou pelo país e matou todo mundo? — questionou Cris, que já estava quase perdendo Emu, Monstro e o outro soldado de vista.

— Claro que sim. Isso de infecção se espalhar da noite pro dia só acontece em filme de morto-vivo. O exército está sendo bastante eficaz nas operações de contenção.

— Jura? Eu pensei que vocês iriam explodir tudo para acabar com isso.

— Pensou certo! Tivemos uma primeira tentativa que foi frustrada por uma falha nos nossos dispositivos de comunicação, mas não se preocupe, mocinha. Uma nova tentativa será feita muito em breve.

— Hum, sei.

Cris sentiu um aperto gigante no coração e não conseguiu proferir outra palavra depois disso, mantendo-se pensativa até chegar à maior barraca militar que já viu em sua vida.

Enquanto isso, ao norte dos limites da Bolha, Eriberto, Charles e Leafarneo chegaram a seu destino.

— Aqui vocês vão encontrar quase tudo o que precisam nesse momento. — Eriberto entregou a eles uma bolsa com comida enlatada e outra com garrafas de água mineral.

Charles não hesitou e abriu uma das garrafas para jogar água no rosto. Sua pele queimava.

— Eriberto? — questionou Leafarneo. — Eu sei que eu não sou

o mais falante do grupo, mas eu queria te agradecer. Muito obrigado por nos tirar de lá.

Eriberto, quase duas vezes maior que Leafarneo, se aproximou e o abraçou.

— Garoto, eu fiz o que devia fazer. E me desculpem por qualquer constrangimento, sei que foi difícil confiar em um estranho. Foi difícil, mas chegamos inteiros. Pelo menos, quase isso. — Eriberto olhou para Charles e sorriu. Tinha todos os motivos do universo para odiá-lo, mas vê-los a salvo era suficiente para satisfazê-lo.

Charles respondeu ao sorriso com uma tímida mudança de expressão, os olhos não tão raivosos quanto outrora, no helicóptero. O pedido de desculpas ainda estava engasgado em sua garganta.

Depois de ver Charles e Leafarneo bem estabelecidos, ele saiu da barraca de mantimentos.

— Então você é o soldado que salvou aqueles garotos? — Eriberto foi interceptado por um militar, o mesmo que fizera uma barreira com os braços assim que o grupo desembarcou do helicóptero.

— Não sou bem um soldado, só um mero enfermeiro. Eriberto — respondeu.

— Onde foi mesmo que você achou essa galera gente fina?

— Eles estavam perdidos, eu estava perdido. Foi um encontro de pura sorte. Foi você quem respondeu ao meu chamado no rádio? Sua voz não me é estranha... — Eriberto observou.

— Rádio? Claro, foi sim — disse, desconcertado. Não fazia ideia do que Eriberto estava falando.

— Graças a vocês que nós estamos aqui, são e salvos. Por um breve momento, pensei que ficaríamos confinados naquela cidade esquecida por Deus. Eu jamais tirarei seu nome das minhas orações — Eriberto agradeceu. — Falando nisso, como você se chama?

— Prazer, meu nome é Camargo.

— Camargo? Belo nome, rapaz. Você está aqui desde que a contenção foi iniciada? — indagou Eriberto.

Camargo precisava de um tempo para pensar na resposta. Então desconversou, para ponderar o que poderia dizer.

— O que um enfermeiro militar estava fazendo em uma região tão perigosa?

— Nós estávamos em uma missão de resgate enquanto a infecção ainda parecia sob controle, porém não fomos bem-sucedidos. Pelo menos, conseguimos sair daquele inferno.

— Sob controle? Relaxa... Vocês já têm isso mais do que sob controle. Total controle. Olha só o tamanho dessa operação militar! — Camargo apontou para os lados com as mãos abertas.

— Espera. *Vocês*? — Eriberto notou que o outro não se incluiu no grupo de militares. — Eu pensei que você era um dos soldados no comando, senhor Camargo.

Como odiava que o chamassem de "soldado", Camargo fechou os olhos e respirou fundo.

Não era hora de perder o controle.

— Eu faço parte de uma missão especial. Não devo demorar muito por aqui porque o mundo depende de mim. Só vim mesmo reabastecer meus suprimentos para seguir viagem. Não posso falar muito mais do que isso. Serviço secreto, você entende, né? — Ele sorriu.

— Claro, não se preocupe comigo. Você tem coisas a fazer. E eu também.

Eriberto estendeu a mão para Camargo, que o cumprimentou antes de deixá-lo.

Charles e Leafarneo permaneceram na barraca por tanto tempo que nem perceberam que o sol despontava no horizonte, do lado de fora.

— Charles, você está bem? Tô te achando com uma cara de preocupado da porra.

— Cara, não sei dizer... Eu acho que deveria responder sim à sua pergunta, mas eu não sei dizer. Sinto um negócio estranho aqui dentro.

Charles colocou a mão no peito.

— Eu acho que compartilho do mesmo sentimento. — Leafarneo virou as costas para o amigo, à procura de mais uma garrafinha de água. — Eu deveria estar feliz. Nós fomos resgatados, ora. Deveríamos estar jogando Dota pra esquecer isso tudo.

— Não, Leafarneo. Tem um negócio estranho aqui dentro, de verdade. — Charles pressionou as mãos contra o peito e em seguida, levou-as à testa. — Parece que minha cabeça vai explodir...

Charles não se aguentou de pé e caiu no chão frio da barraca de mantimentos. Leafarneo viu, em câmera lenta, o amigo despencar e desfalecer. Sem pestanejar, colocou a cabeça para fora da barraca e gritou por ajuda, voltando para perto de Charles em seguida.

Charles gemia de dor enquanto um líquido esbranquiçado escorria pelo canto da boca e seus músculos sofriam espasmos incontroláveis. Pelas pálpebras entreabertas, Leafarneo enxergou a superfície branca dos olhos de Charles ser tomada por fios vermelhos enquanto cada olho se movia para uma direção independente.

Leafarneo não conteve os gritos pedindo por ajuda enquanto segurava o corpo de Charles de lado para que ele não se afogasse com a substância esquisita que regurgitava de sua garganta. Alguns dos curiosos — que se atreviam a ficar ali bem perto da faixa amarela, mesmo com tantos soldados bem armados — tentaram ultrapassar os limites para ajudar, mas foram impedidos.

— Tem alguma coisa acontecendo aqui — observou a jornalista Joana, que descansava para a próxima aparição na TV.

Ao se levantar para ver mais de perto o que acontecia na barraca, ouviu algo se rachando e parou. Seu ajudante soltou a câmera em cima da mesa, que antes só sustentava uma lata de Coca-Cola. A rachadura vinha da câmera, da lente frontal que se partia diante de seus olhos. Ela começou como um pontinho no centro que foi crescendo e crescendo, até que a lente explodiu.

Um ruído à esquerda chamou a atenção de Joana. Outra câmera, cuja lente acabara de explodir. E mais outra ao longe. E outra, a seguir.

O rebuliço tomou conta da multidão do lado de fora enquanto Charles estava em agonia do lado de dentro. Suas orelhas ardiam em chamas e um maldito ruído entrava por elas, fritando seu cérebro a ponto do rapaz enfiar os indicadores nos ouvidos para tentar fazer o som parar.

Leafarneo clamou por Thabs, Cris, qualquer pessoa servia.

Onde diabos estavam os seus amigos, afinal? Ele não sabia o que fazer e precisava de alguém para ontem.

Thabs, Cris, Emu e Monstro não estavam longe dali.

Enquanto Leafarneo e Charles foram para a barraca de mantimentos, os quatro foram guiados por oficiais do exército para a Central de Comunicações Provisória. O local não era simplesmente uma barraca, mas um grande espaço, cercado por fitas amarelas, repleto de computadores portáteis ligados por todos os lados em gigantes geradores de energia.

Monstro tentou contar nos dedos a quantidade de gente alocada naquela Central, porém se perdeu após contar até quarenta e dois e desistiu. Dali, saíam todas as instruções para que as equipes do nível 3 do Protocolo adentrassem a zona da Bolha após a explosão.

Os quatro permaneceram em pé próximos à entrada da Central e conversavam baixinho para não atrapalhar o trabalho dos analistas. Poucos minutos após o resgate, ainda absorviam todas as informações do novo mundo — quer dizer, do velho mundo, que estava praticamente intacto. Não teriam sua cidade de volta, mas pelo menos ainda tinham a chance de tentar encontrar amigos e familiares. O exército já tinha se colocado à disposição para tentar estabelecer os primeiros contatos.

Foi em meio a sorrisos bobos e diálogos aleatórios que o mundo mandou um alerta de que o pesadelo ainda não tinha acabado. Subitamente, Thabs perdeu o equilíbrio, cambaleou e desabou no chão.

— Ajuda, pelo amor de Deus, ajudem! Alguém! — Cris gritou.

Monstro e Emu olharam ao redor procurando por quem poderia ajudar Thabs, que se contorcia no chão. Parecia que ela tinha perdido o controle de seu próprio corpo.

De repente, o corpo trêmulo de Thabs parou de se mexer, ao passo que Charles parou de gritar na outra barraca.

Os dois ficaram congelados. Nem mesmo o movimento dos pulmões ou qualquer batida de coração poderiam ser ouvidos.

O corpo de Charles congelou de boca aberta, a língua arroxeada devido à insuficiência de oxigênio.

— Charles? Charles? — Leafarneo o cutucou, mas o amigo estava inacessível.

Um grito, ao longe, chegou até os seus ouvidos. Ele reconhecia bem aquela voz: Cris, que se debruçou em lágrimas sobre o corpo de Thabs, que ainda estava imóvel.

O coração de Leafarneo palpitou. Ele queria correr para ajudá-la, porém não podia deixar Charles no chão daquele jeito. Ao olhar para o amigo outra vez, ouviu passos adentrando a barraca e, no segundo seguinte, já dividia o chão com Eriberto, que antes de perguntar qualquer coisa, tirou a bota e apoiou a cabeça de Charles de forma que ficasse elevada.

Eriberto verificou a pulsação de Charles. Inexistente. Sabia exatamente o que fazer, pois já tinha feito aquilo milhares de vezes. Pegou os braços de Charles e os estendeu, deixando-os a um ângulo de quase noventa graus de seu corpo. Fez um rasgo na camisa dele para desobstruir sua respiração, caso ela estivesse impedida por suas roupas. Posicionou as mãos sobrepostas sobre o esterno do garoto e fez pressão.

Trinta compressões cardíacas.

Nenhum resultado.

Era hora da respiração boca a boca. Eriberto não hesitou por um segundo e tentou oxigenar os pulmões de Charles.

Tentou uma vez.

Ainda sem resposta.

Realizou mais uma tentativa.

Ainda sem resposta.

Hora de tentar mais um ciclo de massagem cardíaca.

Nada. Nenhuma resposta. Nenhum sinal de vida.

Cris, Monstro e Emu na sala de comunicações estavam à beira do desespero. Ninguém conseguia pensar em nada e os jovens não tinham ideia alguma do que estava acontecendo.

— Que merda é essa? — Camargo viu a estranha movimentação na Central de Comunicações e correu.

Ignorando todos os avisos para manter distância da área restrita, Camargo se aproximou de Cris e Thabs, que estavam rodeadas por militares que não sabiam o que fazer.

Quando menos esperava, Cris ouviu ar inundar os pulmões de Thabs. Ela tinha tornado a respirar e seus olhos, aos poucos, começaram a voltar ao normal.

O mesmo aconteceu com Charles, no mesmo instante. O primeiro rosto que ele viu foi o de Eriberto, quando arregalou os olhos e começou a respirar como se não houvesse amanhã.

— Foi você que acabou de me salvar? — perguntou ele, esbaforido. — Obrigado. E me desculpe por isso — disse, apontando para o rosto de Eriberto.

O enfermeiro sorriu e trouxe Charles para junto de seu corpo, dando-lhe um abraço desajeitado.

— Tá virando rotina eu te salvar, né, garoto? Essa foi a segunda vez em menos de vinte e quatro horas. Desse jeito, você vai ter que me contratar como seu enfermeiro particular.

Leafarneo assistiu a cena aliviado e se sentou no chão.

Enquanto isso, Thabs também voltou a ter controle de si.

— Está tudo bem com vocês? — perguntou Camargo.

— Claro, tudo em ordem. Ela só tropeçou e bateu a cabeça, só isso. Está tudo bem — Cris respondeu. Lá no fundo, ela sabia que tinha algo de muito errado com Thabs; entretanto, jamais falaria de sua preocupação em voz alta, não enquanto estivesse cercada por um monte de militares armados até os dentes.

Cris olhou para as pessoas que estavam ao seu redor e sorriu. Repetiu as frases "está tudo bem" e "está tudo em ordem" algumas vezes até ver o círculo de curiosos desmanchando.

Camargo permaneceu ali.

— Só precisamos dar um jeito de encontrar nossas famílias, comer alguma coisa, um bom banho e pronto. Não se preocupe conosco.

— Eu estou aqui pra ajudar.

— Você é o...?

— Camargo. Eu me chamo Camargo.

— Ficaremos bem, Camargo. Não precisa se preocupar, sério mesmo. Você deve estar cheio de coisa pra fazer por aqui. Vá em frente — disse Cris, desviando a atenção de Camargo, que não insistiu e saiu após se despedir com um sorriso de canto.

Ao deixar Cris, ele esbarrou em um militar que caminhava por perto com uma prancheta em mãos e forçou uma conversa. Não queria ficar tão longe; caso contrário, não saciaria a sua curiosidade crescente de entender o que tinha se passado com a ruiva estendida no chão.

Cris respirou aliviada ao ver Camargo se distanciar. Em seu coração, ela tinha uma única certeza: se eles descobrissem que Thabs passara mal, poderiam pensar que ela estava infectada e a garota seria executada ali mesmo. Cris não aguentaria assistir à execução de sua amiga; ainda mais uma execução infundada, sem motivos. Thabs estava curada pelo soro que Délia desenvolvera, assim como Charles.

Os dois estavam bem.

Os dois estavam bem...

Talvez o choque, talvez o nervosismo ou até mesmo o estresse por toda a adrenalina que tinham enfrentado desde o início do apocalipse podiam ter causado o colapso de Thabs. Mal sabia ela que Charles tinha passado por um colapso similar, senão idêntico.

Uma movimentação inesperada tomou conta da Central de Comunicações. Pessoas falando baixinho e olhando para os monitores. Pareciam ter detectado alguma coisa.

— Senhora Marta, precisamos de você. Poderia me acompanhar, por favor? — pediu um recruta a uma senhora de cabelos pretos, que estava olhando para um dos monitores.

Marta se levantou e foi até o outro lado da Central, onde olhou para o monitor, que estava paralisado.

— Isso também está acontecendo nas nossas unidades — concluiu, após segundos. — É uma transmissão clandestina que está sendo feita de... — Ela olhou os números de coordenadas em um mapa disposto no canto do monitor. — ... Palmas. Essa transmissão está vindo de Palmas.

— Isso é alguma espécie de ataque? Será que tem alguém tentando sabotar a nossa comunicação?

— Não consigo identificar a origem exata da mensagem.

O monitor lateral exibia a mesma tela paralisada, como se algo fosse se formar a qualquer instante. O mesmo acontecia em todos os monitores e os analistas mais experientes se movimentaram dentro da Central de Comunicações procurando por qualquer estação que ainda pudesse estar ilesa.

Toda a comunicação com as outras unidades, nos limites da Bolha, estava comprometida.

— Acreditamos que é uma transmissão pirata, senhora Marta.

— Como é que é? — indagou ela com a voz firme. — Você está querendo me dizer que há uma transmissão pirata violando a comunicação do exército, que deveria estar criptografada?

— E está, senhora Marta. Todas as nossas diretrizes de segurança estão ativas.

— Então...

— ...Então, quer dizer que estamos sendo hackeados por verdadeiros gênios. Esses protocolos deveriam ser intransponíveis.

O travamento de todos os monitores cessou e o terminal de comandos foi inicializado em cada computador da Central. Várias linhas de código começaram a ser apresentadas em alta velocidade, de forma que seria impossível um ser humano conseguir acompanhá-las para entender a rotina que estava sendo executada na frente dos seus olhos.

Impotentes, os analistas assistiram a festa dos códigos, até as janelas dos terminais serem cobertas por uma interface gráfica de baixa resolução. A mesma figura se formou em todos os monitores e como as telas não eram capazes de renderizar todas as cores, as imagens estavam sendo exibidas em tons de cinza e verde.

Pixel a pixel, uma imagem se formou. No início, não dava para saber o que era e só dava para ver um emaranhado de pontos soltos, aparecendo um a um em cada um dos monitores.

No entanto, não demorou para que os pixels começassem a fazer sentido. A imagem estava mais clara agora, mesmo que ainda não estivesse renderizada por inteiro. Parecia um... rosto. Isso mesmo.

Definitivamente, era o rosto de alguém.

O exército conseguiu ver o rosto do gênio que acabara de comprometer o nível 3 do Protocolo de Contenção.

— Meu Deus do céu! — exclamou Cris, se aproximando de um dos monitores.

Ela reconhecia a pessoa da imagem que acabara de se formar ali.

Era George.

jade

Duas horas antes dos últimos acontecimentos na Central de Comunicações Provisória.

Após o disparo certeiro, Jade permaneceu na entrada do hospital. Não moveu um músculo sequer até George cair de costas e bater a lateral do rosto contra o asfalto duro da calçada. Felipe tentou ampará-lo, mas não conseguiu conter o inevitável.

George estava no chão.

Ao ver o corpo de seu amigo naquela situação deplorável, seu braço direito tremeu de nervosismo. Seus olhos se arregalaram enquanto lágrimas de desespero brotaram e escorreram pela sua face.

— O que... O que você acabou de fazer? — perguntou Felipe antes de se virar para ver a atiradora. Jade não respondeu. — Por que você fez isso? — Felipe se manteve cabisbaixo.

A enxurrada de lágrimas atrapalhava a formação das palavras enquanto um misto de tristeza e nervosismo o dominou. O pior de tudo é que ele estava incapacitado de fazer qualquer coisa. Felipe tinha consciência disso, afinal, quem havia atirado em George poderia muito bem apontar a arma para ele a qualquer momento e explodir seus miolos, sem piedade alguma.

Mais uma vez, o rapaz olhou para George, esmagando seus braços de forma desengonçada, deixando os dedos da mão esquerda desalinhados e tortos. Felipe se ajoelhou e ajustou a posição da mão de seu grande amigo, procurando dar-lhe um maior conforto, mesmo sabendo que o outro não sentia nada. Em meio à escuridão, tateou as mãos de George e posicionou-as ao lado de seu corpo. Com um singelo movimento, os dedos de George foram desdobrados. Eles só estavam torcidos, mas os ossos ainda permaneciam intactos e em seus devidos lugares.

Ainda impressionado com o que tinha acabado de acontecer, Felipe admirou o corpo de seu amigo. Viu o rosto de um garoto dormindo, com os traços bastante acentuados, como se ele estivesse franzindo os olhos e a testa. Parecia guardar raiva, rancor, mágoas que jamais seriam reveladas. Seus olhos continuaram percorrendo o corpo inerte no asfalto até encontrarem aquela penugem avermelhada, na porção inferior de sua barriga.

Felipe levou a mão para retirar o que achava que poderia ser uma porção de sujeira que aderira à roupa no momento da queda, mas a penugem não saiu após a primeira tentativa. Estava colada ao corpo de George. Felipe então se aproximou do corpo e puxou, com força, a penugem e agora sim, ela saía. Junto a ela, veio o pequeno cartucho tranquilizante que acertou George e o colocou em um sono profundo. O cartucho ainda apresentava mais da metade de um líquido amarelado, ainda assim, George caiu instantaneamente quando foi atingido.

— Então é isso? — Felipe se levantou e jogou o cartucho aos pés de Jade.

Foi a primeira vez que se virou para vê-la.

A beleza de Jade tinha passado despercebida até então. O que prendeu a visão de Felipe não foram os braços longos e finos, expostos graças à regata cinza justa que Jade vestia. Também não foram as pernas, cujos músculos eram marcados pela calça preta, que se estendia até a bota escura e reluzente de cano longo. Nem algo extraordinário em seu cabelo, já que ela o escondia muito bem dentro da boina vermelha com detalhes dourados. O seu rosto, sim, foi o que chamou a atenção de Felipe.

Jade tinha a pele preta, sem uma marca sequer. É preciso também dar um desconto, já que, naquela escuridão, alguns detalhes de seu rosto poderiam ter passado despercebidos. Contudo, não passaram despercebidos os lábios pintados com um batom marrom-claro, que estavam prestes a proferir palavras tão ameaçadoras. Eram os lábios mais perfeitos que ele já vira, no meio da madrugada.

As luzes amareladas de dois postes insistiam em piscar de vez em quando na frente do hospital, proporcionando uma ligeira visibilidade.

— Vocês três já podem sair daí. Esses dois garotos não representam ameaça alguma — disse Jade a Erick e aos dois agentes de suporte, que estavam escondidos pela penumbra da noite, na entrada do hospital.

Ela ignorou a pergunta de Felipe como se o garoto nem estivesse ali e guardou a arma utilizada para disparar o cartucho tranquilizante na lateral de sua bota.

— Iniciem a varredura do perímetro — Jade ordenou aos agentes de suporte, que correram para averiguar se o local estava seguro de ameaças enquanto Erick permanecia ao seu lado. — Precisamos encontrar Camargo e Nestor. Délia não se encontra nessa instalação. Nasha deve ter se enganado em relação às coordenadas da missão.

— Claro, claro que sim. — Felipe sorriu em deboche.

— Garoto, você acha que me coloca medo de alguma forma? — Jade se aproximou com o queixo erguido e o peito estufado. — Eu coloquei o seu amigo para dormir e pensei muito em colocar você também, mas alguém aqui precisa me dizer o que está acontecendo. O que vocês estão fazendo nesse hospital?

— Eu sei que você tem uma arma. Também sei que você e seus comparsas estão armados até os dentes e podem me matar a qualquer momento. Não precisa me bater, não precisa de nada disso. Eu só estava aqui com George, tentando salvar um grande amigo. É isso. Já estamos de saída... — respondeu Felipe.

— Esse sotaque... — Erick se aproximou a passos lentos. Fez questão de mostrar as mãos a Felipe, indicando que não carregava qualquer armamento. Aproximou-se em paz. — Vocês moravam aqui antes disso tudo começar?

— Sim, morávamos sim.

— Agora só falta ele falar o endereço. Esse garoto é um idiota mesmo — disse Jade, em tom de deboche.

— Moça, eu não sei se deu para notar, mas essas ameaças não me abalam — Felipe manteve a aparência calma, mas por dentro havia um vulcão de nervos prestes a entrar em erupção. — Vocês estão em vantagem, pra que eu vou relutar em responder uma simples pergunta?

Erick sorriu.

Felipe sempre foi o mestre no quesito manter a calma — ou pelo menos em aparentar uma calma que nem existia de verdade. George costumava pegar no seu pé o tempo todo pelo seu limitado repertório de expressões faciais e corporais. Era impossível decifrar as emoções de Felipe, porque o rapaz fazia questão de estampar um rosto neutro, manter o corpo parado e uma voz suave, independente da circunstância.

— Você é bastante corajoso, sabia? Não se preocupe, não estamos aqui para fazer mal a ninguém — disse Erick. — Você, por acaso, sabe quem nós somos?

— Com quase absoluta certeza. Vocês são da ASMEC, não são? Assim como Délia. E pelo que escutei agora há pouco, também estavam atrás dela. — Felipe abaixou a cabeça.

Jade e Erick se entreolharam.

— Garoto, não precisa olhar pra baixo. — Erick ergueu o queixo de Felipe.

— Essa é a hora que vocês me dão um tiro por eu saber quem vocês são.

— Não, garoto. De onde você tirou essa ideia de que a ASMEC é do mal e que sai matando inocentes? Somente os indignos devem morrer. Se você está de pé, você é um forte candidato para apreciar a Nova Ordem. — Erick fez uma breve pausa e respirou fundo. — Olha, vocês estariam mortos se nós assim quiséssemos, você sabe disso. Dá pra perceber que você é um garoto esperto.

Felipe não proferiu uma palavra após o intrigante discurso. Levou tempo para digerir a ideia de que eles acreditavam em alguma bondade advinda da ASMEC. E que história era aquela de "indignos" e "Nova Ordem"?

— Posso perguntar como você conhece a ASMEC? — questionou Jade.

— Longa história, moça. Longa história. Eu até poderia contar para vocês, mas preciso cuidar de George.

Jade se afastou e colocou as mãos na cintura. A paciência estava atingindo o limite.

— Erick, esse garoto não vai dizer nada. Nós precisamos sair daqui o quanto antes. Não temos muito tempo antes de...

— Eu acho que posso pelo menos economizar o tempo de vocês. Estão atrás de Délia, não é mesmo?

Jade avançou e, com um movimento de invejável destreza, deu uma cotovelada no rosto de Felipe. A pancada não foi tão forte, portanto, ele virou o rosto e limpou o pequeno fio de sangue que brotou de sua boca.

— Eu sabia. No fim das contas, sempre soube que vocês são uns escrotos do caralho que querem fazer o mal pra todo mundo, sabe-se lá o porquê. Vamos, bate logo de uma vez! Atira, faz o que você quiser. Eu cansei desse joguinho psicológico em que vocês tentam desfazer a imagem horrenda que tenho da ASMEC. Essa organização estúpida destruiu a minha cidade, matou um monte de gente inocente... e pra quê? Pra nada!

Felipe aguentou bem, mas já não conseguia mais conter as emoções.

— Vocês mataram Póka. Vocês mataram o meu amigo...

As lágrimas mais uma vez se intensificaram e ele nem se preocupou mais em contê-las. Suas emoções assumiram o controle.

— Vamos, me matem logo de uma vez e saiam daqui. Délia já saiu há algum tempo.

Erick arregalou os olhos.

— Como é que é? Você realmente viu Délia?

Jade partiu para cima dele, disposta a arrancar o resto daquela informação a qualquer preço. A sorte de Felipe era que Erick parecia bem mais calmo e se colocara na frente dele para que Jade não pudesse mais acertá-lo.

— Jade, para trás. Ninguém mais morre hoje.

Felipe se impressionou com a atitude de Erick e o encarou. Seus olhos, de alguma forma, transpareciam algum nível de sinceridade — ou ele havia sido treinado para falsificar suas expressões faciais. De qualquer forma, ele parecia convicto a protegê-los das investidas de Jade, que estava cada vez mais impaciente.

— Ela não está mais aqui. Ela e um tal de Camargo, se não me falha a memória, saíram daqui e seguiram pela avenida.

— Já era de se esperar. — Erick colocou a mão direita sobre a testa e gargalhou. — Claro que aquele maldito iria levá-la sozinha.

— Você acha mesmo que ele nos deixaria aqui? — questionou Jade.

— Acho, não, tenho certeza. Ele pouco liga pra tudo isso. Você sabe que Camargo é o lixo da ASMEC.

— Espera... — A agente retirou um rádio comunicador da cintura. — Alguém na linha? Câmbio. Alguém na linha? Nestor? Camargo? Alguém?

— Ele não vai responder, Jade. Você conhece bem Camargo. Ele não vai responder. No mínimo, isso é só mais uma provação. Precisamos nos provar dignos, para sairmos daqui ilesos.

— Estou preocupada com o exército. Malditos militares. Malditos.

Jade se pôs a caminhar de um lado para outro. Precisava pensar em uma ideia para ontem, se ainda quisesse sair dali viva.

— O helicóptero. Se Camargo passou por aqui, com certeza ele foi para o helicóptero. Dois deles vieram para cá. Tenho certeza que Camargo levaria Délia em um deles e o outro está nos esperando. É isso. Ele sempre soube que sairíamos do hospital, só está tentando adiantar a missão. Não está nos deixando para trás.

— Jade, você está se escutando? — Erick se aproximou e agarrou a parceira pelos ombros, chacoalhando-a. — Ele nos deixou aqui. Não vai adiantar nada tentar adivinhar quais as reais intenções dele, mas nós dois sabemos... Você, eu, todos nós sabemos do que ele é capaz. Eu tenho quase certeza de que a ASMEC irá cuidar dele na hora certa. Não podemos tê-lo conosco na Nova Ordem. Ele é um psicopata instável e perigoso. É um excelente agente, mas após o fim das missões, ele precisa ser eliminado.

— Erick, corra! — ecoou um grito seco, interrompendo o discurso de Erick.

o ritual macabro

Antes mesmo de conseguir identificar a origem do grito, Erick, Jade e Felipe foram surpreendidos pelo som de uma sirene ganhando intensidade. Agora sabia por que tinha que correr. A ambulância vinha de portas abertas, arrastando uma multidão de mortos-vivos, enquanto um dos agentes do suporte era comido, ainda vivo, no banco do motorista.

Jade foi a primeira a correr. Seu instinto de sobrevivência a guiou até um esconderijo provisório atrás de um carro deixado na avenida, em frente ao hospital. Erick parecia ser mais calculista e não deixava o instinto o guiar daquela forma. Precisava ser cauteloso.

A ambulância se aproximava. Felipe tentou carregar George. Ele, com certeza, parecia mais leve enquanto estava no chão. O que parecia mais um saco de ossos de cinquenta quilos pesava como um planeta inteiro nos braços de Felipe, que caminhava a passos lentos. Lentos demais. Até os mortos-vivos, em suas passadas tortuosas, eram mais velozes. Felipe não conseguiria, não sem ajuda.

Sem ninguém a recorrer, Felipe tentou apressar os passos, mas o peso do amigo era maior do que ele podia suportar e o garoto desabou no chão, com o corpo desfalecido de George em seus braços. Se o deixasse ali, poderia correr e se esconder, mas aqueles mortos-vivos fariam um banquete, explorando as vísceras de George. Chacoalhou a cabeça depressa. Não podia deixar George para trás, não depois do outro ter se oferecido em sacrifício para que ele pudesse subir pela escadaria do hospital em segurança.

Com os joelhos e cotovelos esfolados após a queda, Felipe fez força para se levantar.

— Garoto, venha! — Erick estendeu a mão, oferecendo-lhe suporte.

— Por que você tá me ajudando?

— Eu já disse, não estamos aqui para tirar a vida de ninguém.

A ambulância os alcançou. Sem motorista — pelo menos, sem um motorista vivo — o veículo bateu em uma placa que indicava a entrada do hospital. No momento da colisão, mortos-vivos se desprenderam do teto e da parte dianteira do carro.

— Por aqui!

Erick levantou George e o colocou nas costas, os braços em volta do seu pescoço. Em seguida localizou Jade, mas não julgou seu esconderijo muito inteligente, então preferiu atravessar a rua e ficou distante do hospital, atrás de um canteiro de plantas que tinham um metro de altura. Felipe o acompanhou com dificuldade. Seus mais novos machucados ardiam e o sangue escorria de suas pernas e braços.

Respirando fundo, os dois apoiaram George no chão. Felipe notou que o amigo mexeu o pé direito, mas preferiu não comentar nada.

— Garoto, você sabe atirar?

Felipe meneou a cabeça para dizer que sim.

— Essa é para você — Erick puxou uma pistola de seu cinto e abriu o compartimento de balas, mostrando ao outro que o dispositivo estava carregado com a capacidade máxima. — Cuidado com o solavanco no ombro na hora de atirar.

— Não se preocupe. E, obrigado pela ajuda — Felipe agradeceu, olhando para o chão e pegando a arma das mãos de Erick.

— Proteja o seu amigo. Eu preciso ir atrás de Jade.

Erick atravessou a avenida e surpreendeu Jade com uma chegada nada discreta: se jogando na porta do carro vermelho que ela usava como esconderijo, causando um estrondo desnecessário.

— Jade, você não pode ficar aqui — disse Erick com a voz firme.

— Merda, eu não tenho balas suficientes para matar todas essas criaturas — retrucou Jade, acuada.

Erick se deitou no asfalto para ver como estava a situação na frente do hospital. Mais mortos-vivos se aproximavam, alguns brotavam da ambulância destruída, outros vinham pela parte de trás do prédio e ainda era possível ver mais ao longe, percorrendo a avenida, atraídos pelo som da sirene. Enquanto observava, algo o surpreendeu: o outro agente do suporte, até então desaparecido, caminhava um pouco à frente da multidão de zumbis que se formara ali. Caminhava sem pressa. Podia até ter se transformado em um deles, mas não dava para ter certeza, àquela distância.

— Jade, precisamos salvá-lo.

— Eu não sei... Realmente não sei, Erick. Mas precisamos sair daqui.

— Com essa multidão, jamais chegaremos ao helicóptero com vida.

Os pés de seu companheiro de missão estavam há dois palmos do carro que servia de esconderijo para eles.

— Me ajudem — suplicou com uma voz chorosa, apoiando o queixo sobre o teto do veículo. Estava muito machucado. Não tinha forças para correr e salvar a própria vida.

Eles não tiveram tempo de pensar em ajudá-lo, pois o som dos pequenos saltos no asfalto marcou o início da celebração de sua morte. Felipe avistou, de longe, a criatura que acabara de dar as caras naquela noite que não precisava de mais emoções.

Novamente, ela: a maldita enfermeira, que se desprendeu da multidão de mortos-vivos e agarrou o pescoço do agente de suporte enquanto os outros ainda vinham se arrastando como lesmas desgovernadas, esbarrando uns nos outros.

De forma nada sutil, ela virou o rosto para um lado, depois para o outro. Parecia estar alongando os músculos do pescoço antes de fazer sua refeição. Com suas feições monstruosas e sua força brutal, a enfermeira bateu o rosto do agente contra o carro.

A primeira batida nem foi tão forte assim e não dava para saber se ela queria torturá-lo vivo ou se só estava tentando intimidar Jade e Erick, que assistiam ao assassinato de mais um membro da ASMEC. Mais uma batida. E outra. E outra. E outra. A cada batida, a força empregada era maior.

O rosto do agente já estava coberto de sangue e um dos olhos nem conseguia se manter mais aberto. Seu nariz deveria ter quebrado na segunda ou terceira pancada. Seus braços e pernas, mastigados. Por isso, ele não conseguiu correr para se livrar dos mortos-vivos. Estava condenado antes mesmo de chegar ao carro, clamando por socorro.

As pancadas rítmicas logo trouxeram lembranças à Jade.

— É ela, Erick! É isso que estava nos corredores do hospital, quando estávamos procurando Délia.

Erick também se lembrou dos momentos de terror que viveu no hospital, escutando as pancadas que tiraram a vida de Póka, esmagado contra uma porta metálica. Sabia que estava lidando com um morto-vivo diferente dos que havia encontrado no caminho até o hospital. Portanto, precisava ser cauteloso, para não chamar atenção. Centímetro a centímetro, ele se afastou do carro e Jade seguiu a mesma estratégia, mas não conseguia conter os tremores de seu corpo a cada pancada que desfigurava o rosto do agente.

As pancadas cessaram e a enfermeira largou o corpo do agente no chão.

Erick e Jade se assustaram, pensando que a enfermeira pudesse mudar de alvo, mas logo notaram que ela permaneceu ali, perto do corpo ainda morno. Os dois se abaixaram para ver o que estava acontecendo.

A enfermeira se mantinha ajoelhada, com a cabeça do agente em seu colo. Ela introduziu seus indicadores nos orifícios oculares do agente, perfurando ambos os olhos de uma só vez. Em seguida, apoiando os demais dedos perto das orelhas, fez força para fora.

O zumbi segurava a cabeça do agente como se fosse uma fruta, prestes a dividi-la em duas partes. Com o crânio já estraçalhado após tantas pancadas, o esforço da enfermeira não foi tão grande e uma rachadura facial se formou no rosto de sua presa, até que a cabeça foi partida em dois. A morta-viva manteve os movimentos estranhos com a cabeça enquanto terminava o seu ritual macabro.

Dando continuidade ao processo, ela retirou os indicadores dos olhos esmagados do agente e os levou até a boca, saboreando-os com sua língua esbranquiçada. Aquela degustação parecia ter lhe provocado uma espécie de êxtase e ela olhava para cima como se estivesse viajando em um plano alternativo. Ela emitia um som estranho com as cordas vocais quando a multidão de mortos-vivos a alcançou. Dois deles logo se debruçaram nas pernas, mas os outros começaram a escalar o carro para seguir adiante. Queriam as outras presas. Queriam estripar Jade e Erick.

Um terceiro morto-vivo tentou escalar o carro, mas não conseguiu, pois não tinha estatura suficiente. Era um menino de no máximo cinco anos de idade, com cabelos pretos e lisos que formavam uma franja em sua testa. Usava roupas de dormir que ainda estavam intactas, apesar das manchas de sangue. O garoto caiu no colo da enfermeira, que se deliciava com o cérebro do agente. Sem pestanejar, ele se debruçou sobre a rachadura facial e também se alimentou.

Jade e Erick eram os alvos da vez. O cheiro de carne fresca que exalava de ambos era mais do que atrativo para o bando de zumbis famintos. Os dois se levantaram e atravessaram a avenida, em direção ao esconderijo que deixou Felipe e George seguros.

— Os meninos sumiram! — disse Erick, ao notar o espaço desocupado.

— Eu disse, Erick. Eles precisam ser eliminados. Eles sabem demais sobre a ASMEC. Podem nos comprometer se saírem vivos daqui. Estamos tão perto da Nova Ordem... A gente não pode comprometer por nada o plano. Não se esqueça disso.

Os mortos-vivos se aproximavam, mas não só eles: Felipe saiu de sua tocaia, no meio de um arbusto, e também se aproximou, se jogando sobre Jade e aplicando o resto do tranquilizante no seu pescoço.

ninguém mais morre hoje

— Ninguém mais morre hoje. Não é mesmo, Erick?! — esbravejou Felipe.

Em um movimento de puro reflexo, Erick puxou o revólver e apontou para Felipe. George pulou da outra parte do arbusto em cima de Erick, fazendo-o derrubar sua arma enquanto Felipe a chutava para longe.

— Eu sei que vocês têm um helicóptero. Guie-nos até lá se quiser sobreviver — disse George, ainda zonzo.

Ele conseguia falar, mas seus movimentos ainda estavam limitados, tanto pela surra que levara de Camargo, quanto pelo efeito do tranquilizante. Se todo o conteúdo do cartucho tivesse entrado em sua corrente sanguínea, a essa hora ele ainda estaria inconsciente.

— Eu não posso deixar Jade aqui.

— Ninguém disse que você precisa deixá-la. Se quiser sobreviver, venha conosco.

Erick sorriu.

Não estava enganado sobre os dois garotos: eram perfeitos candidatos para a Nova Ordem.

Felipe levantou e assistiu a avenida ser invadida por mortos-vivos. Então se virou na direção de George, que apontou para um carro cuja porta estava entreaberta. Aquela era a única chance que os dois teriam de sair dali vivos. Antes mesmo de George falar qualquer coisa, Felipe correu até o carro para fazê-lo funcionar. Erick carregou Jade nas costas, assim como carregara George outrora e seguiu para o carro. George foi o último do grupo, pois queria se certificar de que Erick e Jade não iriam pegar outra rota para escapar.

Três minutos foi suficiente para Felipe fazer uma ligação direta.

Erick colocou Jade no banco traseiro e prendeu-a com o cinto de segurança para que seu corpo não despencasse. Em seguida, se colocou do lado dela e George os acompanhou, a arma apontada a todo instante para o para o pescoço dele. Felipe fechou a porta do motorista e acelerou.

— Onde está o helicóptero? — indagou George.

— Não está longe daqui. Nós pousamos e viemos a pé pela avenida.

Felipe dirigiu na contramão, desviando dos mortos-vivos que tentavam atrapalhar a sua fuga. Não tardou para avistarem um helicóptero na Praça do Bosque.

Camargo e Délia já deviam estar longe. Pelo menos, Camargo não foi um completo idiota e os deixou uma possibilidade de fuga. Será mesmo que ele acreditava no potencial dos agentes e queria testá-los?

Antes mesmo do carro parar, George abriu a porta à sua esquerda e desceu, caindo de joelhos na grama e vomitando um líquido esbranquiçado.

— Você está bem, George? — Felipe saiu do carro para ajudá-lo.

— Estou sim, Felipe. Está tudo bem. Acho que aquele tranquilizante de merda me deixou meio mal, mas não se preocupe comigo. Melhor você ficar de olho naquele cara.

Felipe olhou para Erick, que levantou as mãos, indicando que não tinha intenção de reagir.

— Ele não vai sair dali, não se preocupe. Acredite ou não, ele não parece estar disposto a nos matar. Ele disse que nós somos dignos e que merecemos estar na Nova Ordem.

— E que porra significa isso?

— Eu não faço ideia, George — o outro cochichou. — Esse pessoal da ASMEC é louco. Primeiro, uma médica escrota tenta criar a cura de uma infecção que eles originaram, agora isso... Pelo menos esse louco parece estar do nosso lado. O melhor que temos a fazer agora é se agarrar a isso para tentar dar o fora daqui.

— Você está certo, Felipe. Muito obrigado, por tudo.

— Me agradeça só quando estivermos longe daqui e com os nossos amigos, ok?

— Ok.

Mesmo com o rosto machucado, George ensaiou um sorriso para Felipe.

— Precisamos dar o fora daqui! — gritou Erick.

As portas do helicóptero estavam abertas de ambos os lados. Erick afivelou Jade assim como fizera no carro e ajeitou a posição de seu pescoço. Ele então partiu para o banco primário, de onde operaria os comandos, já que era a única pessoa apta a pilotar a aeronave. No momento em que se colocou em posição e olhou para os controles, teve uma surpresa: fios rompidos, hastes quebradas, botões destroçados, cartuchos de projéteis espalhados pelo chão.

Camargo havia detonado os controles do segundo helicóptero a tiros.

Erick saiu da aeronave com as mãos sobre a cabeça e se sentou na grama do parque. Felipe estava quase terminando de encaixar as partes do cinto de segurança de George quando viu Erick sair do helicóptero e, antes de concluir o fechamento do cinto, também se retirou e foi até Erick. Os raios de sol resplandeceram na alvorada.

— Nunca vamos sair daqui, não é mesmo? — Felipe se sentou ao lado de Erick com as pernas em formato de borboleta.

— Os controles estão destruídos. No fundo, queria acreditar que Camargo só estava nos testando, mas o maldito queria mesmo é que ficássemos aqui, nessa cidade.

Felipe abaixou a cabeça, pegou um fiapo de grama entre os dedos e tentou conter o choro.

— Esse helicóptero era a nossa única alternativa... — Erick suspirou.

— Ainda podemos pegar um carro e sair dirigindo — o outro sugeriu.

— Você não entende, garoto. Essa cidade vai ser bombardeada pelo exército. Não só ela, várias cidades ao redor serão varridas do mapa por bombas. Depois, o exército vai varrer esse território com militares armados em tanques super resistentes, eliminando quaisquer possíveis focos de infecção.

— Pela sua expressão, dá pra notar que vocês não querem que isso aconteça... acertei? — George interrompeu os dois.

Erick e Felipe olharam para George, que saiu do helicóptero e parou perto deles.

— Você é diferente dos outros, sabia? — George se dirigiu a Erick. — Eu conheci Délia... Conheci entre aspas, né. — Ele fez o sinal das aspas com as mãos. — Convivi com ela por algumas horas. Não sei se você já sabe da história toda, mas em resumo, ela nos passou a perna. Sabemos que a ASMEC está por trás do início da infecção. E sabemos também que a cura faz parte de alguma conspiração, que ainda não entendemos. E, na boa, eu não tô dando a mínima pra isso agora.

— Realmente, vocês sabem de bastante coisa — comentou Erick, surpreso.

— Délia fez o favor de anotar tudo em um diário... mas deixa eu parar de enrolar. O meu ponto aqui é que estamos do mesmo lado nesse exato momento. Nós quatro estamos querendo sobreviver e há uma chance de pegarmos a estrada agora e conseguirmos sair daqui em tempo hábil. Só que: o que acontecerá com cada pessoa que ainda estiver por aqui, tentando sobreviver? Olha o tamanho dessa cidade... Quantos velhinhos, crianças, cachorros terão que morrer?

— Garoto... — Erick se emocionou. — Sabia que você me enche os olhos d'água falando desse jeito?

— Ninguém mais morre hoje, certo? Guarde as suas emoções, porque ainda podemos tentar uma última cartada para manter essa cidade a salvo. Você pode checar quanto tempo ainda nos resta e quanto precisamos andar pra sairmos dessa zona de explosões do exército?

Erick passou o dedo indicador na haste direita de seus inseparáveis óculos escuros e iniciou uma chamada direta com a ASMEC.

— Nasha, preciso de detalhes da missão. Quanto tempo ainda nos resta para o nível 3 do Protocolo de Contenção entrar em vigor?

A resposta foi instantânea. George e Felipe não puderam ver, mas a resposta apareceu na parte interna dos óculos de Erick:

A Bolha será destruída em 13 horas. Equipes de aniquilação em solo iniciarão a operação em 36 horas.

Erick retirou os óculos e mostrou para George e Felipe, que respiraram aliviados.

— Podemos chegar em Goiás nesse tempo, ainda bem. Pensei que tudo estava perdido.

As letras nos óculos de Erick se desmancharam e deram lugar à outra informação:

84% das estradas de acesso ao Tocantins estão bloqueadas.
92% das estradas de acesso à Bolha estão bloqueadas.

— Merda do caralho — disse George. — Bem, ainda temos alguns porcentos de estradas para tentar. Nem tudo está perdido. Essa coisa que você usa na cara é sensacional! Ela também consegue fazer comunicação por satélite?

Dispositivo computadorizado de emergência se localiza embaixo da poltrona primária.

— Está aí a sua resposta — respondeu Erick, segurando os óculos. — O que você tem em mente?

— Preciso entregar uma mensagem a alguém.

Os três retornaram para o helicóptero. Erick levou a mão para a parte debaixo do banco e pegou uma maleta de metal. Dentro dela havia um notebook de dezessete polegadas, com uma carcaça diferente dos notebooks convencionais. Sem pestanejar, deu o comando para ligar o aparelho, que respondeu no mesmo instante.

— Posso? — perguntou Felipe. Erick deu de ombros e cedeu o computador para o jovem.

Felipe fez uma rápida leitura em tudo o que estava diante de seus olhos. Os comandos da tela de inicialização eram estranhos, como se fosse um sistema operacional com o qual ele ainda não tinha trabalhado. Assim que o computador ligou por completo, ele procurou por um terminal e tentou acessar a Área de Trabalho; em seguida, respirou aliviado quando notou que a mesma sintaxe do Linux funcionava.

— Talvez esse sistema não seja tão diferente do que eu imaginava — disse, ainda incerto se conseguiria fazer a ideia de George se concretizar. — Você quer entregar uma mensagem, né?

— Quero que você propague uma mensagem para todos os computadores do país.

Erick gargalhou.

— Você não está falando sério, né?

Felipe o encarou.

— Isso vai ser mais divertido do que eu imaginava...

Felipe se concentrou no monitor e deixou os dedos fazerem o seu melhor trabalho, alternando entre as linhas de comando e pastas de *scripts*, para saber quais recursos já instalados seriam úteis para a tarefa. Por vezes encarava o computador sem digitar ou falar nada, como se estivesse processando algo em seu cérebro, mas logo voltava a cuspir códigos que nem George conseguia acompanhar, mesmo tendo a mesma formação universitária.

Erick deixou os dois amigos e foi checar o estado de Jade, que ainda estava em sono profundo na parte traseira do helicóptero.

— George, você pode me ajudar? — indagou Felipe com um leve toque no ombro do amigo.

George olhou de prontidão para a tela. Havia uma mensagem escrita em letras pequenas:

“Você confia nele?”

George se aproximou de Felipe, deixando-o apertado na poltrona do navegador, e digitou em resposta:

"Você sabe que não. Mas ele confia na gente."

"O que faremos?"

George digitou:

"Seja digno deste mundo... Acho que já entendi o que a ASMEC quer."

Felipe apagou todo o diálogo para evitar quaisquer suspeitas e alterou para a aba que apresentava sua criação já completa. Na tela, todos os códigos de outrora agora integravam o plano de fundo de um pequeno quadrado ao centro da tela, que mostrava o rosto dos dois. Felipe se afastou para não aparecer e deixou George centralizado na frente da câmera da parte superior do notebook.

— Você está ao vivo, esse momento é seu! — orientou Felipe.

— Quem está nos vendo?

— Espero que toda pessoa que tenha um computador ou um celular, mas é impossível saber se deu certo.

— Acho que eu deveria começar com um "oi", né?

George respirou fundo, deu um tapinha suave no rosto e arrumou o topete.

Estava pronto para falar com todo o Brasil.

chuva de hipopótamos

Eu me chamo George. Sou residente da cidade de Palmas, Tocantins, e essa transmissão é direcionada principalmente para o Exército Brasileiro.

— Isso tá ficando ridículo, Felipe — George colocou o dedo sobre a câmera.

— George, continua... De coração, vai.

A cidade de Palmas, no Tocantins, está inabitável. Uma infecção se espalhou há três dias e transformou as pessoas em mortos-vivos. A cidade está vivendo um verdadeiro caos. O Exército Brasileiro está prestes a destruir Palmas e outros municípios nas redondezas. Em questão de horas, Palmas será bombardeada para que a infecção seja contida.

George fez uma pausa dramática. Precisava pensar na forma mais direta possível de fazer seu pedido.

Eu não sei se essa mensagem está chegando ao exército ou a qualquer outra pessoa que possa intervir, mas, por favor: não explodam a cidade. Eu não tô dizendo isso só por mim e por quem está comigo nesse momento. Não explodam a cidade. Eu tenho certeza de que várias pessoas ainda estão escondidas em suas casas tentando sobreviver e se agarrando a uma pontinha de esperança, torcendo para que tudo isso acabe e que as coisas voltem ao normal. Essas pessoas esperam assistência, não mais destruição. Por favor, não explodam a cidade. Mandem quem puder para cá para ajudar essas pessoas, mas não matem todo mundo que ainda vive aqui. Vocês serão responsáveis pelo maior genocídio da história desse país!

As últimas palavras de George causaram comoção nos militares que assistiam à transmissão da Central de Comunicações, nos limites da Bolha. O segundo nível do Protocolo de Contenção foi desenhado para ser teleguiado justamente para tirar a responsabilidade da destruição dos ombros de um só alguém. Seria somente um protocolo, executado por uma máquina. Era mais fácil de explicar, mais fácil de evitar qualquer retaliação e os responsáveis jamais imaginavam que ele falharia e que teriam que intervir. Alguém de alta patente deitaria a cabeça no travesseiro naquela noite sabendo que assinou a sentença de morte de milhares de pessoas, cujos rostos nunca viu.

Mais pessoas adentraram a Central para ouvir George. Joana e seu assistente de câmera se espremeram entre os militares e depois de muito esforço conseguiram se posicionar bem perto do maior monitor presente. Ainda não sabiam o alcance que a mensagem de George tinha naquele momento, mas eles fariam de tudo para que o garoto, que clamava pela interrupção do protocolo, estivesse em todas as TVs sintonizadas no canal.

George, em seu discurso eloquente, conquistava a atenção de todos os presentes nas instalações do exército, montadas nas proximidades de Gurupi — bem, de quase todos, já que Camargo estava mais do que furioso em ver aquele garoto vivo, pelos monitores. Ele sabia demais. Ele era uma ameaça para a ASMEC, que nunca esteve tão perto de seu grande objetivo.

Precisava agir.

Camargo se afastou dos militares e ligou para seu superior.

— Saba.

— Camargo.

— Missão concluída. Délia está comigo.

— Os outros?

— Mortos. Todos mortos. Somente nós dois sobrevivemos.

— A cura?

— Não se preocupe. Estará conosco, mas há um pequeno contratempo.

— Contratempo?

— Precisaremos extraí-la do sangue de um garoto. O levarei com segurança até as instalações da ASMEC.

— Garoto? Ele já está sob sua supervisão?

— Pode-se dizer que sim. Délia é mesmo uma vadia muito esperta. Ela implantou a cura no garoto para ele protegê-la de quaisquer incidentes e cuidou de tudo para que ele não ficasse fora do radar. O garoto está com um grupo de amigos, aqui nas proximidades de um município de merda chamado Gurupi.

— Faça o que for preciso para tirar Délia e esse garoto daí. Precisa de mais alguma coisa?

— Coloque-me em contato com Nasha agora mesmo. Agora!

— O que você tem em mente, Camargo?

— Você por acaso é a Nasha? Coloque-me em contato com ela. Tenho certeza de que o que eu vou fazer agora não passaria pela sua aprovação, mas não se preocupe, tenho tudo sob controle. Ainda estamos no jogo. Infelizmente, o exército terá que ganhar essa batalha. Não como eles esperavam, mas eles vão ganhar. Só que a vitória da guerra será nossa. Agora, quero a Nasha.

Saba retirou o pequeno dispositivo comunicador que mantinha na orelha, pendurado apenas por um pequeno fio metálico. Em um ímpeto de fúria, bateu as mãos espalmadas com força na mesa arredondada à sua frente. Outros agentes da ASMEC, presentes na grande sala de monitores, pararam as suas atividades quando notaram a reação adversa de seu líder.

— Nasha, assuma a comunicação.

Comunicação autorizada.

— Nasha, preciso que você invada a rede do exército — disse Camargo, mantendo a voz baixa. — Ainda restam 13 horas para a destruição da Bolha. 13 horas é muito tempo. Eu preciso que essas bombas sejam ativadas agora mesmo. Exploda imediatamente aquela maldita cidade e tudo o que ainda insiste em viver lá. Maldito garoto... — resmungou.

Localizando a rede do Exército Brasileiro. Localização concluída.

Acessando mecanismo de autorização especial. Autorização concedida.

Localizando as diretrizes do Protocolo de Contenção. Diretrizes de Protocolo de Contenção identificadas.

Tentativa número 1 de ativação prematura do bombardeio da cidade de Palmas em andamento.

Falha na tentativa número 1. Diretrizes de segurança estão bloqueando meus comandos.

— Não é possível. Como um garoto idiota conseguiu acessar todos aqueles computadores e você não consegue fazer nada, sendo a melhor inteligência artificial desse mundo? Tente novamente!

Tentativa número 2 de ativação prematura do bombardeio da cidade de Palmas em andamento.

Diretrizes de segurança desligadas. Tentativa número 2 realizada com sucesso.

Mísseis a caminho da cidade.

Tempo estimado de colisão: 2 minutos.

Já era possível ver mais céu claro do que escuro em Palmas enquanto George continuava sua transmissão. Tinha que encerrar com chave de ouro, para provocar o exército a cessar o protocolo de contenção.

Mal sabia ele que o protocolo já estava em andamento.

Meu nome é George. Eu sou um estudante de Computação na cidade de Palmas. Eu não quero morrer hoje. Há outras formas de parar tudo isso. Por favor, não explodam a cidade. Acho que era isso que eu tinha a dizer. Felipe, eu acredito em você. Espero que essa mensagem tenha chegado onde a gente queria que ela chegasse, até porque senão eu estaria fazendo um papel ridículo aqui na frente da câmera, falando para Seu Ninguém.

George e Felipe estavam lado a lado quando o primeiro míssil surgiu no céu, acompanhado de mais três irmãos assassinos. De dentro do helicóptero, no entanto, não era possível ver nada.

Por mais que essa mensagem não sirva de bosta alguma, eu vou tentar sair daqui com vida. Queria muito ter um super avião de primeira classe para dar o fora comendo bolo de chocolate e tomando Pepsi, mas o jeito vai ser pegar um carro abandonado mesmo. Não se preocupe, Cris. Felipe vai dirigir, tá certo? Você sabe que eu não me dou bem com o volante. Espero que minha Cris consiga ver isso, algum dia. Cris é a minha melhor amiga e ela também estava no meio de todo esse desespero. Eu acho que deveria ter encerrado a mensagem, mas já que eu comecei a falar disso, agora vou terminar.

Cris assistia à mensagem, com lágrimas inundando todo o seu rosto.

Cris, se você estiver vendo isso, saiba que está chovendo bastante por aqui. Hipopótamos. Tá chovendo hipopótamos. Você se lembra disso? Claro que não deve se lembrar... Eu sou muito idiota, pra tentar usar essas coisas. Me desculpe.

Logo que ouviu o termo *chuva*, Cris se lembrou. Era o código secreto que eles haviam combinado caso algum deles estivesse em perigo.

Eu só queria dizer que nós tentamos com Póka. Rezem por ele, por favor. Ele não está mais entre nós. Ah, posso te pedir um favor? Cuide de Charles e de Thabs. Não tire os olhos deles. Algumas pessoas querem o que eles têm. Eu não vou mandar abraço para ninguém,

porque isso não é uma despedida, tá bem? Eu prometo. Isso não é uma despedida.

George repetiu baixinho a última frase. Precisava acreditar nas suas palavras para continuar. Ele chorou ao se lembrar de seus amigos, que choraram juntos, mesmo que o garoto não soubesse disso.

Tô ficando sem ideia pra falar, então melhor dar o fora daqui de uma vez. Ah, outra coisa não menos importante, isso eu não podia esquecer: se você algum dia se deparar com qualquer ser humano de nome Camargo, mude-se de cidade.

Cris arregalou os olhos ao ouvir o alerta e se lembrou na hora do homem que oferecera ajuda quando Thabs passou mal. Camargo. Ela tinha certeza. Sem pestanejar, desviou o rosto dos monitores por um segundo apenas para tentar localizá-lo. Segundo este suficiente para perder George de vista.

Dois minutos, que se encerraram na velocidade da luz.

O primeiro míssil atingiu uma região distante, já nas proximidades do lago batizado com o mesmo nome da cidade. Quem estava dentro do helicóptero nem teve ciência de que a destruição havia começado mais cedo.

O segundo míssil, no entanto, pareceu ter sido programado para encerrar essa história prematuramente. O míssil, que parecia tão pequeno no céu, tornou-se um monstro quando chegou próximo ao solo da Praça do Bosque, onde se encontrava o helicóptero.

A nuvem de poeira que precedeu a onda de chamas ardentes foi tão veloz que nenhum dos quatro sequer tomou consciência de que a morte havia chegado para eles. O metal das hélices e da parte externa do helicóptero superaqueceu, mas nenhum dos quatro teve tempo suficiente para notar o metal mudar de cor. O motor explodiu em seguida, jogando a carcaça do helicóptero a uns três metros do solo.

Jade não tinha dado nenhum sinal de vida após a aplicação do tranquilizante. Dizem que as melhores mortes — se é que podem ser boas de alguma forma — são aquelas em que a pessoa está dormindo. Sorte dela. Erick não teve a mesma sorte quando o seu braço foi decepado em pleno ar por uma das hélices, que se desprendeu da parte superior do helicóptero e o atingiu.

Se tem uma coisa no qual George poderia se orgulhar era de como ele tinha gosto pela vida. Nos últimos três dias, foram inúmeras situações de quase morte, desde a moça ensanguentada que eles haviam acolhido na casa de Felipe até a surra impiedosa de Camargo. Como tinha gosto pela vida... Mesmo machucado, mesmo após desistir da própria vida para salvar seus amigos, a esperança insistia em não dar as costas para ele. Foi assim até o último segundo. Com gosto pela vida. Com esperança em seu coração.

Felipe não teve tempo de olhar uma última vez para George antes das chamas consumirem sua carne, mas só de estar ao lado dele, ao lado de um de seus melhores amigos, ia em paz. Sempre tivera um medo besta de ficar sozinho em seu leito de morte. Achava-se antipático demais, antissocial demais, nerd demais. Nunca pensara que realmente pudesse criar laços tão significativos de amizade com seres humanos, além da tela de seu computador. Enquanto toda aquela negatividade se passava em sua mente, seus amigos só pensavam em uma coisa: ele era especial demais. Felipe, o super-nerd, não tardou para conquistar um lugar em seus corações.

Enquanto as chamas destruíram a cidade de Palmas, mais mísseis chegaram em sequência. Prédios e casas foram ao chão, sem nenhum sinal de alerta. Diversas pessoas, que ainda se refugiavam em algum lugar da cidade, já deixavam seus corpos para trás, rumo a uma jornada desconhecida pelo ser humano.

A cidade de Palmas estava indo a ruínas.

Cris não soube logo de cara o que aconteceu com George e Felipe, porque a transmissão simplesmente parou. Os computadores dos militares foram destravados e somente uma tela preta pairava na frente deles.

O anúncio oficial de adiantamento da destruição da cidade não tardou. Um oficial do exército observou os dados de controle da missão em sua unidade de trabalho, levantou-se da cadeira e clamou pela senhora Marta. Mesmo com a máxima cautela no momento de dar a notícia, os murmúrios logo tomaram conta de toda a Central.

— Alguém violou o protocolo — um deles disse.

Quarenta e oito por cento dos mísseis já estavam a caminho de Palmas.

Foi então que Cris soube: Palmas estava sendo bombardeada naquele exato instante. Ela olhou para os lados sem acreditar nas palavras que acabara de ouvir e procurou por um soldado para pedir explicações. Depois, foi atrás de outro, tentando entender o que estava acontecendo. Traçou um percurso de lágrimas e lamentações, enquanto foi de soldado em soldado, buscando alguma resposta para seus anseios.

Sem mais conseguir se sustentar nas próprias pernas e sentindo o desespero estourar o peito, Cris caiu de joelhos no meio da Central, gritando para quem quisesse e quem não quisesse ouvir. Ninguém conseguia distinguir as palavras perdidas em seu abundante desespero.

Estava desolada.

Eles não poderiam ter partido. Não daquele jeito. Não daquela forma. Não agora. George prometera que aquela mensagem não seria uma despedida.

Emu e Monstro se mantiveram com Thabs, que ainda se recuperava do susto. Os três foram os últimos a saber.

Alguém havia adiantado o protocolo.

Alguém havia acabado de tirar a vida de George e Felipe.

parte

a verdade sobre a torre da paz

Momentos antes da explosão da Torre da Paz.

Emu mantinha a cabeça baixa, olhando para o fio em suas mãos. *Droga. Por que eles tinham que esquecer o dispositivo de gatilho automático da bomba? Era uma coisa tão trivial...*

Mas aquela não era hora de chorar sobre o leite derramado. Ele não tinha tempo para processar o fato de que estava no corredor da morte, nem deveria se preocupar com nada disso. O tempo faria o seu trabalho. Só precisava dar um pequeno empurrão para ativar os explosivos. Um único movimento e tudo estaria acabado.

O garoto estava desmoronando por dentro. Queria chorar, gritar e desejar que nada disso estivesse acontecendo. Ele estava sozinho, à beira de uma torre condenada. Ou pelo menos, ele pensava.

Emu ouviu passos. Será que zumbis estavam se aproximando?

— *Psst!* Garoto.

Um frio congelante percorreu a espinha de Emu.

— Quem está aí?

A resposta não veio em palavras. Uma silhueta se formou na frente dele e, a cada passo, os traços se tornavam mais concretos, indicando que uma mulher caminhava na sua direção. Não demorou para ele reconhecê-la: Délia viera lhe fazer uma última visita. Ela carregava algo, mas àquela distância, Emu ainda não conseguia distinguir o que era.

— Eu venho em paz, garoto — disse Délia, caminhando em direção a Emu com as mãos na altura da cabeça.

Ele não se moveu. Jurou que ela já era um cadáver.

— Eu venho em paz — repetiu Délia, ao se aproximar.

Emu tentou esconder os explosivos com o corpo, mas ela tinha olhos afiados.

— Não precisa esconder o que quer que esteja escondendo. Acho que estamos aqui pela mesma razão. Você quer impedir a destruição de Palmas, não é? — ela indagou.

O coração de Emu estava batendo descompassado.

— Pensei que nunca mais teria que olhar para seu rosto. Tenho uma missão importante e nada pode me impedir, nem mesmo você — disse ele.

— Impedir? — retrucou Délia, se aproximando ainda mais. — Não estou aqui para te impedir. Pelo contrário, você está fazendo o meu trabalho. Também estou aqui para destruir essa torre de comunicação.

Ela segurava uma bolsa com cinco bastões de dinamite.

— Não entendo. — Emu balançou a cabeça. — Por quê?

Ela colocou a bolsa de dinamite ao lado dele e se sentou, cruzando as pernas em forma de borboleta.

— Se você está aqui, sabe que sou responsável pelo apocalipse. Por que acha que eu gostaria de ver meu trabalho indo por água abaixo por causa do exército? A infecção precisa se espalhar... Nosso mundo está doente e esse vírus é a cura que ele precisa.

— Você é louca. Isso não está certo. Você tem ideia do terror pelo qual essa cidade está passando? Isso não está certo. Não está!

— Sabe o que não está certo? — interrompeu Délia. — Você aqui, sozinho. Onde estão os seus amigos?

— Só um de nós precisa ficar. — Emu moveu o corpo para o lado e levantou as mãos, mostrando o fio de ativação manual para o C4. Seus olhos baixaram quando enfrentou seu destino, mais uma vez.

— Isso é muito cruel. Você vai sacrificar sua própria vida pelos seus amigos?

— Sim, eu vou. E eu o faria quantas vezes fosse necessário.

— Garoto, você ainda tem muito a aprender sobre a vida. Às vezes, um pouco de egoísmo é necessário. Você já considerou que nunca mais verá outras pessoas que ama?

Seus olhos caídos se ergueram em alerta.

Rostos de amigos, conhecidos, professores, colegas da universidade... Todos se sobrepunham em uma sequência de imagens em sua mente, que o fizeram sentir nostalgia. Imagens de sua família feliz começaram a aparecer também. As imagens o lembraram de que tinha uma família. Claro, ela tinha problemas, como qualquer outra, mas era sua família.

— Meu irmão mais novo tem apenas quatro anos. Nunca mais vou abraçá-lo. Mas ele vai saber que eu fui um herói, pode ter certeza — afirmou, com convicção.

— Tem certeza? Quem pode garantir que seu irmão estará bem? Você preferiria morrer sem saber como ele está? — perguntou Délia.

— Eu não tenho escolha — respondeu Emu.

— E se eu te der uma escolha?

Emu permaneceu em silêncio, curioso.

— Eu posso encontrar seu irmão para você. Não apenas ele, mas o resto da sua família. A ASMEC é grande, garoto. Muito grande, maior do que você pode imaginar. Podemos encontrar esse garotinho num piscar de olhos independentemente de todo esse caos — explicou Délia. — Você não precisa morrer aqui.

— Por que você me ajudaria? Você ficou com pena de ter me encontrado aqui sozinho? — indagou Emu.

— Mesmo que eu jure que estou comovida com seu sacrifício, você não vai acreditar em mim. E não tem que acreditar mesmo. Na verdade, eu preciso de um favor — disse Délia.

— Fale logo o que você quer, não temos muito tempo. Se você ficar aqui, vai explodir comigo e com esta torre.

— Eu preciso que você encontre seus amigos carregando isto. — Délia tirou uma pequena bola de metal do bolso de seu jaleco manchado de sangue.

Parecia inofensiva. Sem marcações. Sem indicações de luz. Apenas uma bola de metal.

Emu hesitou, mas a sua vida e a de sua família estavam em risco.

— Você salvaria minha vida se eu carregasse isso para você e ainda encontraria minha família? Você está mentindo. Eu não vou cair nessa. Pra que diabos serve isso, aliás? — perguntou Emu, desconfiado.

— Eu não posso responder a sua pergunta. Tudo que eu preciso é que você carregue essa bola quando sair daqui. Você faria isso, pela chance de falar com seu irmãozinho mais uma vez? Eu prometo que você o encontrará — disse Délia.

Emu apertou o objeto. Ele poderia evitar a morte e ainda encontrar seu irmão se fizesse aquele pequeno favor para a doutora. Como ele poderia tomar uma decisão tão importante, em tão pouco tempo? Ele respirou fundo. Respirou fundo novamente. Ele não estava pronto para responder, mas tinha que fazê-lo.

O rádio fez um barulho.

— Aqui é George, alguém na escuta?

Apesar dos chiados constantes, foi possível estabelecer comunicação.

— Quase que a gente entra em contato ao mesmo tempo. Aqui está tudo ok. Faltam dois minutos só para o meu cronômetro zerar — respondeu Emu.

— Caralho, passou tanto tempo assim?

— Vocês conseguiram instalar o dispositivo aí?

— Não, ainda não, mas a gente vai dar um jeito nesses dois minutos.

— É, eu queria dizer que nós lutamos muito e que eu me lembrarei de todos vocês.

— Como assim, Emu? Não é hora para isso, deixa de ser dramático.

— É verdade — disse Emu, em meio um breve sorriso, seguido de algumas lágrimas. — O ponto de encontro é aí mesmo na frente da Unibratins, tá?

— Beleza, subam para cá então. A gente teve uns contratempos, mas fizemos o nosso melhor.

— Contratempos? Somos dois então. Meu alarme... Faltam só trinta segundos. Vocês vão conseguir?

— Temos que conseguir, Emu. Forte abraço, a gente se fala daqui a pouco, né?

Emu não respondeu. A comunicação foi cessada. O tempo estava se esgotando.

Emu precisava reencontrar seus amigos. Ele precisava reencontrar seu irmão e o resto de sua família. Laços sanguíneos finalmente haviam vencido a amizade.

Ele deixou o rádio no chão, soltou o fio que estava segurando e olhou para a bola de metal pela última vez. Sem hesitar, se levantou e caminhou em silêncio. Depois de dez passos, parou.

— Cumpra sua promessa — disse sem olhar para trás. Em seguida, colocou a bola metálica no bolso e saiu correndo.

Délia sorriu, aliviada. Emu ainda não sabia, mas estava carregando um localizador com ele. A mulher então se levantou e colocou as dinamites na base da torre antes de se afastar, esticando um fio longo.

Tudo estava pronto.

A contagem regressiva chegou ao fim. Délia ativou a dinamite.

Em uma fração de segundo, as explosões foram iniciadas. O rapaz assistiu à explosão de perto, o espetáculo de fogos de artifício que fora lindo e aterrorizante, ao mesmo tempo.

A Torre da Paz havia sido destruída.

Emu andou pelas redondezas até localizar a BMW conversível azul que o levaria de volta a seus amigos — que, mais uma vez, estavam no radar da doutora Délia.

bem-vindos a nova alvorada

Cris, acorde!

— George! — Cris gritou de sobressalto, convencida de que tinha ouvido a voz de George.

O choque da voz foi avassalador, mas não foi a única coisa que lhe acometeu. Ela sentiu uma estranha dormência subindo pelo braço esquerdo e uma conferida rápida revelou uma agulha intravenosa, conectada a uma máquina de soro. Havia uma pequena câmera no canto do quarto, ao lado de uma TV, o que a fez sentir exposta; sem contar as cortinas verticais azuis, que ofereciam apenas um pouco de privacidade. Apesar do sol fraco que entrava pelas cortinas, o ambiente estava frio e desconfortável. O colchão fino oferecia pouco suporte, fazendo sua coluna doer. Também era estranho não ter ar-condicionado ou ventilador visível para explicar o frescor do local.

Enquanto ela alcançava a agulha, uma sensação de urgência a dominou. Ela precisava de respostas e precisava delas agora. Quando estava prestes a puxar a agulha por completo, a porta rangeu revelando uma enfermeira rechonchuda e de cabelos grisalhos.

— Por favor, Sra. Cris. — A mulher acendeu as luzes e se aproximou da cama. — Não faça isso — disse, impedindo a paciente de remover a agulha. — É para o seu próprio bem.

Cris não tinha força para retaliar e pensou que eles deviam ter colocado um sedativo no soro.

— O que aconteceu? Onde está George? Eu ouvi ele falando comigo...

A enfermeira olhou para a jovem e franziu os lábios. Não sabia como dar a notícia.

— Talvez você precise falar com algum conhecido... Por favor, aguarde um momento.

A enfermeira saiu do quarto, deixando a porta entreaberta e as luzes acesas. Cris observou sua saída com uma expressão confusa, mas logo uma figura familiar surgiu diante dela. Era Leafarneo.

— Eu pensei que você dormiria pelo resto da vida — disse, escondendo o sorriso tímido ao vê-la acordada.

Leafarneo caminhou em direção à cama e se sentou, abraçando-a antes de ajustar sua posição, para a amiga não cair.

— O que aconteceu, Leafarneo? O que é esse lugar?

Leafarneo percebeu a preocupação na voz de Cris e a tranquilizou:

— Estamos seguros aqui, não se preocupe. Esta é a base militar secreta Nova Alvorada, localizada perto da capital.

O tom de Cris se tornou alerta quando ela perguntou:

— Palmas? Estamos perto de Palmas?

— Não. Estamos longe de lá. Perto da capital nacional, Brasília — acrescentou Leafarneo.

— Impossível. Onde está George? — perguntou Cris.

— Você não se lembra?

Cris olhou para a parede à sua frente. Ela tentava se lembrar. Precisava se lembrar...

— Isso pode ajudar um pouco. Olha. — Leafarneo encontrou o controle da TV e a ligou.

O som estava quase inaudível. No entanto, à medida que as imagens e descrições apareceram, Cris passou a se lembrar de algo horrível. Na TV, via Palmas, o cenário de um evento desastroso. Leafarneo podia ver as lágrimas enchendo os olhos de Cris enquanto assistia, incrédula. Sem dizer uma palavra, aumentou o volume para que pudessem ouvir as notícias mais claramente:

...Exército Brasileiro. A mais nova capital do Brasil deixou um grande vazio nos corações de todos no mundo. Uma transmissão especial, em homenagem aos afetados pelo Protocolo de Contenção do exército, será transmitida às 20h30.

Imagens de helicóptero mostravam uma extensa área em ruínas.

Cris lutava para falar enquanto envolvia o braço direito ao redor de Leafarneo. Lágrimas escorriam pelo seu rosto, mas ela tentava se recompor.

— Eu me lembro, Leafarneo — ela conseguiu dizer. — George se foi.

Cris ignorou as ordens da enfermeira e removeu a agulha intravenosa do braço.

— Se estamos tão longe... Quanto tempo? Diga-me, há quanto tempo estamos aqui? Há quanto tempo estou inconsciente?

Leafarneo pausou por um momento para pensar.

— Bem, acho que você esteve inconsciente por três dias.

— Três dias? Meu Deus...

— Você teve um colapso nervoso e desmaiou quando descobriu sobre as explosões. Suas imagens de desespero estão circulando por toda a internet. — Leafarneo pausou. — E, sim, Cris, temos conexão com a internet. E não só isso: as pessoas sobreviveram aqui fora. E nós sobrevivemos lá dentro.

— Sobrevivemos? Tem certeza? — ela perguntou com a voz chorosa. — Estou morta por dentro, Leafarneo. George, Felipe, Póka... Todos se foram.

Numa explosão de coragem, Leafarneo a abraçou.

— Vamos superar este momento difícil juntos.

— Eu não sei como — Cris soluçou.

— Eu também não sei, mas sei que vamos conseguir. É o que George gostaria que fizéssemos, não é?

— Claro. Por que aquele chato teve que voltar para Palmas?

Leafarneo a abraçou novamente, tentando manter uma fachada de resiliência, mas a morte prematura de seus amigos também o deixou abalado.

Os dois permaneceram daquela forma por vários minutos, ambos sofrendo à própria maneira. A enfermeira apareceu na porta do quarto, mas quando viu os dois abraçados, decidiu voltar em outro momento.

O gesto, acompanhado de carícias e tapinhas na cabeça, tornou-se longo demais. Leafarneo ficou envergonhado e recuou, vermelho como um tomate. Cris também recuou, cobrindo os seios, que ficaram eriçados sob a camisola do hospital. Graças a Deus, a peça de roupa não era transparente.

Leafarneo perguntou:

— Você gostaria de se levantar agora? Tenho certeza de que todos estão ansiosos para te ver.

— Eu poderia tentar. Estão todos aqui?

Leafarneo confirmou com a cabeça. Servindo como suporte, ele ajudou Cris a se levantar.

— Leafarneo, você pode me dar só um minuto? Preciso trocar de roupa.

— Claro, claro. — As bochechas dele ficaram vermelhas outra vez.

Ele caminhou em direção à saída, mas Cris o interrompeu:

— Você pode encontrar alguém que possa me trazer uma muda de roupas?

Leafarneo concordou com a cabeça e saiu do quarto, fechando a porta atrás de si. Suas bochechas queimavam de vergonha. Enquanto saía, contemplava o corredor com paredes claras e o piso cinza, estendendo-se em ambos os lados. Ele estava no pavilhão médico de Nova Alvorada, um lugar que se assemelhava a um hospital comum, mas com um número excessivo de militares circulando pelas mais de vinte salas.

Com uma conversa breve, porém persuasiva com a enfermeira, Leafarneo convenceu a mulher de que era importante para Cris ter algum tempo com amigos durante aquele período difícil. A enfermeira trouxe uma calça *jeans* justa, sapatos pretos e uma camisa branca com botões que parecia mais uma roupa de trabalho. Apesar disso, Leafarneo achou que Cris estava deslumbrante no novo modelito e já ansiava por mais abraços longos, como aquele que acabaram de compartilhar.

Juntos, os dois seguiram pelo longo corredor do pavilhão médico de Nova Alvorada, finalmente chegando a um conjunto de portas duplas marcadas com a palavra "Saída". A enfermeira os acompanhou, apontando a direção para a cafeteria, já que o horário do jantar se aproximava.

O sol mergulhou no horizonte. Em seu lugar, um cobertor de nuvens espessas envolveu o céu.

Quando Cris emergiu do pavilhão médico, ficou impressionada com a grandiosidade de Nova Alvorada. Memórias da Unibratins inundaram sua mente enquanto ela observava a paisagem. À esquerda do pavilhão, viu três prédios idênticos, marcados com as letras A, B e C. À sua frente, havia uma área comum de concreto, com vegetação exuberante. Além da área comum, mais quatro prédios marcados com as letras E, F, G e H se erguiam ao longe, todos de um único andar. Enquanto ela admirava a paisagem, três helicópteros estacionados no topo do prédio E chamaram sua atenção. Cris também notou uma cerca alta de arame em torno de todo o complexo.

O frio no ar a fez tremer, o vento gelado batendo direto em seu rosto. No fundo, queria abraçar Leafarneo e se livrar do frio, mas o medo a segurava. Ainda era cedo para forçar um novo abraço.

— Vocês podem ir para a cafeteria do pavilhão H. O jantar deve ser servido às seis da noite — instruiu a enfermeira, que os deixou e entrou no pavilhão médico indicado pela letra D.

Cris sorriu. Leafarneo ficou encantado ao ver aquele sorriso, mas tentou não mostrar sua felicidade. Ele nunca tinha olhado para Cris daquela maneira antes.

O que estava acontecendo com ele?

O segredo de Thabs

Cris caminhou com Leafarneo em direção ao pavilhão H e foi impossível conter a surpresa ao ver o refeitório. Na parte central, mesas e cadeiras, ordenadas com uma precisão milimétrica. Ao fundo, duas grandes mesas de mármore suportavam bandejas transbordando de comida. À esquerda, uma pia e uma estação de higienização estavam disponíveis para uso.

Enquanto Cris observava os arredores, seus olhos pousaram em Thabs e Monstro, que haviam garantido uma mesa na cafeteria. Caminhando em direção à dupla, Cris cobriu os olhos de Thabs para tentar fazer uma surpresa.

— Olha quem decidiu sair da solitária... — disse Monstro, levantando-se para dar um abraço em Cris, arruinando a surpresa.

— Só podia ser você, Cris — disse Thabs, juntando-se aos dois em um abraço triplo.

Uma sirene tocou às dezoito horas.

Monstro sequer lavou as mãos e correu para a comida de imediato. A variedade do cardápio era impressionante: arroz branco, integral ou com brócolis, feijoada de porco, feijão preto, carne bovina ao molho de cogumelos, coxas de frango assadas, estrogonofe de camarão, batatas fritas com queijo derretido... e era apenas a primeira mesa. Na segunda, havia saladas de verduras, morangos, mangas, bananas e tomates.

Eles não comiam assim há anos.

— É assim todos os dias? — perguntou Cris, surpresa ao encontrar tanta variedade.

— Bem, pelo menos foi durante esses três dias, para o almoço e jantar. Não entendo como esses militares conseguem ficar tão em forma — respondeu Thabs, apontando para um pelotão de soldados entrando na cafeteria.

Thabs se serviu, pegando arroz integral e estrogonofe, sem verduras, e voltou para a companhia de Monstro na mesa. Cris e Leafarneo foram os próximos. Eles pegaram um pouco de arroz branco, feijão preto, frango assado e batatas fritas. O prato de Leafarneo tinha o triplo de comida do de Cris. Os dois passaram direto pela mesa de saladas e seguiram para encontrar Thabs e Monstro.

Durante o trajeto até a mesa, a atenção de Leafarneo foi fisgada por um painel de controle com um botão vermelho abaixo da inscrição “Emergência”. Por um breve momento, cogitou que tipo de emergência poderia ocorrer dentro de um refeitório do exército, em uma instalação secreta como aquela. Quando seu cérebro vagou por teorias mirabolantes, o cheiro das batatas em seu prato o trouxe de volta à realidade e ele deu passos duplos para alcançar Cris, que já estava a caminho da mesa.

— Charles e Emu estão bem? Eles devem aparecer aqui mais tarde, né? — perguntou Cris.

Monstro parou de comer e colocou o garfo no prato.

— Você pode tentar falar com eles depois do jantar. Eu passei a manhã inteira batendo na porta de Emu, mas ele disse que não estava se sentindo bem. Charles nem respondeu.

— Eles estão abalados por causa dos meninos — disse Thabs enquanto isolava os pedaços de cogumelo em seu estrogonofe.

— Ainda não caiu a ficha para nós, talvez porque não estávamos lá. Se tivesse acontecido bem na nossa frente, seria mais fácil de acreditar — Cris pontuou. — É como se eles ainda estivessem vivos em algum outro lugar... — completou, ao enxugar uma lágrima.

— Charles e George eram muito próximos. Ele não vai sair do quarto tão cedo — opinou Leafarneo.

— Ele nunca vai chorar na nossa frente. Nunca vai mostrar emoções.

— Eu costumava pensar assim também, Cris. Mas, logo antes da mensagem de George, Charles passou muito mal, eu pensei que ele ia morrer na minha frente. Ainda bem que Eriberto estava por perto. Naquele momento, eu o vi chorar — disse Leafarneo.

— Falando em ficar doente... Como você está se sentindo, Thabs? — perguntou Cris.

— Um pouco melhor.

— Terminei primeiro! — disse Monstro com as mãos em sua barriga saliente.

— Só você para me fazer rir em um momento desses — disse Cris, incapaz de conter a gargalhada.

— É isso que temos que fazer, Cris. Acabamos de perder três dos nossos melhores amigos. Estamos de luto há dias. Choramos, mas não quero mais chorar. Tenho certeza de que George me bateria se me visse chorando por causa dele — respondeu Monstro.

— Meu cérebro entende o que você está dizendo, mas meu coração ainda não consegue aceitar. Não quero passar esta noite sozinha. Posso ficar com vocês? — perguntou Cris, dando outra mordida no frango.

— Hmm, você é safada, não é? Eu disse para rir, mas não tanto assim — respondeu Monstro.

— Meu Deus, não é isso, seu pervertido!— As bochechas de Cris ficaram tão vermelhas quanto os tomates que ela havia ignorado ao servir o próprio jantar.

Leafarneo permaneceu em silêncio durante toda a conversa.

— Estamos no prédio A. Você deve ter visto aquelas letras gigantes na frente dos pavilhões, certo? — indagou Monstro.

— Sim — Cris respondeu.

— Cada um de nós tem seu próprio quarto! É uma mudança muito bem-vinda de Palmas, já que lá eu tinha que dividir o quarto com mais três caras. É perfeito aqui em Nova Alvorada, mas eu não paro de pensar em nossas famílias. Ninguém disse nada sobre elas.

— Famílias? O que você quer dizer? — perguntou Cris.

— Família, oras — Leafarneo olhou para o lado. — Pais, irmãos...

— Idiota. — Cris tocou a mão dele, que acatou o *idiota* como um elogio.

— O exército nos deu permissão para ficar aqui até que nossas famílias sejam localizadas. Eles transmitiram nossas fotos na TV, para que qualquer um possa entrar em contato e falar conosco — Monstro explicou.

— Nossos celulares estão funcionando?

— Devam estar funcionando sim, Cris, porém não temos nada com a gente — Monstro respondeu, a voz flertando com a frustração. — As roupas que estamos vestindo foram fornecidas pelas autoridades. Tudo o que tínhamos conosco foi confiscado, para verificar se há risco de contágio. Emu teve sorte em manter as calças. Ele implorou para a mulher responsável, explicando o quanto elas eram especiais para ele, sei lá por quê. Mas depois de algumas horas, elas também foram confiscadas para análise.

— Que merda! — disse Cris, pausando antes de continuar a comer. Apenas dois palitos de batata frita restavam em seu prato e ela devorou ambos de uma só vez, terminando sua refeição. — Eu também terminei, Monstro. Mereço uma medalha de prata, não é?

— Caramba! — Leafarneo acelerou o garfo para terminar em terceiro lugar.

— Não precisa se apressar. Thabs está brincando com a comida — Cris opinou.

— Estou um pouco cheia, mas comi todos os camarões! — disse Thabs.

Os quatro deixaram a mesa e, à medida que se dirigiam para a saída, olhares curiosos seguiram o grupo de todas as direções, cada um preenchido com uma mistura de intriga, suspeita e medo.

— Cris. — A enfermeira de cabelos grisalhos a surpreendeu na saída da cafeteria.

— Não, por favor, não me diga que vou voltar para aquela cama — reclamou Cris com voz chorosa, escondendo-se atrás de Thabs.

— Não se preocupe, você foi liberada. Pode ficar com seus amigos no Pavilhão A. Mas amanhã de manhã, você falará com a nossa psicóloga. Todos vocês, aliás. Ela também quer falar com os outros dois. Seus amigos ainda não saíram para comer?

— Devem vir mais tarde — respondeu Leafarneo.

— Se puder, por favor diga a eles para se apressarem. A cafeteria fecha às oito da noite em ponto e as luzes da área comum serão desligadas, exceto a do meio. O dia termina cedo por aqui, mas também começa muito cedo amanhã. E você, jovenzinha, seu quarto estará pronto em breve, acredito que em... — a enfermeira verificou seu relógio — vinte e dois minutos — informou, segurando Cris pelo queixo.

— Você pode ficar comigo no meu quarto, por enquanto — disse Thabs.

Cris olhou para Leafarneo, mas ele desviou o olhar.

A enfermeira continuou seu caminho rumo à cafeteria enquanto os quatro se dirigiam ao Pavilhão A.

— Galera, eu vou correr para o meu quarto. Preciso resolver alguns conflitos internos — disse Monstro.

— Muita informação — disse Thabs com uma expressão de nojo.

— Ah, para com isso. Todo mundo caga, você também. — Monstro abriu um sorriso. — Assim que eu tomar um banho e descansar um pouco, vou bater na sua porta. Daí, podemos tentar falar com os meninos de novo.

— Conversamos mais tarde, então. — Leafarneo empurrou Monstro para ele cuidar de seus "conflitos" antes de fazê-los nas calças e o acompanhou, separando-se dele na porta do quarto.

Cris e Thabs mantiveram seu ritmo lento na entrada do pavilhão.

— Cris, eu preciso te dizer uma coisa, mas eu não sei nem como começar... — admitiu Thabs, a voz pesada de relutância. — Talvez seja melhor eu te mostrar.

Thabs pegou a mão de Cris e a levou para o quarto dela, no início do corredor.

Cris ficou impressionada com a maciez da cama, coberta com lençóis combinando com o tom azulado das paredes. Queria ela ter passado as três últimas noites em um colchão tão macio.

As duas se sentaram lado a lado na cama e Cris olhou para Thabs, ansiosa para que a amiga revelasse o que havia mantido escondido, até que estivessem sozinhas.

— Acho que tem algo errado comigo, Cris — Thabs disse, segurando a mão de Cris e apertando-a.

— Meu Deus, Thabs. Você está com febre?

Cris estendeu a mão e a colocou no rosto de Thabs para verificar a temperatura. Estava queimando.

— Tenho me sentido meio quente desde que chegamos aqui. Você sabe aquela sensação de queimação, quando a comida não cai bem? Meu corpo inteiro está experimentando essa sensação, só que dez vezes mais forte.

— Vamos para a enfermaria, Thabs. Isso não está certo.

— Tem mais. — Thabs abaixou o queixo e forçou a abertura das pálpebras inferiores com os dedos.

— Thabs! — Os olhos estavam azuis, com manchas vermelhas. — Dói muito? — Cris perguntou.

— Não, mas parece que há areia nos meus olhos — confessou Thabs, sua voz se tornando quase um sussurro. — Estou com medo, Cris. Na Unibratins, eu fui mordida, mordida por um zumbi. Charles usou a última ampola de cura em mim, mas estou suspeitando de que ela não funcionou como o previsto.

— Thabs... Não diga isso, por favor.

Thabs se levantou da cama, revelando seu braço esquerdo consumido por uma teia de veias escurecidas, que pareciam os galhos torcidos de uma árvore.

— Deve ter sido uma pancada que você levou.

Thabs então arrancou a blusa, deixando o ombro exposto. As marcas de mordida estavam cobertas por uma gosma sanguinolenta. A pele ao redor das marcas de dente estava escurecida, como se estivesse necrosando.

— Thabs, coloque essa blusa agora e vamos para o hospital. Eu vou com você.

— Você não entende...

Ela foi até o guarda-roupa e pegou uma bolsa, espalhando seu conteúdo na cama logo em seguida. Havia uma coleção enorme de curativos, água oxigenada e comprimidos de todas as cores.

— Eles sabem, Cris. Todos nós passamos por exames quando chegamos. Já tomei duas injeções por causa desta ferida. Nesses últimos três dias, tive que limpar o machucado com essa coisa ardida aí, mas nunca melhorou. Estou tomando todos os comprimidos conforme instruído, a cada oito horas, mas nada tem funcionado.

— Precisamos contar a eles agora.

— Cris, e se eu estiver infectada?

— Não pense nisso, tá bom? Não pense mesmo. — Ela se levantou e olhou nos olhos de Thabs. — Hoje, vamos limpar essa ferida de novo e amanhã veremos como vai estar quando acordarmos. Se não houver sinal de melhora, voltaremos à enfermaria, combinado?

— Estou tão assustada, Cris... — Thabs exalou sua insegurança através do olhar trêmulo.

— Seja forte, minha ruiva. Já passamos por tanta coisa nos últimos dias, isso não vai te derrubar.

Enquanto ela falava, Cris limpou a ferida de Thabs, que resistiu ao desconforto, soltando apenas um gemido.

— Promete que não vai contar para os meninos? Não quero assustá-los.

— Você tem minha palavra até amanhã de manhã. Não vou contar para ninguém até lá, mas assim que eu pisar no chão, vou acordá-la para ver como está.

— Obrigada, Cris. — Thabs abraçou a amiga com cautela, para não machucar a ferida.

— Não precisa agradecer. Tome os remédios que eles te deram e descanse.

Thabs sorriu.

— Obrigada de novo, por tudo.

Cris acariciou a cabeça de Thabs e saiu do quarto.

Quando ouviu a porta bater, Thabs se jogou na cama e chorou baixinho.

Queria ter contato tudo para Cris, mas não conseguiu.

Queria ter mostrado como suas pernas já estavam tomadas pelas veias negras, mas não conseguiu.

Queria ter falado do enjoo constante e dos vômitos diários, mas não conseguiu.

Estava assustada demais para falar e queria não cogitar a hipótese de que a cura pudesse ter falhado.

Só que, naquelas circunstâncias, era impossível não pensar o pior.

acordo violado

Ao fechar a porta, Cris ficou imóvel, tentando processar os sintomas de Thabs. Ela se forçou a pensar que eles não eram tão drásticos, não queria perder mais ninguém.

Já tinha morrido gente demais.

Já tinha perdido gente demais.

O corredor dos dormitórios, diante dela, parecia se estender indefinidamente e ela não fazia ideia de qual quarto lhe seria atribuído. Decidiu esperar do lado de fora, encontrando-se sozinha na escuridão, com apenas um poste de luz fraca. Sobrecarregada com tudo o que havia perdido, Cris ansiava por uma vida que havia escapado dela. Sentia saudades de seus amigos, de sua vida em Palmas e até da faculdade, mesmo depois de cursar tantas matérias difíceis.

O silêncio foi quebrado pelo som de passos. Incerta se podia estar do lado de fora naquela hora, ela se escondeu e observou quando uma figura familiar emergiu de um dormitório, segurando um pequeno pedaço de papel.

— Emu, Emu! — tentou chamá-lo, mas ele não a ouviu.

Curiosa, decidiu segui-lo. O que o amigo estava fazendo sozinho naquele horário?

Emu se aproximou de uma cerca.

Cris estava em seu encalço, escondendo-se entre os prédios e, posteriormente, atrás de uma árvore troncuda para se aproximar mais. Emu parecia estar perdido em seus pensamentos e não percebera a presença alheia. Ele então segurou a cerca, olhando para cima e para baixo enquanto batia o pé. Parecia angustiado.

As portas do Pavilhão H se abriram, revelando dois rostos conhecidos. Era Délia e o homem que havia oferecido ajuda a ela, Camargo. Na mesma hora, Cris se lembrou do nome dele e da mensagem que George havia transmitido. Vendo-o na companhia de Délia, teve a certeza de que aquele Camargo era o mesmo homem que o amigo havia mencionado.

Com medo de chamar a atenção para si, Cris cobriu a boca com as mãos e deu uma rápida olhada ao redor. Délia e Camargo estavam se aproximando de Emu e devido à luz fraca, ela não conseguia vê-los claramente, mas permaneceu atenta.

— Garoto — chamou Délia.

Emu se virou para encará-los.

— Oito horas, perto do Pavilhão H. Estarei lá — disse Emu ao ler a mensagem no pequeno pedaço de papel em sua mão, amassando-o em seguida. — Você o encontrou?

— Encontrou quem? — perguntou Camargo.

Délia interveio:

— Camargo, acalme-se.

— O que quer dizer com "encontrou quem"? Délia, onde está minha família? — A voz de Emu soou aguda.

— É sério que você usou essa desculpa esfarrapada para enganar o garoto? Você não vale um centavo, Délia — Camargo resmungou.

A médica recuou, mantendo o olhar fixo do outro lado da cerca.

— Délia? — chamou Emu, mas ela não se virou para responder.

— Garoto, a conversa é comigo — interferiu Camargo. — Sei que vai parecer um pouco estranho, mas obrigado por me trazer até vocês. A ASMEC constrói alguns dispositivos interessantes.

— Dispositivos? — Emu estava confuso.

— Sim, o localizador — falou Délia, ainda de costas. — A bolinha que te dei lá na torre é um localizador. Precisávamos encontrar aquele garoto de novo. Charles, não é?

— Não acredito... Não acredito nisso. — Emu se pôs a chorar. — Então você me usou de novo, é isso? Olhe para mim, sua vadia. É isso que você fez?!

— Parece que você fez mais um inimigo, minha cara madrasta — ironizou Camargo.

Délia respirou fundo e encarou Emu.

— A cura. Quem é a outra pessoa que tem a cura? Me diga.

A voz de Délia ficou mais alta, mas Emu não se intimidou com a performance e respondeu:

— Você nunca saberá!

— Por favor, garoto, me diga. Quem é? — Délia insistiu, mas Emu permaneceu calado.

— Chega de bobagem. Eu não estou tendo um bom dia — disse Camargo, dando um passo em direção a Emu e pressionando a cabeça dele contra o seu peito. Antes que Emu pudesse reagir, Camargo sacou uma lâmina do cinto e o esfaqueou no pescoço, estendendo o corte até o outro lado.

O corpo de Emu tremeu e sua boca encontrou apenas o tecido da camisa de Camargo. Ele não conseguia gritar. O sangue que jorrou do corte pintou a roupa de Camargo de vermelho. Délia escolheu não testemunhar o assassinato impiedoso e se virou para a cerca.

Cris torceu o corpo atrás da árvore e cobriu a boca com as mãos para evitar o grito de desespero. Lágrimas surgiram em seus olhos, inundando seu rosto, enquanto assistia ao amigo morrer. Ela se sentiu impotente, incapaz de deter tamanha crueldade. Sabia que qualquer som, por menor que fosse, poderia revelar sua posição.

Ela seria a próxima.

— Nós temos o garoto. Não precisamos de outro, Délia — disse Camargo, sem remorso. Ele agia como se estivesse matando um animal selvagem.

Camargo pressionou o rosto de Emu contra o seu corpo sem querer ouvi-lo gritar. Ainda sentindo uma resistência por parte do garoto, forçou a lâmina a encontrar o ponto de partida da perfuração.

Como se não bastasse, Camargo segurou Emu pela cabeça e empurrou seu queixo para cima, causando um estalo e fazendo o sangue jorrar em seu rosto. Ele deixou metade de Emu no chão e puxou a cabeça uma última vez, de forma que o corpo de Emu caiu em uma posição estranha. Apenas o corpo.

Camargo permaneceu segurando a cabeça por alguns segundos, como se fosse um troféu, antes de jogá-la fora.

Délia pegou o pedaço de papel da mão de Emu e a esfera metálica do seu bolso. Só então caminhou de volta para o pavilhão H, acompanhada de Camargo.

Cris testemunhou uma das cenas mais dolorosas de sua vida, mas a força que a manteve em silêncio estava prestes a acabar. O desespero e a tristeza eram incontroláveis.

Quando as portas do Pavilhão H se fecharam, Cris correu em direção a Emu. Seu primeiro passo quase a fez perder o equilíbrio, mas ela recuperou a compostura e se jogou sobre o corpo do amigo. Ela não se importava com o sangue. Ela não se importava com a ausência da cabeça. Ela não se importava com o pacto que ele havia feito com aqueles dois.

— Emu, Emu, Emu... — repetia Cris. Emu não tinha mais nenhum traço de vida.

Emu não podia mais sentir o toque desesperado das mãos de Cris em seu corpo.

Emu não podia mais se declarar o melhor motorista da cidade.

Emu não podia mais amar foices, por causa de seu anime favorito.

Emu não podia fazer mais nada, pois havia sido cruelmente decapitado.

Emu estava morto.

Os pequenos sussurros de Cris logo se encorparam e se tornaram longos gritos, desafinados e chorosos. As luzes da área comum começaram a piscar, uma por uma, e as portas de todos os pavilhões se abriram. Em seguida, soldados correram em direção aos gritos, já roucos, de Cris. Retirá-la do corpo de Emu foi uma tarefa difícil.

Logo em seguida, seus amigos chegaram. Monstro foi o primeiro a aparecer, correndo para o lado de fora do Pavilhão A ao ouvir a estranha comoção. Quando avistou Cris no chão, em estado de desespero, ele apressou os passos, quase tropeçando.

Leafarneo veio logo em seguida. Ele e Monstro chegaram quase juntos.

Thabs e Charles foram os únicos que não saíram de seus quartos.

Monstro cobriu os olhos para não ver a cena. Ali mesmo, se ajoelhou e se apoiou no chão, gritando lamentos sem sentido.

Os olhos de Leafarneo se arregalaram quando viu a cena horrível diante dele, mas não aguentou olhar por muito tempo. O som do desespero de Monstro e da angústia de Cris ecoou em seus ouvidos e ela correu para confortá-la. A garota se rendeu ao abraço, como se precisasse tirar força de Leafarneo para continuar respirando.

— Encontre Charles — ela disse em meio a soluços, com uma voz fraca.

Uma enfermeira que Cris não reconheceu se aproximou e injetou um sedativo em seu braço. Enquanto a vista escurecia, ela testemunhava o corpo sem vida de Emu ser coberto por um lençol branco, que logo ficou encharcado de sangue.

Leafarneo correu para cumprir o pedido de Cris enquanto mais pessoas se aglomeravam, cheias de perguntas sobre o terrível evento que acabara de ocorrer em Nova Alvorada.

Com a respiração irregular, os olhos transbordando e sua camisa manchada de sangue, Leafarneo foi até o quarto onde Charles estava — quer dizer, onde deveria estar. A maçaneta girou de imediato, pois a porta estava aberta. Um sentimento de apreensão o envolveu ao empurrar a porta e tatear a parede, procurando por um interruptor.

Ao acender as luzes, deparou-se com o quarto destruído: havia cortes nas tiras da persiana, o pequeno armário estava com as gavetas abertas. A televisão, que deveria estar presa na parede, havia se partido em três perto da cama, que estava coberta por lençóis em rebuliço.

Charles não estava mais lá.

a suspeita

Charles não estava mais lá.

Leafarneo congelou no lugar, à porta do quarto devastado, examinando cada centímetro com o olhar de um falcão.

Ele pode ter saído para tomar um ar fresco.

Não, definitivamente não. Por que destruiria o quarto antes de sair?

Teria sido abduzido por alienígenas? Fantasmas?

A mente fantasiosa de Leafarneo não se mostrou de grande utilidade em sua busca por respostas.

Leafarneo se dirigiu às portas do Pavilhão A procurando por manchas de sangue ou qualquer pista que pudesse levá-lo a Charles. Apesar de seus esforços, ele não conseguia se concentrar: toda vez que tentava afastar pensamentos sobre fantasmas e alienígenas, a imagem perturbadora de Emu se espalhava por seus neurônios. Primeiro, segurando uma foice. Depois, passando a foice em seu próprio pescoço. Por fim, sem cabeça.

Faltava-lhe uma fórmula para digerir o que testemunhara. A vontade era de desabar no chão do pavilhão e chorar até que sua tristeza se transformasse em saudade, uma saudade boa de nutrir. Entretanto, não podia se dar ao luxo de fazer aquilo, pois havia outra questão crucial em que se preocupar, algo que ele ainda poderia resolver.

Ao sair do pavilhão, foi surpreendido por algo que o fez congelar:

— Por favor, senhor, mantenha ambas as mãos na cabeça e fique de joelhos.

A voz rouca, vinda do alto-falante amarelado dos oficiais do exército, quase fez seus tímpanos explodirem. Alguns deles estavam armados, outros olhavam para ele sem saber o que estava acontecendo.

Leafarneo obedeceu às instruções dadas pelos soldados, colocando as mãos na cabeça e se ajoelhando. O ar frio da noite lhe arrepiava a espinha, sua respiração assumiu a forma de nuvens de ar esfumaçado. Seus olhos avistaram Cris na multidão — ela estava inconsciente nos braços de uma mulher gigantesca. Com o coração apertado, Leafarneo observou enquanto a mulher levava Cris para um pavilhão desconhecido.

Dois brutamontes se aproximaram dele e o algemaram. Estava sendo levado sob custódia, os pés arrastando no chão o tempo todo para ganhar tempo. Precisava encontrar Thabs e Monstro.

O que fizemos de tão cruel? Por que os militares estão nos detendo? Depois de três dias fornecendo abrigo e refeições quentes na hora certa, por que eles fariam isso?

Seus olhos foram ofuscados pelas luzes do pavilhão, o mesmo para o qual a mulher gigante havia levado Cris. Enquanto era empurrado em direção ao local, reparou que podia ver dentro dos cômodos, todos vazios. Eram salas de interrogatório e os dois brutamontes o deixaram em frente a uma delas. Ele ficou parado, encarando a porta por uns cinco segundos, até que um homem com olheiras de panda parou ao seu lado.

O desconhecido abriu a porta e, gentilmente, pediu para que Leafarneo entrasse e esperasse antes de soltar as algemas e deixar as mãos do jovem livres. Leafarneo assentiu em agradecimento e esfregou os punhos, após se ver em liberdade. O homem fechou a porta pelo lado de fora e uma trava automática fez um clique.

No canto superior esquerdo da sala, uma luz vermelha, emitida por uma câmera, piscava em intervalos regulares. Uma mesa de madeira ficava no centro da sala com duas cadeiras, ambas parecendo desconfortáveis. O rapaz se sentou em uma delas e olhou para a parede de vidro à sua frente, sabendo que não veria além da superfície, mas sem esperar que refletisse sua imagem, como se estivesse encarando o espelho de sua casa.

Ao perceber o estado dos cabelos, ajeitou os cachos mais rebeldes para acalmá-los. Seus olhos estavam cansados e as rachaduras em seus lábios ressecados eram mais perceptíveis, comparadas ao dia anterior. Foi somente então que ele percebeu que sua camiseta era cinza. Leafarneo nunca usaria uma camiseta tão simples, sem uma estampa nerd ou com alguma piada em inglês. No entanto, naquele momento, a camiseta cinza era perfeita, pois cobria um corpo incapaz de sentir as vibrações da vida, um corpo consumido pelo luto. Sua vida estava mais cinza do que nunca.

Em silêncio, Leafarneo esperou, olhando para seu próprio reflexo. Se fosse uma mosca, capaz de passar pela fresta entre a porta e o chão, teria visto uma multidão de pessoas olhando para ele — alguns em silêncio, outros sussurrando e balançando a cabeça em descrença. Se a mosca pudesse voar um pouco mais longe, teria visto Thabs, Monstro e Cris ocupando outras salas de interrogatório próximas à sua.

Monstro não conseguia conter suas lágrimas, ao contrário de seu amigo, e andava de um lado para o outro gritando palavras que ninguém do lado de fora poderia ouvir.

Cada sala tinha sua própria plateia privada.

Thabs chorava, mas permanecia sentada; não porque estava controlada, mas porque lhe faltavam forças para ficar em pé. Ela dividia suas emoções entre o choque por descobrir que Emu havia morrido e a preocupação com seu próprio bem-estar. Seus *jeans* escondiam o estado de suas veias, que estavam ficando cada vez mais escuras e salientes.

Ainda inconsciente, Cris foi colocada na mesa de uma sala de interrogatório pela mulher gigante. Ela saiu logo depois e o homem com olheiras de panda, ainda do lado de fora da sala, observou o corpo imóvel de Cris na mesa.

— Precisamos acordá-la, agora mesmo!

O som da trava automática ecoou na sala quando o homem com olheiras de panda entrou, carregando uma maleta. Ele moveu as pernas de Cris para o lado e colocou a maleta no espaço vazio. Com uma tesoura, cortou uma faixa da calça dela, expondo a pele próxima à virilha. Enquanto uma mão segurou a testa de Cris contra a mesa, para evitar movimentos bruscos que pudessem causar uma lesão no pescoço, a outra mergulhou uma caneta de adrenalina em sua perna, sem hesitação.

Ele ouviu o som de clique da agulha sendo ativada e segurou-a por cerca de dez segundos, permitindo que a pequena dose de adrenalina despertasse as células da garota desacordada e revertesse o efeito do sedativo.

Cris, antes perdida em seu subconsciente, estava com o cérebro faiscando. Era como se tivesse recebido um choque elétrico de 220 volts. Lugares, pessoas, cálculos, diagramas, mais pessoas, mais lugares... Imagens se fundiam umas com as outras, sem o menor nexo.

Ela se viu em um pátio universitário, enfrentando um pássaro. Ao pegar um pedaço de pau para atacar o animal, ele de repente se transformou em um zumbi. Quando deixou sua arma improvisada cair e virou a cabeça, ela se viu em Nova Alvorada, atrás de uma árvore, onde Emu ainda estava vivo. Sem pestanejar, correu em direção a ele, que estava de costas para a amiga. Ao estender a mão para tocar seus cabelos, a cabeça de Emu se desintegrou em seus dedos, deixando para trás uma grande bola de sangue que explodiu diante dela.

O susto a fez abrir os olhos e suas pupilas se irritaram com tanta luz. Respirava fundo pela boca porque parecia que tinha esquecido como se respirava pelo nariz.

O homem das olheiras de panda a observava, com uma mistura de preocupação e desconfiança.

— Fique calma, Cris. Tente se acalmar e se deite por um tempo — ele disse.

— Emu, onde está ele? — perguntou ela, ainda deitada na mesa.

— Você acabou de receber uma dose de adrenalina. Os efeitos imediatos logo passarão, mas você precisa se acalmar. Este quarto está selado e monitorado. Você não pode escapar.

— Escapar? Onde está Emu?

— Então você não se lembra? Isso vai ser mais complicado do que eu pensei... — murmurou o oficial.

— Lembrar do quê? Eu quero ver meus amigos, me deixe ir — ela respondeu, levantando-se da mesa.

— Cris, seu amigo... Ele está morto.

Ela arregalou os olhos, visualizando Emu ter a cabeça explodida em seus pensamentos.

O homem com olheiras profundas continuou:

— E agora você vai me dizer exatamente como conseguiu arrancar a cabeça de um menino muito mais forte do que você.

interrogatório

Cris franziu a testa, confusa com a pergunta absurda do homem.

— Arrancar a cabeça? — ela repetiu, incrédula. — Você está se escutando?!

Ela não fazia ideia de onde estava ou quem era aquele homem, mas sabia que precisava de respostas.

— Cris, acalme-se.

— Acalme-se? Você é muito estúpido mesmo, né? — Sua voz se tornou áspera de repente. — Como assim, você vem me acusar de ter decepado o meu próprio amigo? Que espécie de lunático do inferno é você?

— Eu bem que já esperava uma reação parecida. Não é todo dia que podemos brincar com adrenalina.

— Você é um palhaço, só pode ser. Que merda de pergunta você tá me fazendo?! Que bosta de lugar é esse? Por que você não me diz logo o que eu tô fazendo aqui?

— Cris! — Dessa vez, a voz do oficial cortou o ar com precisão. — Eu preciso que você se acalme. Caso contrário, eu não poderei te ajudar.

Ela respirou fundo, na tentativa de acalmar os nervos, mas no fundo, queria explodir a cabeça do homem à sua frente, assim como seu devaneio sobre a morte de Emu, no momento em que sua consciência retornou.

— Eu não matei ele. Você precisa acreditar em mim — disse, a voz compassada no final de cada palavra dita.

— Desculpe-me por ter perguntado...

— Você sequer perguntou, seu... Você preferiu assumir que eu tinha matado meu próprio amigo, céus! Como pode ser tão... ai!

— Bem, você precisa entender que é natural que a desconfiança paire sobre a primeira pessoa que foi vista perto do corpo. Nós estamos em instalações secretas de militares, então é impossível pensar em algum tipo de ameaça externa. Quem matou esse garoto está aqui dentro.

— Eu não o matei... senhor...

Cris encarou o homem das olheiras e seus olhos foram atraídos pela pequena inscrição bordada no bolso de sua camisa: "Gen. Div. P. Alencar".

— Eu não o matei, senhor... GenDiv P Alencar? É esse mesmo o seu nome?

— General de Divisão Paulo Alencar — ele respondeu.

— Eu não o matei, mas eu vi quem foi. Um homem chamado Camargo.

— Como é? — indagou Paulo, levantando-se de pronto.

— Isso mesmo, senhor Paulo. Um homem chamado Camargo matou Emu. Ele não me viu, eu acho, mas eu assisti à atrocidade de camarote.

— O que você estava fazendo na área externa?

— Emu estava estranho. Eu não sei se o senhor sabe, mas eu estava desacordada nos últimos três dias. Depois que George se foi...

A voz de Cris falhou e lágrimas se formaram em seus olhos, mas ela foi relutante. Olhou para cima, puxou o ar pelo nariz e segurou o máximo que conseguiu, até suprimir o choro.

— Emu ficou distante de todos, depois que fomos resgatados. Ele se envolveu com a maldita ASMEC, sem que nenhum de nós soubesse e trouxe o tal Camargo para cá!

— Cris, acalme-se.

De súbito, Cris se levantou para retrucar:

— Eu não tenho toda essa calma para dar ao senhor. De cem palavras que você falou até agora, duzentas são para formar essa maldita frase! Eu não vou me acalmar, você não entende? A porcaria da ASMEC está aqui, a quilômetros de distância de Palmas e esses infelizes ainda conseguem acabar com a nossa paz. É tão difícil assim de entender? Essa maldita organização trouxe esse inferno de infecção que destruiu a cidade de Palmas. Eles tinham um plano, inclusive para parar o Protocolo de Contenção. A ASMEC é a culpada disso tudo. Délia e seus joguinhos de mistério, sua busca incansável pela porra de uma cura. Ela é a culpada! Ela é a culpada!

Paulo se dirigiu até a porta e esperou alguém na sala de comando desativar a trava automática.

— Eu te darei um tempo para processar tudo isso e estou aqui para investigar a morte de Emu nas nossas instalações. Eu já fui informado que você tem tendência a apresentar um comportamento fantasioso, mas eu não poderei extrair nenhuma informação útil nessa conversa, desse jeito. Nada do que você está falando faz o menor sentido.

— Não faz sentido porque você não quer enxergar. É tão difícil assim sentar e me escutar? Tudo isso está interligado: a infecção, nossa vinda pra cá, a morte de Emu!

Paulo se retirou da sala e um pelotão de soldados chegou para observar Cris pelo lado de fora. Precisavam ver como os sobreviventes reagiriam às primeiras horas após o assassinato. Um deles deveria se entregar logo.

Desvencilhando-se da multidão, Paulo chegou à sala mais próxima da entrada do pavilhão. Leafarneo estava ali e, antes mesmo do oficial poder se apresentar, foi recebido com a seguinte pergunta:

— O que vocês fizeram com o corpo dele?

— O corpo foi recolhido para autópsia.

— Autópsia? Eu pensei que faziam essas coisas só quando precisavam descobrir como alguém morreu.

— Então, você sabe me dizer como o garoto foi assassinado?

— Eu escutei os gritos, a movimentação e corri. Vi Cris no chão aos prantos e Monstro também estava lá quando eu cheguei. Nos últimos dias, passei por situações que você demoraria a acreditar. Vi pessoas mortas atacando pessoas vivas, vi pessoas mortas atacando pessoas mortas... mas nunca tinha visto isso. Alguém tão próximo, alguém tão querido...

— Pode me contar um pouco mais sobre essas situações?

— Nos envolvemos com pessoas perigosas. Délia, principalmente. Vou demorar para esquecer esse nome.

— Délia? — indagou Paulo. — Por acaso tinha um tal de Camargo também?

— Camargo, não. Tinha Claus, o marido de Délia, eu acho. Eles trabalharam para uma organização...

— ASMEC? — o general o interrompeu. — Isso que vocês estão falando é muito sério. Deviam ter mencionado logo nos primeiros dias que chegaram aqui. Vamos supor que tudo isso seja verdade e que você não esteja só tentando evitar que a sua amiga vá para a prisão.

— Prisão? Como assim?

— Eu não queria dizer isso, mas temos fortes indícios de que Cris pode apresentar comportamentos psicóticos.

— É sério que vocês acreditam mesmo que Cris matou Emu? Sério, sério de verdade? Cara, vocês estão mais do que viajando!

— Só queremos entender como tudo isso aconteceu.

— Você acredita mesmo que essas instalações não são passíveis de invasão? — questionou Leafarneo. — Além disso, por que vocês, em nenhum momento, desconfiaram de qualquer outra pessoa aqui de dentro? Espera, eu já sei onde isso vai dar... Vocês não são do exército, não é mesmo? Só pode! Eu sabia que estava muito perfeito. Vocês também estão com a ASMEC!

Paulo escutou as palavras de Leafarneo e se pôs a fazer anotações, um sorriso bobo se formando em seu rosto.

— Vocês são loucos.

Paulo se levantou e saiu.

— Nós precisamos dar um tempo a eles para que o juízo volte. Deixem-nos passar a noite aqui. Vamos! — o homem esbravejou para a multidão.

Todos seguiram as ordens e saíram do pavilhão.

Uma hora se passou.

Sentada na cadeira, Thabs apoiou a testa sobre os antebraços e cochilou. Roncava baixinho. Algo obstruía suas vias respiratórias.

Mais uma hora se passou.

Depois de caminhar por cada centímetro quadrado da saleta, Monstro se agachou no canto mais distante da porta e abraçou as pernas. Ele chorou mais um pouco, até que foi vencido pelo cansaço.

Leafarneo se manteve firme, pois havia queimado mais neurônios do que em todos os anos de faculdade. Em sua mente, uma árvore de possibilidades se formou. Ele analisava cada pessoa e cada cenário, ciente de que precisava descobrir se tinha sido, mais uma vez, enganado pela ASMEC — e se sim, queria saber o porquê.

Na outra extremidade do corredor, Cris não conseguia ficar parada em um só lugar. Talvez fosse só a adrenalina agindo no seu corpo, mas ela caminhava de um lado para outro. Sentava-se. Caminhava, até mais uma vez voltar a se sentar. Quase entrou em um ciclo, repetindo a mesma sequência de ações.

Estava aflita por não saber o que se passava lá fora. Estava com medo, por saber que estava sendo acusada de um crime improvável. Seria possível? Olhou para as mãos. Havia sangue entre seus dedos, de forma que mal via a cor natural de suas unhas.

Eu não matei Emu. Camargo o matou.

Não era possível que tudo o que viu tenha sido uma alucinação de sua mente, culminando naquele impiedoso assassinato. Eles haviam plantado aquela ideia ridícula na sua cabeça.

A terceira hora de relógio se passou. A quarta, veio a seguir.

Cris e Leafarneo, ainda acordados, se surpreenderam com o apagar das luzes. As salas se tornaram escuras, portanto já não conseguiam mais encarar seus reflexos nas paredes de vidro. Monstro e Thabs, por outro lado, não notaram a ausência de luz.

As travas de segurança fizeram sons de *clique*, quase que em uníssono. Alguém estava prestes a entrar nas salas ou alguém tinha liberado os quatro para sair.

Logo, eles descobririam que eram as únicas pessoas ainda vivas em Nova Alvorada.

lembranças de outra vida

A escuridão deveria deixar Cris preocupada ou até mesmo aflita, mas não naquele momento. Sem coragem para mover sequer um dedo, Cris se perdeu em seus pensamentos e ficou paralisada, presenciando a própria mente trabalhar a uma velocidade incrível durante um intervalo de segundos muito breve.

Um rio de lembranças a inundou por completo, fazendo-a quase transbordar entre tantas memórias e desejos impossíveis.

Por um breve momento, lembrou-se do apagão no supermercado, ainda lá em Palmas. Os mortos-vivos já tinham dominado a cidade, mas naquela época, ela ainda tinha seus amigos mais próximos, bem próximos. E todos dividiram o mesmo teto, em uma noite nada fácil.

Estava farta de noites nada fáceis. Estava farta de apagões.

Desejava, do fundo do seu coração, que o tempo voltasse. Nem precisava voltar muito, só bastava um pouquinho. Uma semana, quem sabe.

Estaria começando a planejar suas férias e eliminara milhares de passeios turísticos legais, pela simples e absoluta ausência de dinheiro. O salário do estágio não era dos melhores, mas dava para sobreviver.

Seria legal voltar uma semana no tempo.

Não teria a possibilidade de planejar viagens luxuosas, mas poderia fazer companhia a sua mãe e a seu irmão em Arraias, uma pequena cidade do interior do estado. Fariam biscoitos de polvilho em família e visitariam tias, que perguntariam pelos namorados e tios que confundiriam seu nome com o de suas primas. Andaria por toda a cidade com a pessoa que mais amava no mundo, aproveitando cada gota de carinho que ela pudesse oferecer.

Sentia saudades dela. E no escuro, a saudade parecia ser ainda maior.

Cris fazia essa viagem para o interior a cada dois meses enquanto não terminava a graduação. Se soubesse o que estava prestes a acontecer, teria aproveitado mais. Teria dito, pelo menos uma última vez, que a amava. E agradeceria por ela ter sido uma mãe tão maravilhosa.

Ela, no entanto, não sabia de nada. Não tinha como saber.

Talvez fosse pedir muito voltar uma semana inteira no tempo. Três dias, quem sabe?

Se seu desejo se concretizasse, ao menos teria George de volta. Mesmo de longe, teria. Ele estaria lá em Palmas, usando suas últimas faíscas de coragem para salvar Póka e ela nos arredores de Gurupi, sendo resgatada por Eriberto e militares. Se soubesse o que estava por vir, teria dado um jeito de salvá-lo do nível 3 do Protocolo de Contenção.

Mas Cris não sabia de nada. Não tinha como saber.

Não fazia ideia de que, há três dias, enquanto se sentia ligeiramente feliz por ter sido resgatada, se encontrava a uma distância tão pequena da mulher que abominava, com todas as suas forças.

Délia.

aos olhos de délia

Três dias antes, nos limites da Bolha.

O voo de resgate de Délia, com Camargo como piloto, seguia em silêncio. Os olhos de Camargo estavam fixos nos controles e no grande céu que se iluminava, as nuvens se dispersando como algodão-doce nas mãos de uma criança. Camargo apreciava cada minuto daquela viagem; não por estar diante da beleza do céu, mas por conta do orgulho por ter avançado na missão que lhe fora designada. Encontrar Délia em Palmas parecia impossível, no início.

Ele presenciara a morte de agentes alocados para suporte, inclusive a de Nestor. Não se importava, no entanto, porque encarava a morte como parte indispensável da vida. Nestor fora um bom amigo, mas cumprira o seu propósito. Graças à morte dele, Camargo podia comemorar sua deslumbrante e solitária vitória.

Ele não simpatizava com Erick desde o dia em que ele o havia desafiado na Central da ASMEC. Na época, sentiu-se envergonhado e, desde então, não fazia questão de dividir o mesmo planeta que ele.

— Camargo, você precisa ajustar o curso do helicóptero. Nós não podemos voltar ainda, não sem a cura.

— Não podemos? Quer dizer que agora você me dá ordens? — retrucou.

— Eu só quero o que é melhor para nós dois. De que adianta você voltar e me entregar para a ASMEC, sem nada nas mãos?

Ele pensou um pouco, mas logo respondeu, com um sorriso sarcástico no rosto:

— Seria divertido ver você recebendo o que merece por ter fodido com o plano de três gerações.

Délia não hesitou em devolver à altura:

— Você acha que seria divertido? Bom saber. — Ela fez uma pausa — Sabe o que mais seria divertido? Saber que assim que eles me eliminarem, você não teria mais um laço sequer dentro da organização que te acolheu, mesmo com tantos distúrbios psicológicos causados por ela, que o qualificam como um ser de alta periculosidade para convívio social.

— Dé-lia — Camargo a interrompeu pausadamente.

Entretanto, ela não estava disposta a ser interrompida. Já esgotara seu nível de paciência ao máximo durante todo o resgate, então queria colocar Camargo no seu devido lugar:

— E sabe o que mais? Pode até ser que você não seja eliminado e que eles te soltem no mundo que você tanto odeia e está ajudando a destruir. Na ASMEC, você até pode ser um agente de excelência, mas todos sabem quem você verdadeiramente é. Você é um erro, um bastardo, só isso. Todos sabem a luta que Claus teve todos esses anos para justificar a sua permanência, mesmo depois de tantos incidentes. Você é um problema desde que nasceu. Agora que Claus está morto, eu sou o único vínculo familiar que você tem na ASMEC. Será que você não enxerga o óbvio? — Délia questionou, fitando-o.

Pela primeira vez, ele não retrucou e mirou os olhos da madrasta. Não parecia ter mais o semblante confiante. Ele mordia os lábios de raiva e procurava por palavras, mas não encontrava nada que pudesse compor uma resposta à altura. Podia degolá-la ali mesmo em pleno voo, só que tinha consciência de que não deveria prejudicar sua missão por tão pouco.

Délia continuou:

— Você precisa de mim. Sem mim, eles te colocariam para fora num piscar de olhos. Isso se não te matarem antes, o que eu duvido muito que não o façam. Lá fora, você não seria nada, porque há monstros muito piores do que você. E não tô falando dos monstros que nós criamos. Estou falando de monstros que, assim como você, estão espalhados por aí, vivendo vidas vazias e carregando nada mais que puro ódio no coração. Não me espantaria saber que, após algumas semanas no mundo real, você decidiu se enforcar ou coisa pior.

Depois de tanto ódio disseminado, ela parou quando notou que Camargo ficou cabisbaixo ao ouvir suas palavras. Apesar de conhecer o temperamento imprevisível de seu enteado, lá no fundo sabia que ele não reagiria. E Camargo era esperto o suficiente para saber que precisava dela, mesmo não querendo admitir em voz alta.

Camargo respirou fundo e olhou para o céu à sua frente. Por alguns segundos, absorveu tudo o que Délia falou. Concordou mentalmente com cada palavra, o que o fez odiar sua madrasta ainda mais.

— Como diabos vamos conseguir essa maldita cura? — questionou, sem voltar o olhar para Délia.

Algo mudou em seu tom de voz. Todo o sarcasmo de outrora se fora.

— Contate a Central e localize o objeto A36.

Sem entender, Camargo fitou Délia, que contou o que tinha acontecido na cidade de Palmas. Ela hesitou ao falar da morte de Claus e foi o mais sucinta que conseguiu. Já tinha machucado Camargo o suficiente, não era preciso cruzar mais linhas de ódio; até para evitar morrer nos próximos segundos. Por fim, contou como convenceu Emu a carregar um localizador, o A36.

Não tardou para que eles, ainda em voo, tivessem acesso à localização de Emu, que estava nos limites da Bolha, com Eriberto. Antes do pouso, receberam um relatório completo de tudo o que Nasha havia recuperado sobre a operação militar que se desencadeava. Em seguida, muniram-se de mapas, nomes e potenciais pontos de fuga, caso tudo desse errado. O plano era simples: pousar, se misturar e recuperar a cura que corria nas veias de Charles.

Com maestria, eles executaram as primeiras diretrizes da nova operação e pousaram a quase um quilômetro da estrutura montada pelo exército para seguirem a pé. Se esconderam em arbustos quase rasteiros, a fim de não serem notados até se misturarem entre jornalistas, curiosos e oficiais.

Eles se apresentaram como Ana Maria Simões e Camargo, oficiais do exército designados para a missão em solo que compunha parte do Protocolo de Contenção.

Délia — vulgo, Ana Maria Simões — se separou de Camargo após a entrada dos dois, alegando que seria mais fácil se pudesse procurar por Charles sozinha. O enteado comprou a ideia sem questionar, pois tinha seus pensamentos divididos entre o sucesso da missão e a morte de Claus. Já imaginava como as coisas ficariam diferentes dentro da ASMEC e sabia que, agora que Claus havia morrido, ele precisava de Délia; pelo menos até conseguir o seu espaço lá dentro. E para tal, já tinha um plano arquitetado. Estava chegando a hora mais que perfeita para colocá-lo em prática.

Camargo vasculhava o local montado pelo exército com olhos afiados, procurando por qualquer indício de Charles. Contudo, em questão de um instante, Délia desapareceu de sua vista. Algo não parecia certo e ela não conseguia evitar uma sensação crescente de preocupação. Encontrar Charles era importante, mas havia algo mais urgente, que exigia sua atenção imediata.

Délia procurou uma barraca isolada das outras e quando avistou uma que parecia apropriada, esperou o momento certo para entrar, acenando com a cabeça para os oficiais que cruzavam seu caminho. Poucos minutos depois, estava dentro da tenda, que felizmente estava desocupada.

A barraca era pequena, com cerca de quinze metros quadrados e estava cheia de coisas que ela não tinha tempo para examinar. Havia algo mais urgente requerendo a sua atenção: as pontadas na coxa esquerda, que estavam se tornando insuportáveis. Ela foi até a entrada da barraca, olhou ao redor e verificou que ninguém estava por perto. Em seguida, fechou a cortina esverdeada que servia como porta e tirou a parte inferior de sua roupa.

Seus olhos se depararam com uma mancha negra bem no local onde a dor parecia mais intensa. Não se lembrava daquela mancha ali da última vez que vira suas pernas, também não fazia ideia de quando tinha sido a última vez que vira as suas pernas. *Talvez tenha batido em alguma coisa*, pensou, mas a mancha não parecia com uma contusão normal. As veias próximas estavam escurecidas e quando ela encostou no local, mal sentiu seu próprio toque. Havia uma secreção pegajosa em seus dedos e o cheiro de carne podre emergiu em seu nariz.

Como seria possível?

Sabia que havia algo errado.

Lembrou-se de suas últimas ações. Suas últimas refeições. Nada parecia ter, de forma alguma, ocasionado aquela coisa estranha em sua perna. A não ser que... a cura! Só podia ser. Há algumas horas, a cura circulava pelo seu sangue. Ela deveria ter provocado alguma melhora, mas pelo visto, algo não tinha saído como planejado.

Será que estou morrendo?

Délia se vestiu, pois não sabia por quanto tempo permaneceria sozinha.

Tomada por uma súbita raiva, agarrou as lonas que cobriam os equipamentos espalhados pela barraca e puxou-as com força. Um emaranhado de equipamentos metálicos se revelou em desordem caótica. Entre eles, havia armas, munições, fios, tomadas, restos de bateria, notebooks e até um amplificador de som. Délia então teve uma ideia ousada, para provar uma teoria.

Ela precisou ligar três notebooks até encontrar um que desse algum sinal de vida. Em menos de dez minutos, a mulher conectou os fios coloridos no amplificador de som, que era controlado por um dispositivo com três cilindros de configuração, o maior deles circundado por uma luz azul, que piscava sem parar. Apesar de irritante, aquele era o sinal que precisava para saber que o amplificador estava funcionando.

Minutos depois, Délia conseguiu o que queria. Demorou mais tempo que Leafarneo, quando o jovem fez algo parecido lá em Palmas, mas ela criou um programa para automatizar o envio de ondas que mantinham os mortos-vivos distantes.

Se estivesse certa, ao ativar o programa recém-construído, ela sentiria algo diferente ao ouvir aquelas ondas, porém nunca quis tanto estar errada. Se o vírus ainda estivesse em seu corpo, os efeitos do experimento seriam catastróficos àquela distância, mas ela precisava tentar. Estava disposta a fazer tal sacrifício para controlar a ansiedade que crescia dentro de si.

O programa foi ativado e o amplificador não funcionou nos dois primeiros segundos.

Délia não ouviu nada. As ondas sonoras foram emitidas em uma frequência diferente do esperado e os efeitos foram piores do que ela imaginava. A câmera do assistente de Joana trincou sem explicação, Charles ficou sem respirar e Thabs se contorceu até desmaiar. Délia, por estar tão perto da fonte das ondas, teve uma parada cardíaca instantânea. A reanimação foi difícil e, conforme seu corpo voltava à vida, ela vomitou e seus pulmões pareciam menores.

Quando se deu conta do estrago, puxou os fios do amplificador e as ondas pararam, porém suas pernas estavam dormentes e a sensibilidade dos membros estava comprometida. Ela sabia que ainda havia resquícios do vírus em seu corpo e precisava chegar à ASMEC para investigar. Lágrimas se formaram em seus olhos, mas não havia tempo para chorar.

Naquele momento, soube que a sonhada cura havia falhado. Ainda no chão, desolada pelo seu experimento, escutou um alarde do lado de fora.

Camargo acabara de adiantar o protocolo.

Após destruir todo o aparato que havia construído, Délia saiu da barraca e percebeu que os soldados estavam em alerta. Então, juntou-se ao grupo que corria próximo a ela, com a respiração ofegante e o coração acelerado. De repente, avistou Charles. Entretanto, depois do incidente com o amplificador, não sabia se ainda valia a pena levá-lo para a ASMEC.

Ela precisava tomar uma decisão rápida e a tomou sem pestanejar. Precisava entregar algo para a ASMEC, caso contrário, não teria chance de entrar na Central — e, mais do que nunca, precisava entrar naquela maldita Central para descobrir o que estava acontecendo com ela.

Quando se aproximou de Charles, desistiu de pronto: o garoto estava acompanhado por seis militares, com os demais sobreviventes andando à frente. Sua busca terminou ali, pois sabia que seria impossível levá-lo sem causar um confronto direto com um exército mais numeroso e mais bem armado do que ela e Camargo.

Délia assistiu Charles e os outros serem colocados em um helicóptero. Primeiro, entrou o projeto de cura caminhante, amparado por Leafarneo. Monstro e Thabs entraram em seguida, os rostos abatidos. Délia ainda não sabia da atrocidade que Camargo havia cometido.

Emu foi o próximo a entrar no helicóptero, com lágrimas nos olhos e um choro mais contido. Ele carregava um segredo que traria sua morte, em um futuro próximo.

Por último, Délia acompanhou Cris com os olhos. A garota estava em profundo desespero, chorando e se apoiando nos ombros de dois oficiais. Arrastava os pés em direção ao helicóptero, dividida entre ir embora ou voltar para salvar George e Felipe das explosões. Por um breve momento, Délia sentiu compaixão por Cris.

uma luz no fim do túnel

O pavilhão de interrogatório mergulhou em um silêncio absoluto após as portas serem destravadas automaticamente. Assustada, Cris se levantou, mas não conseguia enxergar seu reflexo na parede de vidro e nenhum traço de luz adentrava a escuridão. Ela gritou por ajuda e, antes do segundo eco, Leafarneo reconheceu sua voz.

— Cris?

— Leafarneo? — ela respondeu imediatamente. — Graças a Deus, você está bem. O que está acontecendo aqui?!

Mais ecos ressoaram no corredor, até que uma voz rouca disse algo, porém Cris não a reconheceu.

— Quem está aí?

— Sou eu, Monstro. Cadê você? — indagou o garoto.

— Monstro? Sua voz...

— Não se preocupe comigo.

— Está tudo escuro para vocês também? — perguntou Cris, elevando a voz para que os amigos a ouvissem.

— Sim, Cris. Precisamos sair daqui agora! É a maldita ASMEC de novo! — respondeu Leafarneo no mesmo tom.

Monstro não conseguiu conter a surpresa ao ouvir a suspeita dele.

— Como assim?

— É a ASMEC. Eu acho. Tenho quase certeza — O rapaz respondeu.

— Mas, Leafarneo...

Cris não terminou sua sentença. Ainda de pé, levou as mãos até a testa e olhou para o chão, incapaz de enxergar seus sapatos. Milhares de pensamentos cintilavam em sua mente. Seria Nova Alvorada realmente a ASMEC?

De certa forma, fazia todo o sentido, já que a morte de Emu aconteceu sem a menor resistência de ninguém, mas ao mesmo tempo, não fazia o menor sentido: se aquele lugar era realmente a ASMEC, por que fariam todo um interrogatório falso? Por que não os mataram no primeiro dia? Por que haveria um primeiro dia, em primeiro lugar? Cris estava convencida de que não havia sido enganada dessa forma. Nova Alvorada era uma instalação militar do exército e nada mais. Não era hora de ficar ainda mais confusa.

— Leafarneo, desculpa, mas o que você está insinuando não faz o menor sentido! — disse, com a voz chorosa.

— Mas, Cris...

— Para com isso, Leafarneo. Tira a gente daqui, por favor...

Um som estridente a fez estremecer. Alguém tinha entrado na sala onde estava.

— Cris? Fala comigo.

— Monstro? Ainda bem que você tá aqui! Me tira dessa joça! — Cris pediu, projetando as mãos para a frente, tateando o vento.

Novamente, um som estranho interrompeu a conversa.

Aquela rouquidão constante e quase inaudível não era a voz de Monstro. A origem daquele som estava mais perto do que antes, a poucos centímetros do rosto de Cris.

— Monstro? Pelo amor de Deus, diz que você tá aqui pertinho de mim.

Uma mão gelada tocou em seu ombro fazendo Cris soltar um grito de susto. Monstro a alcançou, mas a presença perto dela estava mais intensa do que antes e a rouquidão constante virou um grunhido rouco e ininteligível, que fez Cris tremer.

— Eu acho que nós não estamos sozinhos... — A garota sussurrou.

Seus olhos arregalados tentavam encontrar qualquer resquício de luz. Queria ver quem era a terceira pessoa — ou coisa — que estava naquela sala, com ela e Monstro. Estava assustada, seus batimentos cardíacos acelerando a cada segundo. Sua respiração se tornou ofegante, ecoando na sala de interrogatório.

— Vamos sair daqui — sussurrou Monstro, bem perto da bochecha de Cris. Ele segurou sua mão e tateou o ar, procurando uma saída.

Monstro encontrou uma mesa e a segurou com uma mão enquanto segurava Cris com a outra. As mãos dela suavam frio e tremiam.

— Cris, controle-se. Eu preciso de você — disse Monstro.

— Eu estou pronta para sair desse inferno — respondeu ela, tentando se acalmar.

Após uma fisgada no braço, Cris soube que tinha que caminhar para frente e passou a tatear a mesa enquanto Monstro a guiava. Foi quando, de repente, um grunhido interrompeu tudo.

— Ai meu Deus! — gritou, apavorada.

Algo gélido e molhado tocou em sua canela e Cris correu para o lado contrário, atropelando uma cadeira.

— Cadê você, Monstro? — gritou, com a voz trêmula.

Monstro tentou localizá-la pelo som, mas os ecos da sala confundiam seus sentidos.

— Cris! Fala comigo! — berrou ele, tentando manter a calma.

Cris sentiu o ar gelado tocar seu rosto. Aquela presença misteriosa estava cada vez mais próxima.

— Monstro, eu tô aqui! — gritou outra vez, tentando se fazer ouvir.

Monstro tateou a parede com as mãos, sabendo que precisava encontrar a porta de saída. Era a única chance que tinham. Quando menos esperava, algo tocou sua perna.

Algo gélido e molhado. Algo que se movia.

Monstro gritou em pânico e se afastou, ao passo que aquele grunhido sinistro voltou a ecoar pela sala.

— Tem alguma coisa aqui! — exclamou, tentando se recompor.

Cris acelerou o passo, dando de cara com a porta entreaberta. O gosto de sangue acompanhou uma ardência nos lábios. Apesar da pancada, a adrenalina corria em suas veias e ela se sentia mais viva do que nunca.

A jovem se agarrou na porta e tentou movimentá-la. Precisava sair, mas se saísse, Monstro ficaria ali sozinho, à mercê da fonte daquela rouquidão desconhecida.

Por outro lado, precisava mesmo sair. Precisava se salvar.

Não. Monstro. Tinha que ajudá-lo.

Estava confusa, dividida pelo pensamento egoísta de passar por aquela porta e se salvar, pensando que depois voltaria para salvar Monstro. E se encontrasse algo esperando por ela lá fora, algo parecido com o que a atormentava naquela sala escura? O que quer que estivesse lá dentro, tinha vindo lá de fora.

Deveria ficar. Deveria achar Monstro.

Uma mão agarrou a sua canela. Monstro finalmente havia a alcançado depois de rastejar pelo chão até se deparar com as canelas finas de Cris. Ela o ajudou a se levantar e os dois saíram da sala de interrogatório.

No final do corredor, uma luz fraca brilhou, indicando a saída.

Leafarneo, guiado por um mapa mental que tinha construído, saiu da sua sala de interrogatório e abriu, com esforço, as portas do pavilhão. Embora estivessem semiabertas antes de sua chegada, a luz do luar só conseguiu invadir o ambiente após a abertura total das portas principais.

Cris e Monstro, ainda no meio do corredor, podiam ver parte da silhueta de Leafarneo, no centro da entrada do pavilhão. Além dele, havia várias sombras disformes ao longe, cujo número não podia ser contado com precisão, mas pareciam ser mais de vinte. O cheiro de carne podre, misturado à fria brisa de Nova Alvorada, adentrou o pavilhão, alertando-os sobre a ameaça que se aproximava.

As sombras andavam de forma estranha, tropeçando umas sobre as outras.

E eles sabiam exatamente o que aquilo significava.

abraço mortal

As mais de vinte silhuetas sombrias se aproximavam.

Leafarneo permaneceu estático na porta do pavilhão de interrogatório, alternando o olhar entre seus amigos e os mortos-vivos.

— Cris, Monstro, vocês precisam correr! — gritou.

Foi a última vez que olhou para trás antes de decidir correr sozinho e abandonar a dupla, que agora só podia contar com a própria sorte para chegar à porta principal, antes dos mortos bloquearem a entrada.

Assim que se soltaram um do outro, correram para as portas do pavilhão enquanto Leafarneo desaparecia de vista.

— Precisamos buscar Thabs! — disse Cris, com a voz preocupada.

— Não há tempo — respondeu Monstro, olhando para trás. Mesmo tentando montar um plano infalível de resgate, não havia a mínima chance de sobreviver. Não tinham tempo para voltar. Precisavam correr.

Os postes de iluminação de Nova Alvorada estavam apagados, mergulhando o local em escuridão e apenas a fraca iluminação do filete de lua minguante no céu oferecia alguma visibilidade. Monstro correu em desespero na frente, seus sapatos com cravos metálicos fincando no solo a cada passada, alta e larga. Cris seguia logo atrás, conseguindo acompanhar o ritmo. Seu corpo corria para um lugar qualquer enquanto sua mente ainda estava presa nas portas do pavilhão.

Devia ter voltado para resgatar Thabs.

Monstro e Cris alcançaram a gigante cerca que rodeava Nova Alvorada. Monstro parou, as gotas de suor já molhando a testa e a parte superior da camiseta. Ele se jogou ao chão, buscando sentar-se e recuperar o fôlego. O impacto foi mais forte do que o esperado, mas não o suficiente para machucá-lo. Ele usava a boca e o nariz para tentar colocar mais oxigênio dentro de seu corpo e o ar gelado castigava seus pulmões, que pareciam prestes a virar pedras de gelo.

Cris chegou em seguida, também com a respiração intensa e o corpo cansado. Apoiando as mãos sobre as coxas, ela sentia seu coração bater acelerado e a sensação de culpa por deixar Thabs para trás ainda a consumia.

— Que inferno. Que inferno! — resmungou, frustrada.

— Cris, precisamos continuar. Não podemos parar agora — disse Monstro, colocando-se de pé e abraçando a amiga para confortá-la, sentindo o coração dela bater acelerado contra o seu peito. O desespero se misturava com um sentimento de vitória, pela fuga bem-sucedida.

— Eu não acredito que isso está acontecendo de novo... — disse ela, em tom abatido.

— Nem eu, Cris. Nem eu. Será que isso é só um pesadelo? — perguntou Monstro, tentando afastar a sensação de que estavam presos em um *loop* infinito.

— Como essas coisas chegaram em Nova Alvorada? — questionou Cris, pensativa. — Será que é a ASMEC brincando de gato e rato conosco?

— Eu não sei mais o que pensar, só que precisamos sair daq... — respondeu Monstro, interrompido por um flash que captou ao longe. Sua mão, instintivamente, protegeu seus olhos.

— Viu isso? — perguntou, apontando para fora da cerca.

— O quê? — Cris estava confusa.

— Deixa pra lá. Vamos, precisamos correr — disse Monstro, alertando-a com o som de passos se aproximando. As silhuetas sinistras dos mortos-vivos já podiam ser vistas ao longe.

Mantendo passos rápidos e acompanhando a cerca, Cris e Monstro já estavam correndo há algum tempo. Utilizar a cerca como ponto de referência durante a fuga fora uma excelente ideia e os olhos de ambos já haviam se acostumado com a quase ausência de luz.

Em minutos, percorreram um lado inteiro da cerca. Agora faltavam apenas três. Não trocaram palavras, mas os dois sabiam que o desaparecimento de Leafarneo e Thabs era preocupante. Só que, no momento, o objetivo principal era fugir e encontrar uma saída. Depois, teriam que pensar na próxima atitude.

Talvez encontrariam um posto de combustível ou uma casa no meio da área desconhecida. Poderiam ligar para a polícia, para o governo, para os bombeiros... Para qualquer um, até que alguém acreditasse no estranho pedido de ajuda:

Mortos-vivos estão prestes a devorar nossos amigos que ainda estão vivos.

Antes de pensar nas melhores palavras para um pedido de resgate, entretanto, tinham que achar o portão. Passaram a mão pela cerca durante todo o trajeto sem saberem se era eletrificada, mas como os postes estavam sem energia, confiaram de que não levariam choque.

No canto de Nova Alvorada, onde duas cercas se encontravam, Cris e Monstro pararam para recuperar o fôlego. O próximo portão podia estar a dez, vinte ou trinta metros de distância, ou ainda em outra cerca. Tinham certeza de que a cerca se estendia em quatro dimensões, formando um retângulo gigante. Percorreriam tudo, mais de uma vez, se fosse preciso.

No entanto, uma reviravolta da mãe natureza tornou o desafio ainda mais complexo: uma nuvem negra cobriu a lua, apagando os fracos raios de luz refletidos pelo satélite natural. Novamente, estavam na completa escuridão.

Cris parou de correr ao perder sua visão. Monstro, seguindo logo atrás, mantinha o ritmo, até colidir em suas costas com uma trombada nada discreta, derrubando-os no chão. Em vez de gemidos de dor ou surpresa, Cris sussurrou:

— Psiu!

Monstro fechou a boca e se concentrou em seus outros sentidos. Logo, ouviu os grunhidos que os assustaram na sala de interrogatório, multiplicados graças a uma horda, se aproximando em poucos segundos.

Cris se levantou devagar e Monstro a seguiu, segurando os ombros da amiga para não se perder. Podia sentir o tremor que percorria o corpo dela enquanto a garota abria bem os olhos, tentando avistar qualquer ponto de luz, porém sem sucesso. Com as mãos na cerca, Cris se pôs a caminhar, mantendo os passos leves. Monstro estava colado a ela.

Só mais três cercas.

Mais um grunhido e alguns passos. Estavam perto. Onde? Ali na frente? Ela decidiu continuar caminhando.

Só mais três cercas.

A jovem deu pequenos passos, comemorando cada conquista, mas Monstro se deixou distrair pelos barulhos ao redor e perdeu a sincronia com os passos de Cris. Seu pé direito avançou enquanto ela ainda mantinha o seu pé direito no chão e atingiu a parte posterior da panturrilha da amiga, perto do calcanhar. Parecia que pequenos pregos estavam sendo cravados na carne de Cris e ela sentiu seu sangue ser libertado pelos orifícios e escorrer até seu pé enquanto caía em queda livre sobre um morto-vivo, que a recebeu de braços abertos.

O desespero foi instantâneo. Ela sentiu os braços frios da criatura a agarrando e o cheiro podre de seu corpo em decomposição. Nenhum pelo sequer ousou ficar no lugar.

Cris estava abraçada com a morte.

Cris nunca havia ficado tão perto de um morto-vivo desde o início do apocalipse. E, naquele momento, ela não teve tempo para pensar e deixou seus instintos assumirem o controle: com a criatura em seus braços, forçou o próprio corpo para a frente, caindo com ele. Ela sentia as pernas mortas e gélidas do zumbi roçando em suas coxas e o medo lhe deu voz, fazendo-a suplicar por socorro a plenos pulmões, gritando o nome de Monstro.

Enquanto isso, Monstro estava de pé, tateando o vento sem encontrar nada. Ele ouvia os gritos de desespero de Cris tão próximos, mas não sabia como ajudá-la.

Cris não estava disposta a morrer. Mantendo a cabeça do morto-vivo erguida e parando de gritar somente para respirar, ela localizou, com os polegares, o que seriam as narinas ou os olhos do morto-vivo e preferiu acreditar na segunda opção. Era hora de fazer uma investida.

Movimentando sua perna esquerda e fazendo força nos braços para controlar a cabeça do morto-vivo, Cris conseguiu virar o jogo. Ela prendeu suas pernas em cima da criatura e, com os polegares devidamente posicionados, fez pressão para baixo nos olhos do morto-vivo. Cris sentiu o volume de sangue nas mãos aumentar a cada instante enquanto gotículas pulavam e respingaram, em seu rosto e cabelo.

O morto-vivo sucumbiu.

Mesmo sem o corpo dar nenhum outro sinal de ameaça, Cris ainda gritava. Ela comemorou sua vitória sem medo de novos ataques, porque tinha provado para si mesma que tinha todas as ferramentas necessárias para sobreviver: coragem e longos polegares.

A nuvem infeliz parece ter escutado os gritos de Cris e se curvou perante sua performance. A lua reapareceu e, aos poucos, os olhos de Monstro viram algo que ele custou a acreditar. Cris banhada em sangue e sentada sobre um morto-vivo, ofegante e exibindo o sorriso mais grotesco que ele já vira em seu rosto.

As palavras lhe faltaram.

Sentiu medo do morto-vivo inanimado no chão.

Sentiu medo de Cris, rindo sobre a criatura.

Mas lá no fundo, ele sabia que a amiga fez o que precisou fazer.

Com cuidado, Monstro se aproximou de Cris e a ajudou a se levantar, oferecendo-lhe um abraço apertado em seguida. O sorriso de Cris deu lugar a um mar de lágrimas vermelhas, mas o momento de consolo foi breve. Logo, ela se afastou do outro e disse:

— Precisamos continuar, Monstro.

— Eu sei, Cris. Estarei com você. Desculpe por... — Monstro apontou para as marcas em sua perna.

— Não se preocupe comigo. Eu ficarei bem.

Cris olhou para os ferimentos e teve uma ideia. Sem hesitar, passou as mãos na camisa de Monstro e rasgou uma tira de pano para cobrir os próprios machucados. Depois de apertar os nós com força, os dois seguiram adiante.

Mesmo sentindo dor, Cris continuou correndo e Monstro a seguia, a cerca de um metro de distância. A estratégia era a mesma: percorrer a cerca, à procura de uma saída.

Depois da dupla fazer uma breve pausa para recuperar o fôlego, chegaram a mais uma junção de cercas e Cris gritou, sem parar de correr:

— Já foi metade! A saída deve estar próxima!

Com dificuldade, Monstro a acompanhou. Os grunhidos agora eram apenas uma trilha sonora de fundo. Enquanto corriam, mancavam, paravam para respirar e então, corriam de novo. Finalmente, chegaram no último lado da cerca. Deveria haver uma saída ali, mas os dois encontraram apenas mais cercas. Nada de portas ou saídas.

Cris e Monstro diminuíram o ritmo da corrida e começaram a caminhar até chegar ao último cruzamento. Tocaram toda a extensão da cerca, mas não encontraram uma saída. Desde o início, estavam em uma missão impossível.

Não havia saída terrestre das instalações de Nova Alvorada.

Cris gritou de ódio e desespero por estar presa em uma pequena caixa da qual não podia sair. Monstro ainda recuperava o fôlego enquanto observava Cris expressar seu sofrimento, gritando ao vento. Em sua mente, ele também gritava, mas seu corpo estava sem forças.

O pior de tudo foi ver as silhuetas dos mortos-vivos se formando sob o luar. Eles estavam encurralados no canto da cerca. Poderiam correr, mas não sabiam para onde ir. Estavam sem saída.

— Eu não vou desistir agora, Monstro.

Cenas da Praça dos Girassóis passaram pela mente de Cris que se lembrou do medo que sentiu na ocasião e de como seus amigos a ajudaram a enfrentar aquela horda de mortos-vivos. Agora estava sozinha, com apenas Monstro ao seu lado. Encarou suas mãos e viu o sangue, recordando-se da textura dos olhos que esmagara antes. Sentiu-se forte.

Precisava lutar.

Precisava continuar.

De repente, viu todos os amigos ali outra vez, olhando para ela. Torcendo por ela. George era o que mais gritava. Cris não podia ouvi-lo, mas pelo movimento de seus lábios e pelas veias se dilatando na garganta, sabia que o amigo gritava o seu nome repetidas vezes.

Ao lado dele estava Felipe, apenas sorrindo. Era raro ver Felipe sorrir.

Póka não estava, exatamente, torcendo por ela: o garoto empunhava uma metralhadora em mãos e apontava para os mortos-vivos, como se fosse matar todos para protegê-la.

E na frente de todos, estava Emu, que trazia consigo uma foice duas vezes maior que seu corpo.

Podiam não estar ali, de fato, mas sempre estariam presentes; nos momentos felizes de dificuldade, quando a única coisa que dava para se esperar era por um milagre.

Cris olhou para todos os lados procurando por uma brecha para escapar da horda de mortos-vivos. Ela teria que passar por entre eles ilesa, se quisesse sobreviver. E a jovem correu. Monstro sabia que era uma loucura acompanhá-la, mas não podia ficar parado ali, esperando que os zumbis viessem atacá-lo. Ele também correu para o meio da horda, com a esperança de que aquela brecha não se fechasse até a passagem dos dois.

Os primeiros passos parecem ter sido dados em câmera lenta. O tempo, o ambiente, tudo ao redor parecia ter parado. Monstro corria de forma síncrona com Cris, não querendo feri-la mais uma vez. Se a amiga caísse ali no meio, estaria morta em segundos — e ele não poderia viver com isso.

A chegada até o primeiro morto-vivo não foi nada suave. Cris desviou da criatura de imediato, abaixando-se para passar pelo único lugar onde não via pernas cruzarem seu caminho. Ainda bem que eles eram lentos o suficiente para deixá-la passar. Dois mortos avançaram para atacá-la, mas a garota os empurrou para cima dos outros. Nem teve tempo de ver o que aconteceu, mas pelo som, soube que alguém tinha ido ao chão e torceu, com todas as suas forças, para não ser Monstro.

O garoto, mais sorrateiro que uma cobra, fez o mesmo caminho que Cris; mas ao contrário dela, Monstro tinha medo de tocar nos mortos. A sorte foi que a amiga abriu a trilha, para que ele pudesse passar. A jovem se deparou com duas mulheres mortas-vivas e, no calor da batalha, não conseguiu sentir pena por elas terem se transformado naqueles seres. Cris desejou mesmo que suas cabeças explodissem ali, na sua frente. Mas isso não aconteceu.

A moça da direita, mais alta, sem nariz e com um buraco no lugar da orelha, era firme. Cris segurou em seu pescoço quando notou que a criatura ia fazer uma investida e, por milímetros, não foi bem-sucedida. A outra moça, um pouco mais baixa e com as bochechas volumosas, atacou-a por trás. Cris se virou e utilizou a morta-viva sem nariz como escudo, jogando-a em cima de sua companheira de caça e pondo-se em movimento mais uma vez.

Ela chegou ao meio da horda e mais mortos-vivos pareciam vir, a garota nem sabia mais de onde estavam saindo. Muitos deles estavam fardados, o que mostrava que pessoas de Nova Alvorada haviam sido infectadas.

A partir daquele momento, Cris precisava agir por impulso e aproveitar qualquer brecha de sorte. Não conseguia avistar nenhuma passagem livre, muito menos o fim da horda de zumbis que a cercava. Monstro e seus amigos, que antes lhe davam força, também haviam ido embora, fazendo-a sentir sozinha no meio dos mortos.

O pânico a paralisou.

Foi então que Monstro gritou, engatinhando em direção a ela para passar com vida.

O garoto segurou a perna de Cris para se levantar e, em seguida, pegou em sua mão. Entrelaçando seus dedos nos dela, percebeu que agora era sua vez de ser forte e não mais depender da coragem de sua amiga. Assim, Monstro correu entre os mortos, segurando sua mão, esquivando-se das investidas e mordidas até eles chegarem ao fim do semicírculo que se formou ao redor dos dois. O número de mortos por metro quadrado diminuiu e eles alcançaram a parte central das instalações militares, de onde tinham acesso a todos os outros pavilhões.

De repente, uma voz conhecida gritou:

— Aqui!

Leafarneo estava vivo, em algum lugar.

Saber que seu outro amigo estava vivo deu uma injeção de ânimo em Cris, que não correu mais atrás de Monstro, mas ao lado dele. Os dois encontraram um balanço de forças e coragem, como grandes heróis sobreviventes.

Leafarneo estava parado na porta do refeitório e alternava entre gritar pelos seus amigos e exibir um sorriso bobo no rosto, por ver que Cris estava bem. Não a via completamente por causa da baixa luminosidade, mas sabia que era ela. Sabia que era Cris. Sua mente criativa cuidara de completar todos os seus traços com perfeição.

Nos poucos segundos transcorridos, enquanto Cris corria, Leafarneo imaginou mil coisas para lhe dizer. Mil pedidos de desculpas por tê-la deixado sozinha com Monstro quando ele correra para outro lado. Mil formas de dizer que tinha sido um covarde, mas que não se permitiria ser tão egoísta no futuro.

Ainda correndo, Cris largou os dedos de Monstro, o que a deixou livre para ir na frente.

Em um ímpeto de coragem e confiança, Cris se lançou sobre Leafarneo, que perdeu, em algum lugar de seus pensamentos, todas as palavras que montou para dizer a ela. E na ausência de palavras, deixou-se levar por um sentimento ainda não tão claro para si mesmo.

Ao invés de virar a cabeça para o lado, como em um abraço comum, ele fitou Cris com um olhar profundo por todo o trajeto, que só cessou quando ele fechou os olhos para surpreendê-la com um intenso beijo de reencontro.

Um ponto vermelho na escuridão

Leafarneo se perdeu por um breve momento enquanto a beijava, esquecendo-se de tudo ao seu redor. Nem mesmo a fria brisa que soprava o afetou. Só havia ele, Cris e a sensação única que aquele beijo lhe proporcionava. Ele nunca soubera o quanto queria aquele beijo até criar coragem para torná-lo real. Cris o retribuiu durante os seis segundos que durou e aqueles foram os melhores seis segundos que Leafarneo havia vivido em muito tempo. Além do beijo, ele também apreciou as mãos de Cris acariciando suas costas.

Quando o beijo cessou, ambos mantiveram os olhos fechados por um instante, até que se afastaram. Cris estava ofegante e Leafarneo mal conseguia colocar ar nos pulmões sem soltar um gemido.

— Nunca mais nos deixe daquele jeito, entendeu, seu sem graça? — sussurrou Cris.

Leafarneo assentiu com a cabeça.

Monstro, que vinha logo atrás, correu em desespero até alcançá-los. Com um sorriso safado no rosto, encarou Leafarneo e depois Cris, seu sorriso só aumentando.

— Depois vocês dois podem arrumar um quarto, mas agora vamos sair desse lugar maldito dos infernos!

Monstro não parecia mais assustado como antes: ele mantinha o peito estufado, os ombros firmes e o olhar de quem seria capaz de vencer qualquer horda que decidisse atacá-lo.

Os três correram até o refeitório, com Leafarneo na liderança. Ele lutava para abrir o pavilhão enquanto Monstro e Cris o ajudavam. As portas pareciam estar presas, porém com um único esforço, os três se uniram e, contraindo cada músculo de seus corpos, conseguiram desbloqueá-las. O som metálico ecoou pelo pavilhão e as portas, finalmente, se abriram.

Os sobreviventes entraram no refeitório, Leafarneo correndo primeiro enquanto Cris e Monstro observavam.

Leafarneo se virou e disse:

— Confiem em mim. Só fechem as portas quando eu der um sinal.

Cris e Monstro se entreolharam. Será que poderiam confiar em

Leafarneo? Ele foi o primeiro a sumir no pavilhão de interrogatório e poderia sumir de novo, usando-os no processo para se salvar.

Ao voltar os olhos para respondê-lo, Cris não o viu mais.

Então fitou os mortos à espreita.

Eles estavam perto, muito perto.

Leafarneo, cadê a porra do sinal?

Por uma breve fração de segundo, viu-se em uma armadilha. Leafarneo era o grande caçador, que não tinha mais condições de pegar a sua presa. Ela e Monstro eram as duas iscas deixadas para trás, enquanto Leafarneo fugia.

Cris balançou a cabeça. Não podia acreditar naqueles pensamentos paranoicos. Lembrou-se de Leafarneo na faculdade, sendo um dos nerds mais queridos do curso. Ele não os abandonaria.

Lembrou-se do beijo.

Definitivamente, ele não os abandonaria.

Precisava confiar nele.

O primeiro morto-vivo se aproximou.

Precisavam fechar as portas.

Precisavam fechar as portas naquele momento.

— Agora! Podem fechar.

A voz de Leafarneo saiu de um ponto não identificado da escuridão.

Cris e Monstro empurraram as portas com força. Enquanto fechavam, a mão do primeiro morto-vivo que os alcançou já estava dentro do pavilhão e os três não poderiam fechar a porta, com aquele braço ali. O jeito seria empregar ainda mais força.

Juntos, eles empurraram as duas metades da porta, prendendo o braço do zumbi — que já não estava mais sozinho, conforme podiam ouvir a horda do lado de fora. O braço do morto-vivo ainda estava lá, impedindo-os de fechar as portas. Enquanto ainda tinham forças, estavam bem, mas morreriam em instantes se as portas permanecessem abertas.

— Cris, o que faremos?

Ela olhou para Monstro e viu um rosto sem esperança, tomado pelo pânico. O espírito bravo, que atravessou uma horda de mortos há pouco, tinha o deixado sozinho, sucumbindo perante o medo da morte.

— Eu preciso que você segure a porta sozinho.

— Eu não consigo, Cris.

— Você consegue, Monstro. Você consegue.

Ele encarou Cris e ela soltou a metade que estava segurando.

Monstro contou até três e se colocou à frente da porta, esforçando-se para impedir que ela abrisse ainda mais. Os mortos-vivos eram mais fortes do que ele pensava e o garoto lutou para manter seus braços imóveis enquanto Cris ficava atrás dele, grudada em suas costas. A mão do zumbi estava a centímetros do seu rosto e Monstro teve que desviar a cabeça para evitar ser atingido. Foi então que sentiu as mãos da amiga sobre seus ombros e ambas agarraram o braço do morto-vivo na altura do pulso.

Sem pensar duas vezes, Cris puxou o braço do morto-vivo com toda a força que tinha. Em seguida, ouviu estalos, esperando que o barulho fosse de ligamentos sendo rompidos.

Mais zumbis se aproximavam, pressionando a porta com força, porém Monstro lutou para se manter firme.

Cris, em sua última cartada, pulou nas costas de Monstro e se apoiou no braço do morto-vivo para empurrar as portas do refeitório com os pés. A garota então puxou o braço com força, mas ele quase não se mexeu. Queria pesar três vezes mais, pra ter mais força para arrancar o maldito braço e fechar as portas de uma vez.

Suas forças estavam se esgotando. O morto-vivo parecia vencê-la mais e mais, a cada segundo. Podia soltá-lo de uma vez, mas havia uma chance de a criatura agarrar Monstro e puxá-lo para fora do pavilhão.

Não podia deixar aquilo acontecer, mas não tinha forças. Era hora de se entregar. O morto-vivo alternava entre puxões, empurrões e não tardaria para que ela fosse vencida.

Quando menos esperava, notou algo diferente do lado de fora: não estava mais tão escuro.

Flashes avermelhados piscavam em intervalos de dois segundos.

Cris podia ver enquanto Monstro gritava e mantinha os olhos esbugalhados.

Ela também conseguiu ver o braço do morto-vivo em alta definição. A criatura não tinha mais o polegar e as poucas unhas que restaram tinham aspecto doentio. Suas veias formavam teias negras, saltando de sua pele com uma textura pegajosa. Pela fresta entreaberta da porta, cuja largura era a mesma do braço, viu incontáveis cabeças. Havia uma legião do lado de fora, pronta para acabar com tudo de uma vez.

No meio da multidão, Cris enxergou uma garota. Uma garota de cabelos vermelhos, que levantou a cabeleira vermelha e deixou o rosto à mostra.

Thabs.

arsenal de talheres

Thabs não parecia com um morto-vivo, ao contrário dos outros. Ela tinha a mesma aparência de sempre, exceto por uma expressão triste, que suplicava por ajuda em silêncio.

"Me ajuda", interpretou Cris, a partir do movimento lento de seus lábios.

Algo acertou o braço do morto-vivo, desviando sua atenção. Em meio a flashes vermelhos, Leafarneo apareceu com um olhar ameaçador e uma faca na mão. Com apenas quatro golpes, ele cortou o braço do zumbi ao meio.

Cris caiu no chão, levando Monstro com ela, e Leafarneo fechou a porta, barrando a entrada dos mortos-vivos. Monstro encontrou uma barra de ferro para reforçar a porta e a travou pelo lado de dentro.

Os três se abraçaram para comemorar a vitória momentânea. Em meio às respirações descompassadas e lágrimas que insistiam em brotar, Leafarneo explicou seu plano, envolvendo as luzes de emergência que viu durante o jantar. Sorte que as encontrou a tempo.

Cris se afastou do abraço coletivo e respirou fundo, antes de falar:

— Eu vi Thabs lá fora.

Os rostos de Monstro e Leafarneo se contorceram em surpresa.

— Thabs? Como assim? — perguntou Monstro, incrédulo.

— Eu acho que era ela... Não tenho certeza. Mas ela não parecia como os outros mortos-vivos, parecia estar bem.

Cris levou as mãos à cabeça, inquieta, enquanto tentava processar o que havia visto.

— Cris, se você viu Thabs no meio da horda, isso significa que não podemos fazer mais nada por ela — disse Leafarneo.

— Não, Leafarneo. Não é assim. Eu sei o que eu vi. E vou encontrá-la, não importa o que aconteça.

Monstro e Leafarneo trocaram um olhar preocupado.

— Nós vamos encontrá-la, Cris — afirmou Leafarneo, se aproximando dela e lhe oferecendo mais um abraço.

— Você não acredita em mim, não é? — Cris questionou baixinho em seu ouvido enquanto colocava a mão entre eles, dando um passo para trás. — Eu não te culpo. Se fosse qualquer outra pessoa falando o mesmo para mim, eu também não acreditaria, mas eu sei o que eu vi. Tenho certeza de que ela está lá fora. E não vou deixá-la sozinha, vocês me entenderam?

— Cris, calma, por favor... — pediu Monstro.

— Guarde o seu pedido de calma para depois que sairmos daqui.

Monstro se calou diante da rispidez.

— Precisamos ir agora — interveio Leafarneo, tentando quebrar a tensão. — Não sei por quanto tempo as luzes de alerta vão durar.

— Não conseguiremos sair daqui — argumentou Monstro, de cabeça baixa. — Não há saída por terra.

— Chegamos de helicóptero, lembra? — pontuou Leafarneo.

Um silêncio pairou entre eles quando se viram presos outra vez, já que nenhum deles sabia pilotar.

— A meu ver, ainda temos duas opções — disse Cris. — Podemos ficar aqui no refeitório esperando alguém aparecer para nos salvar ou podemos dar um fim em todos eles.

— Não parecem ser ideias ruins, mas eu confesso que me apeguei mais à primeira — Monstro respondeu.

Leafarneo, contudo, já não pensava assim:

— Não podemos contar com isso. Pela quantidade de mortos-vivos lá fora, todo mundo desse lugar foi transformado.

— Monstro, eu tenho que concordar com Leafarneo. Seria ótimo ficarmos aqui escondidos, mas Thabs está lá fora. Pode ser que não tenha ninguém vivo. Passaremos fome, sede... Uma hora, isso tem que acabar.

— Mas não precisa ser agora — respondeu Monstro.

— Por favor, precisamos de você uma última vez — pediu Cris.

Monstro balançou a cabeça em indecisão. Queria poder ficar e se esconder, só que lá no fundo, ele também sabia que a tal salvação externa poderia nunca chegar.

— Uma última vez? Como você acha que posso ajudar? — perguntou.

— Isso é o que eu preciso ouvir. Só de você estar conosco, já está ajudando.

— Vocês estão mesmo pensando em sair por aquelas portas? — indagou Monstro.

— É nossa única saída — respondeu Leafarneo.

— E depois?

— Depois encontramos Thabs e matamos todos eles — disse Cris, o olhar fervendo com uma excitação inédita para ela.

— Você viu a quantidade de mortos lá fora? — retrucou Monstro.

Cris mordeu os lábios de raiva. A ideia de matar todos eles era uma utopia.

— Vocês dois acabaram tendo ótimas ideias, só estavam pensando nos atores errados — Leafarneo comentou. — Estamos encurralados aqui dentro, porque os mortos estão lá fora. E se fosse o contrário?

Cris fez cara de desacreditada.

— Calma, posso explicar — o garoto continuou, imprimindo eloquência na voz. — Vamos atrair os mortos para cá, pelo menos o máximo que conseguirmos. Temos a isca perfeita. Em seguida, saímos e fechamos as portas. Eles ficam do lado de dentro e nós, do lado de fora.

— Odeio admitir, mas parece um plano interessante — disse Cris.

Monstro ainda permanecia encabulado.

— E como sairemos deste lugar, se ninguém sabe pilotar o helicóptero? E se tiver espirais super cortantes lá no topo das cercas? E se a cerca tiver um sistema de repelente de escaladores? E se mesmo lá fora, nos depararmos com hordas de mortos-vivos?

Leafarneo respondeu:

— Monstro, também estou com medo, mas vamos dar um passo de cada vez. Ainda não conhecemos essa cerca direito. Vamos chegar lá primeiro, depois pensaremos no próximo passo. E só depois de sairmos que vamos pensar em como será lá fora. Já sei que temos uma vantagem, porque não estaremos presos por nada. Lá fora, podemos correr até onde nossas pernas aguentarem e tenho certeza que as minhas ainda aguentam muitos quilômetros de corrida, se for pra me deixar longe dessas criaturas malignas do inferno.

— Onde você escondeu esse estoque de perseverança, hein? — questionou Cris.

— Alguém aqui precisa tentar ser positivo na ausência de... George.

O nome do amigo quase não saiu de sua boca. Cris e Monstro abaixaram suas cabeças, para não demonstrar tristeza.

Mais uma vez, um silêncio constrangedor se estabeleceu entre os três.

— Então, quem está dentro? — perguntou Leafarneo, estendendo a mão para frente, como se preparasse um grande grito de guerra para o time.

Sem hesitar, Cris colocou a mão para frente, sobre a dele. Monstro ficou olhando a cena, riu por dentro e deixou o sorriso transparecer em seu rosto, para se juntar a eles.

As luzes vermelhas de alerta que estavam piscando em Nova Alvorada facilitaram a locomoção dentro do refeitório. Nada de ficar esbarrando em mesas e cadeiras outra vez. Assim, os três adentraram até a área onde as comidas eram servidas. As duas grandes mesas estavam limpas e as louças para o café da manhã já tinham sido colocadas.

Cris viu um arsenal inteiro à sua disposição. Sabia que a ideia era somente atrair os mortos para prendê-los em seguida, mas tinha certeza de que precisaria se proteger. Não queria simplesmente correr deles. Queria matar todos, mesmo sabendo que não teria forças para tal.

Ela fitou a maior faca de cozinha que viu sobre a mesa e a pegou. Com um grito de alarde, atraiu Monstro e Leafarneo até o seu recém-descoberto arsenal. Cada um deles pegou utensílios que pudessem ajudar a colocar o plano do amigo em prática.

Monstro talvez tenha sido o mais exótico de todos ao não escolher nenhuma faca e sair de perto do arsenal com um garfo em cada mão. Não eram garfos comuns, os talheres mais pareciam tridentes em miniatura.

Leafarneo resolveu seguir a lógica de Cris e também optou pelas facas. Colocou uma na própria cintura e segurou uma versão maior dela nas mãos. Estavam prontos.

Nenhum deles precisou se aproximar das portas do refeitório para que elas se abrissem. A força da horda cumpriu esse objetivo e o ferrolho, que já tinha afrouxado antes, se rompeu em duas partes. As portas se abriram.

Monstro subiu em uma das mesas, pois queria ver o momento exato em que ele os amigos poderiam fugir para o lado externo. Os três estavam próximos e queriam que os mortos ocupassem a parte central do refeitório para que pudessem correr. Os zumbis mais sagazes já se aproximavam das mesas onde o trio se encontrava, mas pareciam não usar tão bem a visão para desviar de objetos grandes como cadeiras, que derrubavam a todo instante.

O fluxo de mortos-vivos na porta diminuiu. O momento estava próximo.

— É agora! — gritou Monstro.

Cris e Leafarneo correram pelas beiradas, um pela esquerda e outro pela direita. Monstro esperou os mortos voltarem a atenção para os lados e resolveu seguir pelo corredor central que se formou.

Cris balbuciou orações quando viu a onda de mortos se jogar na direção dela. Com uma agilidade invejável, passou por vários deles, mas seus olhos captavam detalhes antes ocultos na escuridão: olhos esbranquiçados e roupas rasgadas, revelando mordidas e membros ausentes. Enquanto tentava se esquivar, Cris também notava barrigas abertas, com longos pedaços de entranhas jogados para fora dos corpos. Ela quase escorregou em uma dessas tripas, porém conseguiu manter o equilíbrio e continuou correndo.

Os mortos estavam cada vez mais próximos, então ela precisava usar as armas que tinha à disposição e não podia só correr e esperar escapar. Precisava ser rápida e precisa, mirando na cabeça dos zumbis, para destruir os cérebros deles.

No entanto, a tarefa não era tão fácil quanto pensava. Perfurar um crânio exigia um trabalho árduo, até mesmo os dos mortos-vivos mais deteriorados pelo vírus. Os primeiros golpes foram desajeitados e deixaram sangue voando por toda parte. Crânio após crânio, ela adquiriu destreza e táticas de esquiva, para desviar das investidas dos mais lentos. No início, Cris contou quantos mortos tinha derrubado, mas depois perdeu a conta, em meio ao caos.

Do outro lado do refeitório, Leafarneo enfrentava uma situação diferente: mesmo com seus facões, preferia desviar dos mortos em vez de matá-los de frente, porque ainda tinha muito medo deles. Só queria sobreviver. Quando estava perto dos portões de saída, um morto-vivo que arrastava um pé quebrado se jogou sobre seu corpo e o derrubou no chão. Sua faca voou longe e mais mortos se aproximaram.

Monstro notou uma multidão de criaturas se formando perto de Leafarneo e ficou feliz, por aquilo ter aberto caminho para ele alcançar as portas de saída primeiro, mas logo percebeu que seu amigo estava em perigo.

Leafarneo pensou em Cris.

Tinha que agir naquele momento, se quisesse se manter vivo para sentir o gosto dos lábios dela mais uma vez. E tirando forças do seu sentimento ainda não compreendido, ele puxou uma faca de trinta centímetros da cintura.

Todo desajeitado, ele empurrou o morto de meia-idade para o lado com uma das mãos, utilizando a outra para fincar a faca em seu pescoço. O sangue jorrou, deixando-o encharcado da cintura para baixo.

Leafarneo havia matado um morto-vivo, tão próximo, pela primeira vez. Tornou-se um assassino. Tornou-se um vencedor.

Ele ficou de pé e alcançou Monstro nas portas do refeitório. Ao vê-los na saída, Cris parou a matança e foi ao encontro dos amigos. Antes de dar qualquer chance para que algum morto-vivo pudesse escapar, os três saíram do refeitório, fechando as portas e prendendo todos os zumbis que conseguiram atrair.

Ainda com a faca nas mãos, Cris avançou sobre os últimos mortos-vivos pingados, que caminhavam sozinhos por Nova Alvorada.

Monstro e Leafarneo seguiram o exemplo e fizeram o mesmo, ou pelo menos tentaram. Não tinham tanta destreza quanto Cris, mas fizeram o que podiam com os itens do arsenal de talheres.

— Cris.

Uma voz baixinha soou perto deles.

— Thabs! — Cris a reconheceu na hora — Onde você está?

Cris saiu em desespero correndo, tentando encontrar a origem daquela voz.

Monstro e Leafarneo se entreolharam, com vergonha por não terem acreditado nela, quando Cris disse que Thabs estava viva do lado de fora.

— Cris, aqui! — gritou ela.

Thabs estava deitada no chão, perto da árvore onde Cris havia se escondido quando assistira ao assassinato de Emu.

— Meu Deus, Thabs! — esbravejou, ao avistá-la.

Ao chegar perto, levou as mãos à boca para abafar o grito.

Thabs estava nua, em uma poça de sangue.

Cris tentou localizar a origem de tanto sangue, mas não encontrou. Não havia marcas de mordidas ou arranhões pelo corpo, o que era um bom sinal. Todo aquele sangue não era dela, porém uma substância esbranquiçada escorria pelas suas narinas e pelo ouvido esquerdo. Thabs se arrastava no sangue exibindo um sorriso discreto no rosto. Parecia gostar da sensação.

— O que aconteceu aqui, Thabs?! — indagou Cris, aflita.

— Eu comi os mortos, Cris. E o gosto deles é tão bom... Você pode trazer mais um para mim?

Cris ficou sem palavras diante do discurso bizarro. Será que aquela era mesmo Thabs, a roqueira amante de gatos que ela havia conhecido na faculdade? Parecia uma alucinação absurda, uma piada de mau gosto. As luzes de emergência deixavam a cena ainda mais grotesca.

Thabs, coberta de sangue, escondeu um sorriso tímido enquanto seus olhos se enchiam de lágrimas. No entanto, havia algo diferente nela.

— Cris? É você? O que eu estou fazendo aqui?

— Thabs?

Cris não conseguiu assistir à amiga jogada no chão por mais um minuto. Com o coração cheio de receio, se abaixou para oferecer suporte. Thabs se levantou, mas ao perceber que estava nua, cobriu os seios com as mãos e cruzou as pernas para esconder a intimidade exposta.

— Thabs... o que aconteceu?

— Eu não sei, Cris. Eu não me lembro.

— Qual é a última coisa que você se lembra?

— Lembro de estar numa sala com um espelho na frente e, depois... só frio.

— Não se mova, vou buscar algo para você.

Cris limpou um pouco do sangue que ameaçava entrar nos olhos da amiga. Ela andou para trás até encontrar um morto-vivo que havia derrubado com um golpe certeiro na têmpora. A criatura era uma das remanescentes, que não tinha ficado presa no refeitório. O morto-vivo usava calças largas presas por um cinto de couro e uma camisa de botão, ao contrário de uma farda, como a maioria dos outros zumbis que haviam atacado Nova Alvorada. Apesar de sujas, as calças estavam em perfeito estado, comparadas à camisa de mangas compridas e botões. Parte de uma das mangas tinha um rasgão, que se estendia por uns dez centímetros. Ainda assim, aquelas roupas iriam servir.

Cris levou as roupas até Thabs, que chorava baixinho. Ela encarava o sangue que tinha em seu corpo e a poça na qual estava deitada, pouco tempo antes.

— Não se preocupe, esse sangue não é seu. Como você está se sentindo? — perguntou Cris, tentando acalmá-la.

Thabs olhou para a amiga com os olhos marejados.

— Não sei... Não me sinto bem.

Cris estendeu as roupas que havia recuperado para ela.

— Vamos colocar essas roupas e sair daqui o mais rápido possível.

Thabs começou a se vestir enquanto Monstro e Leafarneo se aproximavam.

— Thabs? O que aconteceu? — perguntou Monstro, preocupado.

Thabs não respondeu. Ela estava parada, com o rosto ainda sujo de sangue e usando as roupas do morto-vivo desconhecido.

Leafarneo chegou em seguida e a fitou com preocupação.

— Essas roupas... Onde você as conseguiu? — questionou ele.

— Elas eram de algum dos caras que vieram do céu — respondeu Thabs, apontando para a parte superior do pavilhão, de onde um helicóptero de carga permanecia parado com os compartimentos frontal e traseiro abertos. Uma rampa ligava o teto do pavilhão ao solo de Nova Alvorada.

Leafarneo arregalou os olhos e se virou para Cris.

— Alguém trouxe os mortos pra cá, Cris. E eles infectaram todos os militares de Nova Alvorada.

— Precisamos sair daqui agora mesmo! Vamos embora — disse Cris, olhando para todos os lados ao sentir, por um breve momento, que pudesse estar sendo observada.

Uma gota gelada pingou do céu na testa de Cris, porém ela não se importou muito. Os outros logo foram atingidos pela chuva e, aproximando-se do ponto mais próximo da cerca que encontraram, começaram a escalada. Para a surpresa deles, não encontraram nenhum sistema repelente ou espirais super cortantes na parte superior.

Monstro foi o primeiro a ajudar Thabs, cujas pernas tremiam. A escalada não foi tão difícil quanto imaginavam e, logo os quatro estavam do lado de fora das instalações militares. A chuva se intensificou, lavando o sangue do rosto de Thabs.

Cris estava em choque, lembrando-se do terror que tinham passado nas últimas horas. O grupo caminhava sem saber para onde ir e não tinham um plano. Só conseguiam pensar que antes eram nove, agora restavam somente quatro.

— Alguém tem alguma ideia do que faremos daqui para frente?

— perguntou Cris. Não havia esperança em sua voz. Ela parecia estar funcionando no modo automático, como se estivesse apenas sobrevivendo.

— É irônico, né? — Monstro começou. — Acabamos de passar mais uma noite lutando contra mortos-vivos. Mais uma noite de chuva. Parece que estamos revivendo o que aconteceu em Palmas.

Cris sorriu ao ouvir o discurso de Monstro, mas rapidamente parou.

— Você tem razão, Monstro. Espero que essa seja a última vez, mas o helicóptero me preocupa. Tenho quase certeza de que a ASMEC está por trás disso. Eles estavam lá ontem, quando Emu morreu.

Mais uma vez, Cris chorou. No entanto, ela logo controlou as lágrimas e falou o que precisava dizer.

Monstro, Thabs e Leafarneo pararam de prontidão para ouvi-la:

— Emu fez um acordo com Délia! Eu a vi viva, diante dos meus olhos. Toda a história de dobrar o fio do explosivo para sair vivo era mentira, mais uma mentira. Vocês sabem como ele gostava de inventar histórias, só que dessa vez, ela foi longe demais.

Leafarneo se aproximou.

— Cris...

— Não, Leafarneo. Não queria culpá-lo, mas não consigo. Fico com raiva e com o coração em pedaços por não poder confrontá-lo sobre isso.

Com dificuldade para falar, continuou:

— Ele nos abandonou para tentar encontrar a família. A ASMEC estava nos perseguindo o tempo todo, eles são os verdadeiros culpados por tudo. As pessoas de Nova Alvorada estavam só nos ajudando, pelo menos até Emu morrer.

— E agora elas estão mortas por nossa causa — complementou Monstro.

— E agora elas estão mortas por nossa causa — repetiu Cris.

— Eles estavam atrás de Charles — comentou Leafarneo. — Ele foi o único capturado.

— Sim. Foi o único, porque eles não sabiam dela.

Cris inclinou a cabeça em direção a Thabs.

— Eles estão atrás das ampolas de cura que George pegou de Délia. Charles e Thabs são os únicos que ainda têm a substância no sangue. George não quis contar para ninguém, mas Thabs foi mordida na Unibratins.

— Caramba, isso... é...

Cris se lembrou das marcas de mordida que Thabs apresentava ao sair da universidade, em seguida mentalizou a imagem da garota nua no chão de Nova Alvorada, coberta de sangue. Não havia mais marcas de mordida. Thabs havia se curado excepcionalmente. Em seguida, encarou Thabs, que desviou o olhar e encarou o chão com um semblante murcho.

— Eu queria ter todos de volta — suplicou Cris, desabando em lágrimas.

Ela caiu de joelhos no chão, exausta demais para se manter de pé. As lágrimas jorravam sem controle, misturando-se à chuva que ainda caía. Chorava pelos amigos que perdera, pela cidade que amava e agora estava destruída, pela vida que parecia ter sido interrompida...

Monstro não pôde conter a emoção e se juntou a Cris, compartilhando da dor. Ambos choravam em silêncio, deixando as lágrimas rolarem livremente.

Thabs, apesar da tristeza estampada no rosto, não chorava. Ela se agachou ao lado dos amigos e os encarou, movendo a cabeça primeiro para um lado, depois para o outro, como se tentasse entender o que se passava.

Leafarneo notou que Thabs estava diferente. Não era comum ficar olhando para os amigos daquele jeito. Ele também estava em luto, mas o medo ainda superava a tristeza. Ele preferiu se deitar no chão por alguns minutos, sozinho, e cobriu os olhos com as mãos, quase adormecendo, mas seu cérebro não deixou que aquilo acontecesse. Sabia que precisavam continuar, assim que fosse possível.

Os quatro perderam a noção do tempo. Ainda podiam ver Nova Alvorada atrás deles, mas não havia sinal de mortos-vivos por perto.

Eventualmente, a chuva cessou e os primeiros raios de sol começaram a surgir no céu. Leafarneo se esforçou para se sentar, preparando-se para a caminhada sem destino que o aguardava.

Monstro e Cris já não choravam mais. Estavam encostados um no outro, buscando conforto e força que não podiam extrair na solidão. Monstro acabou adormecendo enquanto ela observava Thabs, que ainda permanecia de cócoras, movendo a cabeça de um lado para o outro. O medo fez seus pelos se arrepiarem pela extensão da coluna.

— Precisamos sair daqui — disse Cris.

De repente, um flash brilhou e capturou sua atenção. No mesmo instante, lembrou-se dos flashes que Monstro mencionou ter visto em Nova Alvorada enquanto tentavam escapar da cerca.

— Monstro, acorda.

Cris sacudiu o amigo, que despertou, assustado.

Outro flash. E mais um. A frequência estava ficando mais intensa.

Leafarneo se levantou e correu em direção à origem dos flashes, desaparecendo entre as árvores. Ele investigou um arbusto, sem sucesso, e continuou avançando.

Finalmente, viu uma roda. Parecia ser de um carro, mas a cobertura de folhas impedia que ele visse o resto. Com passos lentos e leves, Leafarneo se aproximou, ainda escondido atrás de uma árvore.

Do outro lado, uma moça com a voz doce ajustava seus óculos enquanto olhava para o chão, onde um flash fotográfico emitia luzes de forma descontrolada. Havia um homem com ela, de gorro, óculos e uma camisa preta com uma xícara de café estampada, desenhada em linhas brancas.

Leafarneo se concentrou na cena, sem notar a aproximação de Cris. Ela, por outro lado, não se preocupou em ocultar sua presença e caminhou até eles.

— Quem são vocês e o que diabos estão fazendo aqui? — perguntou.

desejo de vingança

— Calma, não há motivos para se exaltar. — A mulher estendeu a mão para Cris. — Meu nome é Joana.

Cris, entretanto, apenas olhou para a mão estendida e a deixou no vácuo.

— O que vocês dois estão fazendo aqui neste fim de mundo e por que diabos estão tirando fotos da gente? Por acaso estão com a ASMEC? — insistiu.

— ASMEC? Anota isso, Gabriel. Eu sabia que tinha algo estranho nisso tudo. — Joana se virou para o seu acompanhante, como se Cris não estivesse a menos de um palmo de distância dela.

— Sério? — indagou Cris.

A indignação de Cris soou tão alta que chamou a atenção de Monstro, que se levantou para procurá-la. Quando deu o primeiro passo, percebeu que Thabs continuava sentada, encarando-o. Com receio, lhe estendeu a mão. O olhar antes penetrante murchou e os ombros rígidos relaxaram. Thabs segurou a mão de Monstro, que a ajudou a se levantar. De mãos dadas, ambos seguiram até Cris e Leafarneo.

— Eu não sei o que é essa ASMEC, mas eu ficaria muito feliz se você me contasse — disse Joana.

Cris partiu para cima dela, pronta para lhe encher de socos, mas Joana se afastou.

— Eu sou uma jornalista, Joana Dalaqua. Talvez você ainda não tenha ouvido falar de mim. Eu não a culpo. Ninguém me conhece mesmo, eu sou um fracasso de jornalista — desabafou.

— Você não é um fracasso, só não teve a oportunidade certa de se mostrar para o mundo — Gabriel a consolou, com um sorriso.

— Ótimo. Era só o que me faltava — disse Cris, se virando para deixá-los ali.

— Espera, por favor. Eu posso ajudá-la, Cris.

— Me ajudar? Você pode trazer meus amigos de volta à vida? — respondeu Cris com ironia.

— Posso não conseguir trazê-los de volta, mas posso mostrar a sua versão da história ao mundo. Posso fazer o mundo conhecer essa tal de ASMEC como ela merece ser conhecida. É ASMEC mesmo? Com C mudo no final? — perguntou Joana.

Cris ficou pensativa.

— O seu amigo colocou a cara à tapa para que o exército pudesse salvar a cidade de Palmas. E tendo em vista a comoção causada pelas palavras dele, tenho certeza de que o exército poderia parar a execução do Nível 3 do Protocolo de Contenção. Os militares podem até ter parte da culpa, mas com certeza há algo muito maior acontecendo e você sabe disso — Joana enfatizou as últimas palavras, encorpando a voz.

— George... Então você também viu George.

— Eu e o resto do mundo que estava conectado. Eu estava nos limites da Bolha quando tudo aconteceu. Deveria ter ficado até o final, mas quando vi o exército transportar vocês, tive que entrar em contato com minhas fontes para encontrar este lugar. Eu precisava falar com vocês cara a cara, não por intermédio de um soldado qualquer.

Ao ouvir aquelas palavras, Cris, Leafarneo e Monstro se entreolharam surpresos, e Joana continuou:

— Não se sabe ao certo o alcance que o vídeo teve na primeira exibição, mas pouco depois das explosões terem sido confirmadas, o vídeo já estava no YouTube, sendo compartilhado por uma infinidade de pessoas. Aquele garoto tinha jeito com as palavras.

— George... — disse Cris, emocionada.

— Só tem um problema nisso tudo: todo o discurso do seu amigo foi apagado da rede, após algumas horas. Quem não tinha uma cópia local do vídeo, perdeu. Não há nada na rede sobre o caso de George e seu comovente vídeo pedindo para que a cidade de Palmas fosse poupada do Protocolo de Contenção. Algo muito errado está acontecendo aqui e eu preciso da ajuda de vocês para descobrir o que é. Deixe-me ajudá-los a encontrar e expor a ASMEC, como ela merece.

— Me desculpe — disse Monstro, abruptamente. — Quer dizer, nos desculpe, Joana. Infelizmente não podemos ajudá-la. Tudo o que queremos é sair desse pesadelo.

Ele parou de falar e olhou para o chão, procurando as palavras perfeitas para dispensar a jornalista.

— Desde que soubemos que havia vida fora deste apocalipse, tivemos que lidar com o exército, a morte de mais pessoas queridas, a invasão de Nova Alvorada... Agora, pela primeira vez, estamos no mundo real, sem apocalipse e sem ninguém em nossa cola... exceto por você, que seria mais uma amarra. Parece que nunca conseguimos nos livrar delas, no final das contas. Sei que vou carregar cicatrizes pelo resto da vida depois de tudo o que aconteceu nesses poucos dias, mas eu tenho muitos dias pela frente. E quero vivê-los da maneira mais feliz possível. Sem a ASMEC, sem o exército. Não pode...

Enquanto Monstro falava, Cris imaginava a vida que a aguardava. Ela tentaria encontrar os entes queridos que não estavam nas áreas afetadas pela infecção, arrumaria um emprego e choraria a perda de George, Póka, Felipe e Emu todas as noites. Teria pesadelos com eles e se lembraria de Emu sempre que visse a cor vermelha. Todos os fins de semana visitaria o túmulo de Thabs e levaria lírios, em homenagem à amiga que morrera infectada mesmo depois de ter recebido a cura. E Charles? Nos primeiros meses, procuraria por informações na delegacia sobre o amigo desaparecido e colaria cartazes com o rosto dele nos postes da cidade. Viveria uma vida de luto constante, com assuntos inacabados e covardia.

Ela não se conformaria em viver assim.

— Eu estou dentro — disse Cris, entrando pela porta traseira do carro. Ela se colocou no meio, esperando que seus amigos a seguissem rumo a uma possível jornada de vingança.

Monstro apertou os dentes e fechou os lábios com força. Não concordava com Cris, mas sabia que não conseguiria tirá-la do carro. Após dar alguns passos para trás, soltou um urro ao vento.

Sem falar nada, Leafarneo entrou pela outra porta do carro e a fechou para ter certeza de que ficaria na janela. Depois de refletir por um minuto, Monstro conduziu Thabs até o carro e entrou primeiro para que ela pudesse ficar na outra janela. Após Monstro fechar a porta, Joana respirou fundo e ocupou o banco do carona.

Gabriel foi o último a entrar no carro, assumindo a direção. Ele fitou Joana como se questionasse se deveria prosseguir e colocou as mãos no volante. O carro ainda estava desligado e seus dedos tremiam de nervosismo. O homem temia as quatro pessoas no banco de trás do carro. Uma coisa era ajudar Joana a tirar fotos de longe, mas abrigar quatro pessoas suspeitas, que haviam acabado de escapar de um complexo militar, era outra história.

Joana, por outro lado, preferia acreditar que eles tinham uma excelente história para contar. Se suas suspeitas se concretizassem, ela poderia se tornar a jornalista com as informações mais precisas sobre o que acontecera na cidade de Palmas. Estava disposta a se agarrar a qualquer possibilidade, por menor que fosse, para confirmar suas suspeitas e se tornar a jornalista de sucesso que sempre quis ser.

O caminho até Brasília foi marcado por um silêncio quase absoluto. A viagem levou quase duas horas, em uma velocidade pouco acima do limite permitido. O sol brilhava forte, sem nuvens no céu e a estrada parecia interminável.

Monstro lançava olhares para Cris, tentando entender o que se passava em sua mente, mas só encontrava ódio e desejo de vingança, mesmo que a garota estivesse com os olhos cerrados em um misto de cansaço e frustração. Depois de um tempo, ele se contagiou pelo cochilo da amiga e também se entregou ao sono, com o pescoço torto para a direita.

Leafarneo ficou acordado durante todo o trajeto, preocupado com a postura estranha de Thabs, o sumiço de Charles e o ataque em Nova Alvorada; além da morte de Emu, George, Póka e Felipe. Agora, ele também tinha que lidar com a presença daqueles dois estranhos, que poderiam não ser apenas bons samaritanos.

Leafarneo avistou a placa de "Bem-vindo a Brasília" pela janela do carro. Olhando por cima da cabeça de Joana, que estava à sua frente, ele contemplou o aglomerado de prédios crescer a cada segundo. Era a primeira vez que estava na cidade, mas esperava conhecê-la em circunstâncias diferentes.

Gabriel desacelerou o carro até que ele parasse na fila, esperando no semáforo. Leafarneo olhou para os lados e em seguida para a frente, aliviado por perceber a causa da parada repentina.

Joana tentou quebrar o gelo e fragmentar a tensão:

— Não vai demorar, podem ficar tranquilos. O lugar é legal, espaçoso... É, mas não tanto assim. Acho que não vou ter camas para todos vocês, mas meu sofá tem espaço de sobra para todo mundo. E minha cama também estará disponível. Ignorem o sofá espaçoso, podem deixar para mim. Vocês são minhas visitas.

Leafarneo quis responder, pois queria conversar com ela, mas o receio não deixava as palavras escaparem de sua boca. Cris, ainda de olhos fechados, interrompeu:

— Não se preocupe com isso, Joana. Não pretendemos ficar muito tempo. Você nos ajuda a levar as informações para a polícia e, a partir daí, a gente se vira.

Joana respondeu:

— Obrigado por confiarem em mim. Obrigado, de verdade. Eu não tenho a mínima ideia do que vocês passaram nos últimos dias, então sei que qualquer cuidado é pouco.

— É verdade, você não tem ideia — respondeu Cris rispidamente.

— Cris... — interrompeu Leafarneo.

Cris virou o rosto para o outro lado.

— Me desculpe, Joana. Ela não costuma ser assim.

— Não precisa me pedir desculpas, eu sei como tragédias podem mudar a vida de alguém.

Leafarneo ficou pensativo. Joana continuou:

— Eu só peço a vocês a oportunidade de me deixar ajudá-los. Eu sei que vocês querem justiça.

— Justiça seria bom, Joana. Mas sabe o que eu queria mesmo? Queria estar na minha cama, em Palmas, pensando qual o momento criaria coragem para levantar e ir comer açaí na esquina. Queria poder ligar o celular quando acordasse e falar sobre RPG com George e com Felipe. Não queria nada mais.

Joana balançou a cabeça, assentindo. Só de ouvir o ingênuo relato de Leafarneo, seu peito apertou.

— Eu vou ajudar vocês. E isso é uma promessa.

Cris ouviu as palavras de Joana e abriu os olhos. Em seguida, desfez o bico que se formou em seus lábios, externando parte do ódio que carregava consigo. Quando olhou para Joana, viu o rosto de Délia por um breve momento. Ao lado da mulher, Gabriel se transformou em Claus.

Não. Ela não podia aceitar aquilo. Balançou a cabeça com raiva e olhou outra vez. Joana e Gabriel estavam nos bancos da frente. Eles não eram Délia e Claus. Não podiam ser como aqueles dois monstros.

A parada brusca trouxe Monstro de volta da terra do sono profundo e ele abriu os olhos, assustado. Estava no carro. Estava com seus amigos, pelo menos parte deles. Sua linha de raciocínio foi interrompida pela mais nova anfitriã:

— Lar doce lar, aqui estamos — disse Joana, sendo a primeira a descer.

Gabriel não se atreveu a ficar um segundo sequer dentro do carro sem Joana e logo desceu também.

Leafarneo abriu a porta do seu lado e saiu do veículo, dando uma longa espreguiçada e esticando as pernas, que já tinham ficado dobradas tempo demais. Cris e Monstro vieram em seguida, mas Thabs permaneceu dentro do carro. Ela encarava o horizonte pela janela, parecendo estar em outro mundo.

— Cris, ela não está bem.

— Eu sei, Leafarneo. Mas ela vai ficar.

Cris foi até o outro lado e ajudou Thabs a abrir a porta e se colocar de pé do lado de fora do carro. Thabs não falou nada e ainda sustentava os olhos murchos, como se tivesse perdida dentro de si.

Gabriel e Joana, um pouco afastados dos quatro, conversavam baixinho:

— Você pode passar alguns dias conosco?

— Joana, isso é loucura. E se... — Gabriel se aproximou dela, para não ser ouvido pelos demais. — E se eles forem, sei lá, perigosos?

— Gabriel, não se preocupe. Eles são minha responsabilidade a partir de agora.

— Eu não posso ficar, Joana. Eu não posso ficar...

— Eu não posso te forçar, mas será que você pode me trazer algumas coisas?

Gabriel assentiu com a cabeça.

— Traga comida e mais um galão de água mineral. O que eu tenho em casa não dará nem pra mim.

— Tudo bem, eu trago — disse Gabriel após um longo suspiro. — Só não me espere mais por hoje. Prometo que tentarei chegar até o anoitecer, mas há uma grande chance de você só me ver amanhã, depois que a minha mente se acostumar com essa ideia mirabolante que você teve.

— É por isso que eu te amo, seu lindo! — Joana agradeceu, apertando as bochechas dele.

Gabriel voltou para o carro com as bochechas vermelhas e deu partida, deixando Joana sozinha com os quatro na frente de um grande portão metálico.

— Ok, acho que agora é nossa vez — disse Joana, se dirigindo aos quatro.

Os cinco entraram como se estivessem cumprindo uma obrigação nada agradável.

Aquilo ia ser mais difícil do que Joana imaginava.

alguns minutos de paz

O campo de gramado verde logo após o portão era convidativo e Joana liderou os sobreviventes pelos caminhos do condomínio privado de casas onde ela morava.

— Sejam bem-vindos à Vila do Planalto. Sintam-se em casa — ela disse. — Se é que isso é possível — acrescentou, rindo.

Monstro contou doze casas à vista enquanto Joana contava que o condomínio era recente, com apenas quatro anos de existência e oferecia uma ótima opção de moradia para quem não gostava de apartamentos.

Além do extenso campo gramado, havia palmeiras proporcionando sombra e flores coloridas, cultivadas perto dos limites murados.

— Existe uma área de convivência de moradores lá no fundo, com piscina, churrasqueira e academia — explicou Joana.

— Não teremos tempo para desfrutar disso tudo. — Cris ainda sustentava o ríspido tom de voz com a jornalista.

Joana acelerou o passo até chegarem a uma casa atraente, com uma pequena varanda ocupada por uma cadeira de balanço.

— Nik, temos visitas. Comporte-se — disse ao abrir a porta.

Um furacão de pelos chamado Nik correu na direção de Joana, lambendo suas pernas.

— Mamãe voltou pra casa! — ela exclamou, acariciando o cão.

Cris sorriu ao ver Nik, um vira-lata cor de caramelo, exceto somente por uma orelha preta, rolando no chão. O cachorro cumprimentou os visitantes, cheirando-os e lambendo-os, fazendo com que se sentissem bem-vindos.

A casa de Joana, embora não fosse grande, era confortável e decorada com bom gosto. Pinturas abstratas em perfeita harmonia adornavam a parede da entrada, que dava acesso à ampla sala, onde a moradora passava a maior parte do tempo livre quando não estava na emissora ou fazendo coberturas jornalísticas em campo.

A parede da sala não tinha mais espaço para pinturas porque a maior parte dela era ocupada por uma enorme televisão. Para completar a sala dos sonhos de qualquer amante de séries e filmes, como Joana, um gigantesco sofá em formato de L dava o toque final de requinte.

Joana os levou até seu quarto, onde teriam acesso ao banheiro, o único da casa. Cris não deixou Thabs tomar banho sozinha porque queria se certificar de que ela não sofreria nenhum acidente — e também queria saber o progresso de sua infecção não curada. Ela não aguentaria perder mais alguém tão cedo.

Leafarneo decidiu conversar com Monstro enquanto esperavam, mas Monstro estava ocupado fazendo carinho em Nik na entrada da casa. Ao ouvir Joana deixando o quarto a caminho da cozinha, Leafarneo decidiu observá-la sem ser notado. Tinha medo de que ela fosse uma Délia em outro corpo, porém tão letal quanto. Não se deixaria enganar outra vez. Enquanto espreitava cada passo de Joana, seu estômago roncou, fazendo-o deixar seu esconderijo e voltar para sala antes de ser descoberto espiando pela fresta da porta.

— Você bebe café? — perguntou Joana, sua voz vindo da cozinha, surpreendendo-o mesmo sem vê-lo.

Será que ela sabia que eu estava à espreita todo esse tempo?

Leafarneo foi ao encontro dela na cozinha e respondeu:

— Café? Claro. É um pré-requisito para todo mundo que estuda computação.

Talvez ela não tenha me notado.

— Fique à vontade. — Joana apontou para uma máquina de café que ficava ao lado do micro-ondas.

Ele se aproximou da máquina.

— Parece mais uma calculadora científica, com tantos botões — disse ele com um sorriso tímido no rosto.

— Eu tô tão acostumada com essa máquina que eu já acho que todo mundo também tá. Você prefere café com leite, expresso forte, expresso suave, expresso sessenta e cinco por cento longo ou *cappuccino*?

A última opção chegou aos ouvidos de Monstro, que aparatou na cozinha com Nik.

— Caramba, tantas opções? Pode ser um café com leite mesmo — respondeu Leafarneo.

— Eu sou apaixonada por café. Toma. — Joana lhe entregou uma cápsula. — Nesse compartimento você coloca a água, aqui a xícara e depois a cápsula nesse espaço aqui. As xícaras estão todas aqui em cima deste balcão. Depois, pode fechar essa porteirinha e esperar.

— Acho que eu já lidei com algoritmos mais complexos na vida — respondeu ele ao ver um filete de café com leite começando a chegar no fundo da xícara.

O cheiro do café sendo passado na máquina acalentou seu coração desconfiado. Por que Joana estava sendo tão prestativa?

Monstro optou por um cappuccino e tomou tudo quase em um gole só enquanto dividiu uma fatia de pão com Nik.

Enfrentando uma luta interna sobre confiar ou desconfiar de Joana, Leafarneo a deixou na companhia de Monstro e foi até o quarto. Cris e Thabs já tinham saído do banho e, para aumentar a surpresa, elas já estavam deitadas na cama de Joana, embrulhadas nos lençóis que a mulher havia deixado junto às toalhas. Leafarneo não quis acordá-las. Ao ver as duas dormindo, adiantou-se no banho para se juntar às amigas o mais rápido possível.

Monstro aproveitou o tempo para brincar mais com Nik e depois encarou a ducha. Optou pela opção "Inverno" do chuveiro, deixando a água bem quente. Quando terminou, Leafarneo já estava dormindo, de boca aberta na cama. Vendo que não tinha mais espaço para ele, o garoto se deitou ali mesmo no chão e tirou um cochilo, colado à parede.

irmandade apocalíptica

Enquanto todos dormiam, Joana tentou ligar duas vezes para Gabriel, mas sem sucesso. Antes de tentar novamente, decidiu verificar se Nik tinha deixado alguma "surpresa" enquanto ela estava fora. Quando precisava trabalhar por dias a fio, Joana pedia ao seu vizinho, um bondoso senhor de cabelos grisalhos chamado Mauro, para alimentar Nik — o que ele adorava fazer, pois ocupava seus dias vazios desde o falecimento de sua esposa, Glória.

Com a fome batendo, Joana procurou, na agenda do celular, o telefone do Delícias do Planalto Delivery e pediu almoço para seis pessoas, mesmo sabendo que somente cinco iriam comer. Nem um minuto após a entrega, Monstro já havia acordado com o cheiro do churrasco que invadira o quarto, interrompendo o profundo sono de seus amigos.

Cris ficou emburrada ao acordar, mas depois que sentiu o cheiro da comida, se animou. O cardápio não tinha nada de especial: um misto de carnes assadas na brasa, uma porção generosa de arroz branco, mandioca cozida com cobertura de manteiga e feijão tropeiro caprichado no bacon.

— Gente, que carne é essa? — observou Monstro com a boca cheia de comida.

— Eu nem sabia, mas meu estômago estava desejando comer carne assada — comentou Cris. O tom ríspido já não existia mais. — Me mudarei pra Brasília e me tornarei cliente VIP desse Planalto aí!

— Eu sou apaixonada por Brasília, sério! — disse Joana.

— Mas também, tendo um churrasco desses a uma ligação de distância, não tem como não ficar apaixonada — complementou Cris.

Thabs, por sua vez, tentou mastigar um pedaço de carne, mas o cuspiu no prato em seguida.

— Você está enjoada? — perguntou Cris.

Ela fitou a amiga por um bom tempo e não respondeu, depois pegou o mesmo pedaço de carne do prato e tentou mastigá-lo outra vez. Quando Thabs o cuspiu de novo, Cris notou que havia uma substância gosmenta que não deveria estar lá. Antes que os outros pudessem notar, ela destacou um pedaço de papel toalha e colocou sobre o prato de Thabs.

A refeição seguiu com olhares aflitos entre Cris, Leafarneo e Monstro. Todos sabiam que havia algo de errado com Thabs, mas falar sobre o assunto na frente de Joana podia não ser a melhor ideia.

— Esse almoço está delicioso — elogiou Leafarneo, tentando mudar de assunto.

— Está mesmo. E eu tenho certeza de que eles não colocaram nem alho e nem pimenta nas carnes, por isso que tá bom.

— Você é um anti-sabor mesmo, né, Monstro? — retrucou Leafarneo.

Enquanto brincava, ele fitou Cris, que mantinha o olhar baixo. Não sabia como fisgar sua atenção para que ela deixasse de se preocupar com Thabs, nem que fosse por cinco minutos.

De repente, Cris não conseguiu mais se conter. Estava farta de tantas carnes. Estava prestes a explodir, com tantos sentimentos.

— Joana, eu quero falar. Eu PRECISO falar!

— Cris... — Leafarneo tentou intervir, em vão.

— Lá perto de Nova Alvorada, você prometeu nos ajudar. Já está nos ajudando, na verdade, mas eu não sou idiota. Nenhum de nós é. Sabemos que você é uma jornalista e que você, antes de tudo, nos vê como uma fonte de informação valiosa para estourar nos noticiários.

Joana ficou sem palavras e Cris continuou:

— Eu só quero que você deixe as coisas bem claras, antes de começarmos o que quer que seja.

— Cris, eu entendo as suas preocupações. Eu sou jornalista, mas também sou uma pessoa. Eu não vou usar vocês como fonte apenas para conseguir uma matéria. Eu estou fazendo isso porque eu acredito que vocês têm uma história importante para contar e eu quero ajudar a tornar essa história conhecida. Mas eu prometo que vou ser honesta e transparente em tudo o que eu fizer.

Cris sorriu, aliviada, e Leafarneo brincou:

— Depois desse discurso, até eu fiquei animado para ajudar.

— Nos prometa que você vai nos manter informados de tudo o que fizer. Cada passo — reforçou Cris.

— Palavra de escoteira! — Joana levantou a mão, com três dedos levantados.

O gesto de Joana fez Leafarneo se lembrar de um episódio de *Três*

Espiãs Demais, em que elas se vestiram de escoteiras. O clima de descontração se fez presente e Joana aproveitou cada momento para estreitar laços com os sobreviventes.

Mais tarde, todos se dirigiram à sala para dar continuidade à conversa. Cris, Leafarneo e Monstro ocuparam o gigantesco sofá enquanto Thabs se sentou no chão, as pernas em formato de borboleta. Joana assumiu o papel de moderadora e pediu que eles contassem tudo o que se lembravam, desde o início dos acontecimentos.

Cris esperou um pouco antes de começar a falar para dar a oportunidade a algum dos amigos de se manifestar primeiro, mas quando só o silêncio prosseguiu o pedido de Joana, ela contou a história pelo seu ponto de vista.

Começou pelo estranho acidente perto da casa de Thabs, a invasão da residência por mortos-vivos, o encontro com Charles, Monstro e Emu a caminho de Porto Nacional, as diretrizes do Nível 1 do Protocolo, que deixaram Charles ferido; Délia, Claus, HGP... Falou sobre tudo o que se lembrou, até o dia que precisou explodir a Torre da Paz.

Leafarneo esperou ela terminar de falar para contar a sua versão dos fatos. Tentou não interrompê-la, tendo em vista a sonoridade fervorosa de suas palavras. Quando pôde, contribuiu com a história de como ele, Felipe, George e Póka encontraram Claus após o ataque da moça ensanguentada que quase lhe roubou um beijo. Enquanto falava, percebeu que era o único daqueles quatro que ainda estava vivo.

Monstro foi o último a comentar o que acontecera. Não se alongou no relato, mas conseguiu oferecer uma nova perspectiva ao início da história deles até o momento do encontro com Thabs e Cris. Também conseguiu fornecer informações valiosas que nem tinha comentado com os outros sobre o ataque na universidade e a explosão da torre de transmissão para evitar a ativação do Nível 2 do Protocolo de Contenção.

A conversa se estendeu por toda a tarde e, pelo visto, se estenderia ainda mais até eles alcançarem o tempo presente. Joana os interrompeu pouquíssimas vezes para que eles falassem, com precisão, os nomes de alguns lugares e tentassem se lembrar de horários. Durante todo o tempo, ela fez anotações em um caderno de espiral que permaneceu no seu colo, marcando suas coxas.

Thabs foi a única que não falou nada.

Após o pôr-do-sol, Joana conduziu os quatro para o quarto.

Leafarneo se apressou para se deitar ao lado de Cris. Para seu desprazer, Thabs engatinhou sobre eles e se pôs no meio. Seus olhos pareciam estar com lágrimas a todo instante, mas elas não escorriam pelo seu rosto. Ela agarrou um dos cachos de Cris e o enrolou em seus dedos, admirando-os como algo que nunca tinha visto na vida. Cris não negou a demonstração de afeto, porque talvez a Thabs que ela conhecia ainda estava lá dentro. Enquanto isso, Monstro se deitou na outra extremidade da cama.

— Vai ser dificílimo pegar no sono sem a minha parede.

Joana ligou o ar-condicionado do quarto e apagou as luzes, deixando os quatro descansarem. Saindo do quarto, reparou que Nik já estava no terceiro sono, na cesta acolchoada onde dormia todas as noites.

Agora, ela era a única pessoa acordada.

Sozinha, Joana não conseguia desviar sua mente dos depoimentos que havia coletado naquela tarde. Tinha, em mãos, informações que muitas pessoas matariam para ter acesso. E o melhor de tudo era que as fontes dessas informações estavam ali, sob o seu teto — mais especificamente, debaixo de seus lençóis.

Sabia que não poderia pressioná-los para obter todos os detalhes no primeiro momento, mas não tinha a mínima intenção de mandá-los embora no dia seguinte. Ficaria com eles o quanto precisasse para construir o maior furo jornalístico já visto na história do país.

Ela já conseguia imaginar Cris e Leafarneo abraçados na primeira página de todos os jornais, já que um bom casal sempre chama a atenção do público. Estariam com roupas sujas, cabelos desgrenhados ao vento... Respingos de sangue no rosto também poderiam fazer toda a diferença. Logo atrás estaria Monstro, sem seu característico sorriso e Thabs, acometida pela infecção e descabelada; quem sabe até em uma maca ou segurando um suporte de soro para provocar empatia. Quem não teria pena de uma garota injustiçada que carregava dentro de si um mal que ninguém era capaz de compreender?

Além dos jornais, Joana já conseguia imaginar capas de revista com os perfis dos quatro sobreviventes. O rosto de Charles até poderia aparecer como o garoto sequestrado em uma matéria bônus. Póka, Felipe, George e Emu também seriam lembrados: os pesos e a violência de suas mortes seriam expostos em páginas de cores diferentes, talvez com linhas do tempo, interrompidas com ilustrações de efeito.

Enquanto todos dormiam, Joana não poupou esforços para compilar suas anotações e precisou até afastar o sofá para ter mais espaço na sala. Ela colocou um videoclipe de mais de três horas ininterruptas com uma trilha sonora épica para tocar na TV, com o *display* desligado e o som baixinho para não acordar ninguém.

Sentada no chão frio, ela rabiscou em inúmeros *post-its*. Escreveu datas, fatos e os colocou em ordem cronológica. Pegou alguns recortes de jornal e notícias impressas, datadas de três dias antes — o dia das explosões que consumiram a cidade de Palmas. Não encontrou nenhuma menção a George.

Antes de adormecer ali mesmo no chão, Joana criou um blog utilizando uma de suas contas *fake*. Não queria colocar sua identificação em jogo, não agora. Identificaria-se como @maga_da_verdade, mas jurou para si que alteraria esse nick antes de ficar mundialmente famosa.

A Irmandade Apocalíptica nasceu.

Naquela noite, escreveu duas postagens: em uma delas, se apresentou ao mundo e prometeu que contaria a verdade sobre o dia em que o apocalipse começou.

No segundo post, ela descreveu o início da infecção, sem esconder os nomes dos envolvidos. Não chegou a falar sobre o Nível 2 do Protocolo, nem sobre a base secreta da ASMEC no subterrâneo da Praça dos Girassóis.

Ainda.

o misterioso bilhete

06h03.

Era a segunda vez que o alarme do celular de Joana tocava YMCA. Não deveria se preocupar em ir para o trabalho, até porque tinha visitas em casa.

Ela deslizou o dedo sobre a tela do aparelho para desativar o despertador, mas só conseguiu na terceira tentativa. Sua tela inicial marcava agora 06h04 e uma nuvem aparecia como uma de suas primeiras notificações, indicando possibilidades de pancadas de chuva. A barra de notificações também trazia algo que acelerou seu coração: alguém havia deixado um comentário em uma de suas postagens na Irmandade Apocalíptica, mais precisamente na segunda postagem, em que ela havia contado parte da história sobre o início da infecção.

Joana tirou uma remela do olho, deu dois tapas na bochecha e apalpou o cabelo. Em seguida, pressionou a notificação já com força, pois sabia que o *touchscreen* do aparelho não estava de bom-humor para receber toques carinhosos.

A notificação se abriu. Um comentário anônimo foi deixado na página:

Entre em contato com o 190 imediatamente.

Joana engoliu a seco. Por que alguém deixaria uma mensagem como aquela? Seria um leitor que acreditava no poder de ação da polícia para tratar um caso tão delicado? Ou seria a própria polícia, investigando algo que ela ainda desconhecia sobre os jovens que abrigou em sua casa?

Nik pulou em cima da dona e lambeu o seu nariz.

Os números que compõem 190 apareceram dançando na sua mente, fazendo-a se levantar depressa. Quando se pôs de pé, notou que suas anotações estavam arruinadas, todas fora de ordem. Antes mesmo de gritar por Nik para repreendê-lo, o cão já estava bem longe.

A jornalista decidiu não arrumar nada naquele instante e que teria uma longa conversa com Nik mais tarde.

Joana seguiu para o quarto e notou a porta entreaberta, por onde ela viu cabeças e um amontoado de braços e pernas disputando pelo maior lençol. Deixou um sorriso bobo escapar.

Ainda sem ouvir nenhum sinal de Nik, foi até a cozinha preparar seu café e escolheu a cápsula com maior concentração de cafeína para espantar o sono de uma vez. Então se dirigiu até a máquina e quando abriu o compartimento, percebeu que ainda havia uma cápsula lá dentro. A máquina estava morna.

Ela retirou a cápsula vazia e deixou a máquina fazendo seu café especialmente forte. Enquanto esperava, fez um mini planejamento de suas próximas horas: caminharia pela área externa do condomínio, fingiria estar brava e depois faria as pazes com Nik, acordaria os demais e, sem dúvida alguma, ligaria para Gabriel, que ainda não tinha aparecido. Depois, pensaria no blog e nas suas teorias conspiratórias.

Quando se virou para a mesa onde costumava manter as sacolas de pão francês, ela se deparou com um bloquinho de seus *post-its* azuis e uma caneta ao lado.

Na primeira folha, em letras de forma pequenas, ela leu:

Cris, me perdoe. Não consigo mais seguir 'a diante'. Boa sorte.

No canto direito do papel, uma assinatura.

parte

missão 68

ASMEC. Madrugada de 10 de dezembro de 2012.

Duas horas e três minutos após a invasão de Nova Alvorada.

Camargo pousou o helicóptero no pátio do portão K. Enquanto pousava, notou a vibração do motor e o cheiro forte de combustível que invadia a cabine. Havia uma grande movimentação na área externa, com veículos de missões de grande porte sendo carregados com armas e suprimentos. Luzes amarelas piscavam, formando dois círculos concêntricos no chão do pátio.

Após desligar o motor, as hélices continuaram girando, produzindo um barulho ensurdecedor, porém Délia não esperou que elas parassem totalmente para descer. Estava desesperada para colocar os pés em terra firme logo.

— Délia! — Saba já estava na porta, preparado para recepcioná-la.

Mas ao contrário de um abraço de boas-vindas, Délia desviou dele sem ao menos olhar em seus olhos e correu para dentro da Central. Com a mão direita tapando a boca, andou contra uma multidão de pessoas que caminhavam no sentido contrário e chegou a esbarrar em um senhor mais velho que olhou para trás, esperando por um pedido de desculpas que nunca veio.

Acelerando os passos quando passou pela maior quantidade de pessoas, Délia atravessou o corredor em velocidade e seguiu pela esquerda, onde se encontrava o seu laboratório. Abriu a porta com pressa. Não conseguindo mais segurar, caiu de joelhos no chão, deixando o vômito explodir de sua boca e jorrar por baixo da mesa. O enjoo passou quase de forma instantânea.

Antes de esperar a substância preta sujar seus joelhos, colocou-se de pé. Escutou passos. Saba não demoraria a aparecer. Olhou para a porta e viu um tapete branco. Sem hesitar, arrastou-o até a mesa para cobrir parte da sujeira.

— Délia! — Saba se aproximou, preocupado. — Você já está em missão há algum tempo. Está tudo bem?

— Está, sim... Acho que sim. — Délia respondeu, ainda ofegante.

— Onde está, Délia? — perguntou Saba.

— Onde está o quê?

— Acho que você sabe muito bem do que eu estou falando. A cura, Délia. Onde está?

— Eu tenho a cura, Saba. Nesse momento ela está no garoto, Charles. Nós o trouxemos até aqui.

— Mas você sabe como retirá-la do sangue desse garoto, não sabe?

— Senhor, eu não vou decepcioná-los.

— Então você não sabe. Você nunca foi muito boa em esconder as coisas, Délia.

— Eu não sei ainda, mas pode ter certeza que eu vou conseguir, nem que eu precise desmembrá-lo inteiro. Eu vou conseguir — ela garantiu com determinação.

Uma batida na porta interrompeu a conversa. Um agente da ASMEC entrou empurrando uma maca e saiu logo em seguida. Charles estava deitado sobre ela, coberto por um lençol branco até o pescoço. Sua pele pálida contrastava com as rodelas negras ao redor dos olhos e seus cabelos lisos estavam partidos ao meio, deixando-o com uma aparência ainda mais doentia. Délia fixou os olhos nele e se imaginou em seu lugar, já que tinha a mesma cura em seu sangue, deteriorando seu corpo a cada segundo.

O celular de Saba apitou, interrompendo o silêncio. Ele passou os olhos na mensagem e respirou fundo antes de encarar Délia.

— O chanceler está aqui — disse, roubando a atenção dela.

— Pablo Consuelo? Aqui?

— Virtualmente. Nós todos vamos encontrá-lo agora, quer dizer, nós todos exceto você. Quando eu sair por aquela porta, você receberá uma mensagem pessoal do chanceler. Eu não sei do que se trata, mas tenho uma boa ideia do que pode ser. Não pude fazer nada, me desculpe.

Délia sentiu um arrepio percorrer sua espinha ao ouvir o tom sombrio de Saba, que caminhou até a porta e a fechou sem mais uma palavra, deixando-a sozinha com seus pensamentos.

O som do comunicador a tirou de seus devaneios. A mensagem pessoal do chanceler tinha acabado de chegar.

Saba caminhou pelo corredor até o auditório, sentindo um arrepio por causa do frio. Ao chegar, foi recebido por aplausos e caminhou, triunfante, até sua poltrona no centro enquanto os presentes se sentavam.

— Nasha, se o chanceler estiver pronto, podemos começar — avisou, assumindo sua posição de liderança.

As luzes diminuíram e um telão de cento e cinquenta polegadas desceu do teto exibindo uma imagem abstrata de correntes coloridas se entrelaçando e se desmanchando. Um minuto depois, a imagem do chanceler Consuelo apareceu ao vivo.

— É um prazer tê-lo conosco, Pablo Consuelo — disse Saba.

O chanceler cumprimentou a plateia antes de prosseguir:

— Finalmente, a ASMEC vai concretizar a tão sonhada Nova Ordem.

Os aplausos ecoaram pelo auditório.

— Vocês trabalharam arduamente nessa organização, sob a liderança de Saba. Mas saibam que eu, representando os outros três fundadores que não puderam estar aqui, estamos orgulhosos de tudo o que cada um de vocês fez; desde a sintetização de alimentos e medicamentos até o trabalho em outras áreas fundamentais para a manutenção da vida e a criação da Nova Ordem. Saba, o doutor Roger Sabatinni, além de ser um dos nossos fundadores, é o responsável pelas ações estratégicas e militares da ASMEC. Sob sua liderança, sessenta e sete missões foram concluídas e a grande missão de número 68 está em andamento.

Os aplausos voltaram a ecoar pelo auditório.

— Você gostaria de falar um pouco sobre a Missão 68, Saba?

— Claro, Consuelo — respondeu Saba, levantando-se. — A Missão 68 era e ainda é fundamental para instaurar a Nova Ordem. Nossa premissa era clara: destruir para reconstruir. Tínhamos o plano perfeito e as mentes ideais para executá-lo.

Os demais presentes assistiam ao discurso sem interrupções.

— Todos sabem que, muitas vezes, para alcançar um futuro melhor, precisamos abandonar um presente que só nos traz dor. Nós acreditamos nisso, a ASMEC acredita nisso. É a razão de nossa existência. Infelizmente, por motivos operacionais, a Missão 68 foi quase comprometida, mas demos a volta por cima e, em exatos sete dias, ela será concluída com sucesso. Sofremos bastante com as intervenções do exército. O mais curioso é que, em dado momento da missão, fomos ameaçados por pessoas comuns, sem nenhuma relação com a ASMEC, mas tomamos as medidas necessárias para acompanhá-las com a ajuda da incrível Nasha, desde que deixaram Palmas. É interessante ver como o universo conspira a favor da Nova Ordem. Essas pessoas, jovens, crianças, evitaram a explosão de uma cidade inteira e se não fosse por eles, talvez não tivéssemos tempo de enviar uma equipe para recuperar as amostras do trabalho de Rosângela, para prosseguir com a missão.

Aplausos e gritos eufóricos ecoaram pelo auditório.

Do meio da plateia, uma pergunta interrompeu Saba:

— Essas pessoas são dignas da Nova Ordem?

— Provar-se digno vai muito além disso, meu caro. Mas pode ter certeza de que estão no caminho certo, portanto não se preocupem com elas. Nasha está monitorando o caso de perto para garantir que não haja vazamentos de informações que possam nos comprometer. Vocês precisam se preocupar apenas com vocês. Podemos estar prestes a viver tempos difíceis, tempos de sacrifício. Agora, repitam comigo:

— Precisamos destruir para reconstruir — todos disseram em coro.

— O plano começou timidamente, apenas em Palmas, mas enquanto trabalhávamos para espalhar a infecção, o exército trabalhava do outro lado tentando contê-la. Eles só precisaram de um empurrãozinho para quase conseguirem. — Saba mirou olhos odiosos em Camargo, que desviou o olhar e fingiu que não era com ele.

— A Missão 68, entretanto, está mais viva do que nunca. Enquanto falo, uma equipe sob a minha supervisão trabalha na replicação do trabalho de nossa querida Rosângela, que morreu pela causa em que acreditava. E, uma última vez, precisamos da colaboração de vocês para o sucesso da missão.

— Será uma honra participar. Eu serei voluntário — soou uma voz na plateia.

Em seguida, vários outros se ofereceram como voluntários.

Saba sorriu ao ver a disponibilidade daquelas pessoas, mas quando viu o alvoroço se formando, pediu ordem.

Pablo Consuelo o interrompeu porque quis assistir à movimentação das pessoas. Só parou a euforia quando percebeu que ela tinha perdido força. E então, tomou a palavra:

— É inspirador ver como todos vocês estão engajados em nossa causa. Quero chamar os nomes das sessenta e oito pessoas que mostrarão ao mundo o trabalho de Rosângela. Essa semana será de despedida para esses voluntários. Quem for chamado, dirija-se imediatamente ao

Laboratório de Pesquisas II. Vocês serão transportados em vinte e sete minutos e passarão a responder diretamente a mim, Pablo Consuelo, não mais a Roger Sabatinni. A equipe que está trabalhando na pesquisa de Rosângela não está mais vinculada à unidade S.

Saba olhou para o telão com os olhos arregalados, pois não tinha conhecimento de que tinha sido destituído da liderança da missão 68. Tentou buscar, na memória, pelo momento em que isso aconteceu, mas não encontrou nada. Seus batimentos cardíacos aceleraram e a testa expeliu gotículas de suor em descontrole. Para disfarçar o desconforto, passou as mãos no rosto e estampou um sorriso falso.

Consuelo encarou a plateia em silêncio, respirando fundo antes de iniciar a leitura da lista. Os nomes eram pronunciados com ênfase e ele fez questão de falar o nome completo de cada pessoa duas vezes para evitar qualquer dúvida ou confusão. A lista não estava em ordem alfabética, o que aumentava a ansiedade da plateia. A convocação para o final da Missão 68 fora um sucesso.

Camargo encarou um a um, à medida que iam saindo. Ele tinha certeza de que o destino deles não seria diferente da morte.

A convocação gerou diferentes reações: os mais tímidos somente se levantaram, abaixaram a cabeça e seguiram para a porta de saída. Uma mulher chamada Carmem Medeiros, que havia trabalhado na equipe de sintetização de alimentos, se emocionou ao ouvir seu nome e foi aplaudida por todos.

— Eu queria, mais uma vez, agradecer ao incrível trabalho de Saba durante todo esse tempo. Ele não é só um dos fundadores, mas também meu amigo pessoal e alguém que admiro muito. É um exemplo de vida. Um exemplo de liderança — disse Pablo Consuelo, reaparecendo no telão.

Saba se levantou de sua poltrona de rei e fez uma reverência para o chanceler.

— Além dos sessenta e oito nomes que foram convocados há pouco, eu gostaria de fazer um anúncio muito especial. Durante toda a nossa jornada juntos, vários de vocês se provaram dignos da *nossa* Nova Ordem. Assim que este telão for desligado, aqueles que se mostraram dignos receberão um aviso com uma posição especial para ocupar, após a Missão 68 ser concluída. Aos que não foram selecionados nesse momento, eu gostaria de pedir: não desistam. Provem-se dignos da Nova Ordem e ela lhes receberá de braços abertos.

Nasha desligou o telão ao mesmo tempo em que coordenou a subida do dispositivo e o aumento gradativo da intensidade das luzes na sala. As pessoas se entreolharam e depois encararam Saba, que continuava sentado em sua poltrona.

Após sessenta segundos, os dispositivos de comunicação dos membros da ASMEC já selecionados começaram a emitir sons e vibrações, alertando para as mensagens recebidas:

Você é digno da Nova Ordem.

Os primeiros abraços começaram a surgir enquanto alguns ainda encaravam a tela do dispositivo, ansiosos pela sua vez. Para alguns, a mensagem nunca viera, mas apesar da decepção, ficaram felizes pelas pessoas selecionadas. Fizeram promessas de que, um dia, se provariam tão dignos quanto elas. E assim, todos foram deixando o auditório.

Camargo, mais uma vez, encarou todos. Um a um. Seu dispositivo comunicador também não tinha tocado e ele permaneceu na porta do auditório até que o último agente saísse. Agora, só restavam ele e Saba, que já se levantava e caminhava em direção à porta.

— Saba, Saba — chamou Camargo, mantendo a voz baixa.

Ele não parou, entretanto. Camargo o acompanhou com os olhos e observou que Saba se encaminhou sozinho para uma sala no fim do corredor. Resolveu segui-lo até lá.

Não recebera a mensagem do chanceler.

E ele precisava saber o motivo.

Não importava o custo.

decaimento

Joana deixou cair a xícara de café quando viu a assinatura no bilhete. Seu choque foi palpável ao saber que Monstro havia partido. A porcelana se espatifou em quatro partes e o café, escaldante, respingou em suas pernas.

Apesar de saber que ainda era cedo, Joana correu até o quarto para informar aos outros. A porta estava entreaberta, então ela a empurrou para entrar. Quando respirou fundo, o ar frio fez seus pulmões doerem.

— Cris, Cris! — Joana chamou.

A voz de Joana fez Cris se mexer, mas ela não acordou. Leafarneo abriu os olhos, mas não moveu um músculo sequer nos primeiros segundos.

Joana precisava ser insistente.

— É... Monstro...

A garota abriu os olhos e se sentou, assustada.

Leafarneo saiu de seu transe e ficou de pé.

— O que aconteceu? — perguntou.

Joana procurou as palavras certas para dar a notícia, mas não as encontrou. Apesar de já ter transmitido notícias difíceis em sua carreira profissional, naquele momento estava vulnerável à reação que a notícia poderia gerar no grupo. Ela pensou, formulou frases, mas falhou. Olhando fixamente nos olhos de Leafarneo, que já se aproximava, entregou-lhe o bilhete.

— Monstro foi embora — anunciou Leafarneo.

— Não, não, não é possível!

Cris se levantou assustada. Ainda não tinha acordado completamente e, por um momento, pensou que estava sonhando.

— O que você fez com ele? — Ela avançou na direção de Joana.

Leafarneo intercedeu:

— Cris, ele partiu.

— Mas não, Leafarneo... Não. Para onde aquele imbecil foi? Para onde? Ai, meu Deus...

Leafarneo tentou oferecer um abraço, mas Cris o rejeitou. Ele já conhecia o temperamento dela e sabia que precisava deixá-la sozinha até que ela processasse a informação e se livrasse do mau-humor matinal. Empurrando Joana, ele saiu do quarto e encostou a porta, deixando Cris e Thabs sozinhas. Do lado de fora, ouviu o choro fraco de Cris e seu coração doeu. Queria consolá-la, mas ela tinha acabado de criar uma barreira intransponível, que só cairia depois de algum tempo.

— Eu achei esse bilhete logo que acordei. Me desculpa, eu não sabia mais o que fazer, precisava avisá-los — disse Joana.

— Desculpa? Não precisa pedir desculpa, pelo contrário. Eu que gostaria de te pedir desculpas, por te envolver nesse drama — respondeu Leafarneo, passando os dedos nos olhos. Chorar não era típico dele, principalmente na frente de alguém, mas a partida de Monstro mexera com ele de uma forma inesperada.

— Você acha que precisamos ir atrás dele? Sei lá, entrar em contato com alguém? — indagou Joana.

— Não há ninguém.

— Como assim? Deve haver alguém, não é possível.

— Os militares de Nova Alvorada tentaram entrar em contato com familiares ou amigos que estavam longe da zona das explosões, mas não tiveram sucesso. É como se todo mundo tivesse sumido da noite para o dia.

— Leafarneo... — Joana soltou um suspiro de tristeza.

— Agora você entende por que é tão difícil confiarmos nas pessoas? Parece que tudo o que dizem é mentira. Primeiro Claus, que dizia ser um bom moço e nos levaria para um lugar seguro. Depois Délia, que nos enganou com a maldita cura, que não está se saindo bem no corpo de Thabs. E agora você...

Leafarneo foi interrompido pela brusca saída de Cris, que abriu a porta como um furacão.

— Ele não foi embora! — disse encarando Joana, os olhos em chamas enquanto a atacava. — O que você fez com ele?

— Cris, eu sei que você está triste, mas isso não lhe dá o direito de sair descontando sua fúria em mim — retrucou Joana. — Estou aqui para ajudar, mas suas palavras estão se transformando em insultos. Se continuar assim, terei que...

— Terá que fazer o quê? Diga, vai nos expulsar daqui? Não preciso dessa droga de casa. Se for para ser assim, eu consigo sair sozinha!

Joana ficou calada. Por um breve momento, se arrependeu de ter retrucado à altura.

— Leafarneo, vamos embora.

— Cris...

— Agora, Leafarneo.

Cris fez uma pausa e continuou:

— Bom, eu vou. Você pode ficar com *essazinha* aqui, mas para mim, esse circo acabou. Eu vou achar Monstro, Charles e...

Thabs apareceu na sala no momento exato para evitar maiores desastres.

— Cris? Eu não estou me... Cris... sent...

Antes que pudesse terminar, Thabs desabou lentamente. Primeiro, seus joelhos tocaram o chão. Um líquido escuro escorria de suas narinas, que estavam em um tom pálido. Leafarneo correu para evitar que ela batesse a cabeça.

— Thabs, você está bem? — perguntou Cris, chegando logo em seguida.

— Não, não estou bem...

Pelo menos, a voz dela havia voltado.

— Preciso de ajuda, Cris. Meu corpo está mudando. Minha mente... Sinto que estou me perdendo, de alguma forma.

— Vamos levá-la para o quarto — sugeriu Cris.

— Eu ouvi gritos aqui fora. Aconteceu alguma coisa? — perguntou Thabs.

Cris olhou para Leafarneo como se esperasse permissão para contar sobre a partida de Monstro. Ele concordou com a cabeça.

— Monstro se foi.

— Monstro?

— Nosso amigo, Monstro. Você não se lembra dele?

— Não sei do que...

Thabs não conseguiu terminar a frase. Seus olhos pesaram mais do que podia suportar e ela caiu em sono profundo. Sua respiração pesada, no entanto, indicava que ainda estava ali; pelo menos, seu corpo físico estava.

Leafarneo segurou Thabs com cuidado e a levou para o quarto de Joana. A anfitriã entrou primeiro para ajudar, arrumando dois travesseiros para que ela ficasse com a cabeça mais alta e não se engasgasse com aquela substância estranha que estava expelindo de suas narinas. Imaginou que, a qualquer momento, aquilo pudesse tomar conta da garganta de Thabs, sufocando-a até a morte.

Cris foi a única que não entrou no quarto. Ali mesmo onde Thabs estava, ela chorou de joelhos. Leafarneo deixou Thabs aos cuidados de Joana — que não sabia exatamente o que fazer, a não ser deixá-la mais confortável para um sono que não fazia ideia de quando terminaria.

Aquele era o momento ideal para um abraço e Leafarneo não desapontou ao se ajoelhar ao lado de Cris e oferecer um ombro amigo, que foi aceito sem relutância.

Joana saiu do quarto, mas primeiro se certificou de que Thabs ainda continuava respirando antes de cobri-la com um cobertor. Thabs estava ardendo em febre.

— Precisamos levá-la até um hospital — disse Joana.

Cris não estava mais furiosa como antes. O momento de raiva havia sido encoberto pela possibilidade de perder sua melhor amiga da vida inteira.

— Hospital não, não sei se é uma boa ideia.

— Cris, é nossa única alternativa — reforçou Leafarneo.

— Eu sei que parece ser a única alternativa, mas o que os médicos vão dizer? E o que nós vamos dizer aos médicos, que existe uma substância milagrosa que não permitiu que ela se transformasse em um morto-vivo, mas agora está apresentando efeitos colaterais? Thabs está morrendo. Minha amiga está morrendo. Não podemos levá-la até lá. Serão muitas perguntas que não poderemos responder.

Mais uma vez, Cris chorou sem controle. Não sabia mais como podia produzir tantas lágrimas porque já tinha chorado litros nos últimos dias. Leafarneo a consolou, enquanto Joana foi até a varanda para pegar panos limpos. Não podia deixar o chão sujo com aquela coisa, até porque o líquido poderia ser perigoso para Nik.

Leafarneo e Cris foram para o sofá. Ela se deitou no colo dele, procurando algum conforto para seu coração em pedaços.

— Se ela piorar, daremos um jeito — sugeriu.

— Piorar? Cris, eu acho que ela já está muito debilitada. Desde Nova Alvorada, ela fica olhando para o nada, para de conversar, parece que está em outro mundo...

— Eu sei, Leafarneo. Aquele soro de Délia fez alguma coisa com ela. Quando tivermos qualquer sinal da ASMEC, pode ter certeza que eu vou atrás daquela vadia e faremos Thabs voltar ao normal, ou pelo menos entender que tipo de sequela essa cura realmente tem. E se ela está assim, como você acha que Charles pode estar?

Leafarneo ficou em silêncio por um momento, refletindo. Charles havia recebido a cura antes de Thabs e, talvez, os efeitos colaterais pudessem estar em estágios muito mais avançados do que ele podia imaginar. Ele pensou em compartilhar o pensamento sobre o estado de Charles ser ainda pior e sua preocupação em relação a Thabs poder morrer a qualquer momento sem ajuda médica, mas não queria deixar Cris ainda mais aflita. Por isso, preferiu confortá-la com mais um abraço apertado. Em seu peito, repetia consigo que, antes, eles eram nove. Agora, eram três.

Após a limpeza da sala, Joana foi até a cozinha. Chegando lá, notou as quatro partes da xícara no chão, porém não havia nenhum resquício de café derramado. Nik já estava cuidando da limpeza enquanto terminava de lamber toda a bebida do chão. Em uma situação normal, ela gritaria com o animal, que correria antes dela terminar de pronunciar seu nome. Quando o cachorro a avistou de pé na cozinha, ficou estático, já em posição de corrida, mas o grito da humana não veio.

Joana se abaixou para pegar os cacos e ignorou Nik, que sentiu que algo estava errado e se aproximou fazendo sons com a boca. A mulher não conseguiu fingir que ele não estava ali. O animal era o único que não tinha noção dos problemas que Joana havia trazido para dentro de casa, mas ainda assim estava pronto para oferecer um ombro — ou melhor, uma pata amiga e uma barriga pronta para ser acariciada.

Na sala, ainda soluçando após a choradeira pela fuga de Monstro, Cris pegou o papel em que ele havia deixado seu pedido de desculpas. Após encará-lo, tentando imaginar o porquê de ele ter ido embora, percebeu que a palavra "adiante" estava com a grafia incorreta. Lembrou-se de quando George a contara sobre uma discussão que tivera com Monstro no passado, pelo fato dele não aceitar que a grafia correta era "adiante" e não "a diante". O coração de Cris apertou ao lembrar dos dois amigos, fazendo com que o resquício de fúria em sua mente se tornasse quase imperceptível. Monstro não escrevera o bilhete enquanto era coagido por Joana ou outra pessoa, ele tinha partido por vontade própria.

As horas do dia se passaram e Thabs não acordou para o almoço. Por vezes, gemeu enquanto dormia e mudou de posição várias vezes.

A mais confortável parecia ser quando ela abraçava as próprias pernas, quase em posição fetal.

Era como se estivesse prestes a renascer.

joana

Enquanto alternavam entre as aferições da temperatura de Thabs, Joana e Cris se esbarraram na cozinha e a jornalista lhe ofereceu um cappuccino, que estava terminando de preparar. Contudo, o que começou com um cappuccino, evoluiu rápido para uma porção de chantilly e uma longa conversa.

Joana se desculpou por quase ter expulsado todos eles de sua casa, ao passo Cris se desculpou por ter achado que a jornalista tinha levado Monstro para longe. Joana contou para Cris sobre a @maga_da_verdade e a Irmandade Apocalíptica, prometendo lhe mostrar as duas primeiras postagens o quanto antes. A garota adorou a ideia e agradeceu pela transparência. Após a conversa, ela se mostrou bem mais disposta a tentar ajudar ainda mais, a fim de encontrar a ASMEC ou alguma informação válida sobre a organização. Cris acreditava que o plano era crucial para que eles pudessem salvar Thabs. E, lá no fundo, ainda acreditava que poderia encontrar Charles vivo.

As duas quase se abraçaram no final do dia, mas ficaram com somente um aperto de mão e uma troca de olhares, que demonstrou disposição de ambas em tentar manter uma relação mais amigável.

Eles não sentiram fome naquele dia. Só comeram algumas bolachas, pão requentado e tomaram bastante café.

Joana tentou, algumas vezes, ligar para Gabriel, mas seu assistente parecia ter se decidido, de fato, a não tomar parte na história que se iniciava ali. Nik ficou por perto o tempo todo, balançando o rabo e tentando animar a todos, mas não teve muito sucesso. Quando cansou de implorar por um pouco de ânimo, se deitou em sua cesta acolchoada e ali ficou observando sua dona até cair no sono.

O dia já se encerrava na casa da jornalista. Leafarneo conseguiu fazer com que Cris dormisse ali mesmo no sofá após esgotar seu estoque de lágrimas. Ele bem que tentou dormir: fechou os olhos por vários minutos e tentou contar carneirinhos, mas não conseguiu cair no sono. Joana também não. Pelo menos, ela não ficaria sozinha.

A barreira da timidez de Leafarneo não estava mais tão alta como no primeiro dia, talvez por se sentir mais vulnerável ou por saber que precisava se posicionar mais na ausência de Monstro; Joana não sabia ao certo. Assim, aproveitou a insônia para levá-lo até a varanda.

— Dia difícil, né? — pontuou a jornalista, oferecendo-lhe um cappuccino.

— Todos os dias têm sido difíceis ou estranhos. Mas, Joana... O que estamos fazendo aqui? De verdade? — Leafarneo olhou nos olhos da jornalista.

— Tentando encontrar pistas sobre a organização que sequestrou seu amigo e que pode ter a cura para sua amiga que está em coma na minha cama. E ainda salvar o mundo desses malditos que querem transformar todos em zumbis. Essa é minha motivação favorita — respondeu Joana, escondendo seu objetivo egoísta de ficar famosa por salvar o mundo.

— Faz sentido. Muito sentido, na verdade. Você tá com isso na ponta da língua, talvez mais do que eu. Essa história toda parece uma mentira, como um filme ou seriado cheio de reviravoltas e tragédias. E eu gosto da monotonia... Aquela monotonia boa, que deixa a mente tranquila. Tudo isso está me deixando louco, nem consigo dormir mais.

— Mas você tem razão para não dormir mesmo. Dormir é para os fracos e, cara, você sobreviveu ao apocalipse!

— Sobrevivi ao apocalipse! Caramba, já notou o quanto isso soa estranho?

— É como se o mundo tivesse quase acabado... E, de fato, acabou para algumas pessoas. O meu mundo já acabou há algum tempo.

Joana recolheu a xícara das mãos de Leafarneo e continuou:

— Quando eu tinha dezesseis anos, perdi minha mãe em um acidente de carro. Os médicos me disseram que ela morreu na hora, sem sofrimento. E quando recebi a notícia, meu mundo também acabou. Ela era minha mãe, minha melhor amiga, minha confidente e a pessoa que me criou sozinha, já que meu pai sequer quis me conhecer, nem meu irmão... Bem, não convivemos há algum tempo. Mas, por um momento, meu mundo acabou também. Não sei qual foi a pior parte, se foi a notícia em si ou o que veio logo em seguida, quando todas as responsabilidades caíram no meu colo de uma vez, sem ter ninguém para dividi-las comigo. Por sorte, eu já tinha concluído o terceiro ano. Se o acidente tivesse acontecido no meio do ano, não conseguiria voltar ao colégio.

Joana fez uma pausa para respirar. Há algum tempo ela não falava da perda da mãe com tanta intensidade.

— Sabe de uma coisa? Naquela época, fiquei um ano trancada em casa, perdi doze quilos e não cuidei da minha saúde. Vivenciei um período longe do mundo até que Gabriel, aquele cara estranho que nos trouxe até aqui, me visitou. Ele me conhecia do colégio e disse que a empresa em que ele estagiava precisava de uma moça bonita, que falasse bem em público para um evento e que ele só conseguia pensar em mim. Fiquei lisonjeada. No início, recusei-me a abrir a porta, mas então decidi olhar para ele e ouvir o que tinha a dizer. Naquele dia, abri a porta para criar um novo mundo, não apenas para Gabriel, mas pra mim também.

— Uau, é uma história incrível. As coisas mudaram para você após o evento?

— Evento? Eu era uma menina bonita no colégio. Com doze quilos a menos, pálida como papel, cabelos horríveis e olheiras que me davam a aparência de um panda, você realmente acha que eles me escolheriam? Fui rejeitada.

— Poxa.

— Fui rejeitada naquele dia, mas respirei fundo e construí o meu mundo à minha maneira. Fiz faculdade, conheci pessoas legais, namorei, terminei namoros, assisti a muitos filmes até ficar viciada, arrumei um emprego e agora, estou aqui. Sua hora vai chegar e você também criará um novo mundo para você. Pode ter certeza disso.

— Você tem um dom para as palavras, não é?

Os dois sorriram até que seus olhos se encontraram, o que deixou Leafarneo cheio de vergonha, tentando mudar de assunto.

— Ver você falando da sua mãe me lembrou que nós nem tivemos tempo de viver o luto pelos meninos que nos deixaram. Foi tanta coisa, uma atropelando a outra que... Eita, me desculpe pela palavra.

— Palavra? Que pala... Ah, relaxa. Ela não foi atropelada, não se preocupe. Minha mãe dormiu enquanto dirigia e perdeu a direção do veículo quando voltava do trabalho. Foi um acidente estúpido.

Joana engoliu em seco e continuou:

— Eu tive tempo de viver o luto pela morte da minha mãe, que inclusive durou mais tempo do que eu gostaria. Ainda assim, sinto falta daquele último momento em que você diz "eu te amo".

Leafarneo se emocionou com as palavras e indagou:

— E por que você não faz isso agora?

— Agora? — As bochechas de Joana se ruboresceram. — Aqui? É... E por que não fazemos uma cerimônia de despedida para os seus amigos aqui em casa? — ela sugeriu, mudando de assunto.

— Para sua mãe também. Acho que seria bem legal. Pode ser uma noite em homenagem a eles.

— Garoto, eu não sei se já falei isso, mas eu gostei de você. Pode deixar que vou cuidar de tudo.

— Ficamos combinados então.

Os dois permaneceram em silêncio até Leafarneo se recolher para dormir. Joana ficou mais tempo acordada, admirando as estrelas. O dia não tinha saído bem como ela havia planejado e, mais uma vez, estava sozinha enquanto os demais dormiam. Ela, então, pensou na Irmandade Apocalíptica. Lembrou-se de suas ideias malucas de banners e capas de revista, mas tais ideias se dissolveram, dando lugar à imagem de Cris e Leafarneo — não como personagens de reportagem, mas sim como pessoas de verdade, pelas quais ela sentia alguma afeição.

E aquilo porque só um dia havia se passado...

indigno

Dois minutos depois do anúncio do chanceler, Saba e Camargo entraram em uma das salas da Central da ASMEC.

— Acho que faltam algumas mensagens. Quando a minha vai chegar? — questionou Camargo.

— Desculpe, a transmissão já terminou — respondeu Saba. — Seus atos levaram à morte de pelo menos três agentes da ASMEC e explosões que quase inviabilizaram toda a primeira fase do nosso trabalho grandioso. Como se não bastasse, você invadiu uma base secreta do exército e assassinou cruelmente um inocente. Nasha descobriu tudo e agora você precisa ser banido.

— Você está exagerando. Eu precisei fazer tudo isso. A morte dos agentes foi apenas um efeito colateral e você viu o vídeo daquele garoto. Se ele continuasse falando, citaria a ASMEC e este lugar já teria sido descoberto.

— Camargo, você não entende. A morte sempre precisa ter um propósito superior — argumentou Saba. — As pessoas precisam ser tratadas de forma justa e benevolente. Repita comigo...

— Eu não vou repetir esse mandamento idiota — retrucou Camargo.

Saba sinalizou sua reprovação com o olhar.

— Talvez você precise fazer o seu dever de casa. Me desculpe, mas você não vai conosco, não agora.

— Você vai deixar o seu melhor agente aqui para morrer, junto com todo mundo? — perguntou Camargo.

— Não para morrer. Você será testado. Prove-se digno e será recebido de braços abertos.

Camargo ficou em silêncio diante das últimas palavras de Saba. Ele nunca imaginou que precisaria ser testado pela própria organização da qual fez parte durante toda sua vida.

— Délia. O nome dela também não está na lista de contemplados, não é? — perguntou.

Saba negou com a cabeça.

— Algum dos seus mandamentos ridículos invalida a entrada dela na Nova Ordem? — insistiu Camargo.

— Délia falhou ao executar a segunda parte do plano. As instruções eram claras: Rosângela liberaria o vírus e Délia encontraria a cura. Rosângela liberou o vírus, já Délia... Tive que fazer uma forte recomendação para o chanceler não convocá-la para a Nova Ordem. Ela não é digna de estar lá.

— Ela está trancafiada em um laboratório sozinha, tentando sintetizar o soro que vocês querem. Já temos o garoto, ela só precisa descobrir como extrair a maldita cura do sangue dele para sintetizá-la.

— *Maldita cura*? Délia devia ter chegado aqui com a cura antes de qualquer coisa. Mesmo depois de ter quase desistido dela, eu ainda mandei você tentar resgatá-la, não foi? Ela teve a sua segunda chance, mas ainda assim chegou aqui com um garoto que não me prova nada. Nesse momento, eu precisava da cura sendo sintetizada em milhares de vacinas.

Saba parou de falar por um instante e foi até a porta. Três pessoas vinham pelo longo corredor e, enquanto ainda estavam à certa distância, Saba encostou a porta e girou o dispositivo de trancamento, deixando-os isolados do resto da Central. Agora, ninguém podia ouvi-los do lado de fora.

— A cura precisava estar pronta agora mesmo! — ele gritou com Camargo, deixando gotículas de saliva escaparem durante o acesso de fúria. — Por que você acha que as pessoas vão vir até a Nova Ordem? Nós não somos nada! Quem é a ASMEC para o mundo? Nada. Nós vivemos nas sombras durante todo esse tempo, colocando em execução o plano mais pretensioso dos últimos dois mil anos, mas ninguém sabe que nós existimos! Por que as pessoas viriam rastejando para pedir a nossa ajuda? As autoridades iriam dar um jeito de nos deter... agora com a cura? Todo mundo viria atrás de nós. Todo mundo! Seríamos aqueles com o poder de conter a maior epidemia da história. Nós seríamos deuses... Você tem noção do que é isso?

— Deuses? Então a cura era para conseguir uma merda de poder? Para vocês conquistarem um rebanho de fiéis ordinários? — rebateu Camargo.

— Eu acho que essa conversa já acabou — disse Saba.

Camargo avançou na direção de Saba, parando com o rosto a um palmo dele. Manteve a respiração pesada por alguns segundos, porém Saba não se intimidou com o movimento e o encarou de volta, até ele se recompor e se dirigiu rumo à porta da sala. Em seguida, liberou a trava e viu a porta se abrir à sua frente.

— Não estaria tão certo de que a ASMEC viveu nas sombras por todo esse tempo. As crianças estavam lá em Nova Alvorada. Sabe aquela morte que você me acusou? Então, eu matei para proteger essa maldita organização. Foi uma mera operação de limpeza, só isso. A morte teve, sim, seu propósito. Quanto aos outros...

— Você não deve se preocupar com isso. A essa hora, Nova Alvorada já se transformou em mais um ponto de proliferação do vírus. E muitos outros surgirão em alguns dias. Preocupe-se em sair até o fim do dia de amanhã. Não entenda isso como uma punição. Faça o que você faz de melhor. Prove-se digno e a Ordem te receberá de braços...

Antes de esperar Saba finalizar seu discurso, Camargo saiu correndo, deixando-o sozinho. Assim que Camargo deixou a sala, seu superior fechou a porta.

— Nasha, por favor, coloque-me em contato com o chanceler — pediu.

Estabelecendo contato com o chanceler Pablo Consuelo.

Contato estabelecido.

As luzes da sala diminuíram, tornando o ambiente mais escuro.

— Saba. A que devo a honra? — perguntou a voz de Pablo Consuelo.

Saba olhou para todos os lados, procurando a imagem de Consuelo, mas só conseguia ouvir sua voz.

— Consuelo, meu chanceler. Foi uma excelente cerimônia de convocação.

— Foi mais do que excelente. Os sessenta e oito convocados já estão se preparando para o transporte. Terminaremos todo o planejamento aqui mesmo.

— Por que eles não ficam aqui, sob minha supervisão? Nós desenhamos esse plano juntos desde o início da epidemia. Palmas seria insuficiente para o resultado que esperávamos e nós pensamos na alternativa perfeita para disseminar o vírus...

— Aqui temos mais recursos, mais biomédicos e mais aeronaves. Você pode cuidar dos detalhes para a desativação da sua unidade. Em sete dias, quando sacrificarmos os voluntários, a Central de operações que está sob sua supervisão será desligada. Você foi informado sobre isso, não foi?

— Fui sim, mas ainda estou pensando sobre métodos para desativar a unidade.

— Aquela ideia do gás é interessante... mas quer um conselho? Celebre. Alimente as esperanças dos seus agentes e mantenha-os distraídos o suficiente, para que não percebam o que está por vir. Afinal de contas, estamos lidando com agentes e cientistas treinados, não é mesmo?

— Agentes e cientistas treinados — o outro repetiu com a voz chorosa.

— Não fique assim, Saba. Você sabe que não podemos correr esse risco. Muita informação.

— Eu sei. Pode deixar que eu vou preparar tudo.

— Ah, você já liberou Délia das funções conforme ordenado, certo?

— Sim, antes da reunião. Conforme ordenado.

— Não precisamos mais da cura nesse primeiro momento. Estamos preparando o garoto para transmitir a nossa mensagem. Ele será o maior recrutador de todos os tempos.

Antes que Saba pudesse fazer mais perguntas, Consuelo desligou a chamada.

As luzes da sala foram ajustadas por Nasha para voltarem à intensidade normal. Saba se perdeu em seus próprios pensamentos enquanto Camargo entrava, furioso, no laboratório de Délia.

— Você recebeu a mensagem, não recebeu? — questionou ele, ofegante, tentando recuperar o fôlego.

— Que mensagem? — perguntou Délia, confusa.

— A mensagem do grande anúncio! Os membros que são dignos já foram selecionados — disse Camargo, empurrando os instrumentos da mesa de Délia com força e produzindo um som estridente.

Délia colocou as mãos nos ouvidos, mas ainda podia ouvir o som dos vidros se estilhaçando no chão.

— Eu tinha certeza de que estaria lá — continuou Camargo com gotas de saliva nos lábios.

Délia o conduziu até um banco alto de poltrona redonda e sem encosto.

— Você achou mesmo que seria um dos selecionados para a Nova Ordem? Camargo, acorda! Por que você acha que merece? — questionou, tentando acalmá-lo.

— Porque eu sou o melhor agente que essa maldita organização teve durante todo esse tempo. E meu pai...

— Seu pai morreu, Camargo. Claus está morto. E a sua mãe fez o favor de dormir na porcaria daquele volante, deixando você sozinho com o louco do seu pai.

— Como é que é?

— Você sabe como a família é importante aqui dentro. Além disso, por que eles escolheriam alguém como você, que não passa de um psicopata mimado que mata qualquer um que atravessa o seu caminho? Eles querem criar um mundo livre de pessoas como você.

— Espera... mas não foi só eu que fiquei para trás. Você também não foi selecionada, foi? A grande doutora Délia, irmã da queridinha Rosângela que criou um vírus para destruir a população, não foi selecionada. Quem diria.

— Deve ter acontecido alguma coisa. A minha convocação será feita em outro momento.

— Claro que aconteceu alguma coisa. Eu acabei de bater um papo bem interessante com o nosso líder, fundador e super respeitado Roger Sabatinni. Ele recomendou, pessoalmente, ao chanceler que você não fosse selecionada.

— Não é possível. Eu sou parte crucial desta missão. Sem a cura, eles jamais vão recrutar o número de pessoas que esperam.

— Você é um fracasso, Délia. Tão importante, mas tão fracassada. Enquanto você tá aqui nesse laboratório maldito, insistindo no fracasso, toda a Central está comemorando a convocação para a Nova Ordem. Dignos, uma bosta.

Délia arregalou os olhos ao ouvir aquelas palavras.

— Espera, praticamente toda a Central? Muitas pessoas receberam a convocação do chanceler?

— O auditório estava cheio. Acho que quase noventa por cento de todas aquelas pessoas devem ter recebido a maldita mensagem.

Camargo pegou seu comunicador e o atirou no chão com força, separando o *display* de uma placa verde que ainda ficara colada à carcaça plástica preta.

— Isso vai ser um banho de sangue! — exclamou Délia.

— Como assim? — perguntou Camargo.

— Não faz sentido convocar tantas pessoas da ASMEC para a Nova Ordem. Todas elas sabem no que trabalhamos: todas as conspirações, operações secretas, assassinatos, invasões de propriedade, furtos de arquivos sigilosos, a alteração dos resultados de eleições... Tudo isso pode comprometer a integridade da organização inteira. Se alguém resolver chantageá-los e tudo vier à tona, eles jamais recrutarão novas pessoas. Adeus, Nova Ordem.

Camargo ficou inquieto e andou de um lado para o outro.

Mais uma vez, Délia olhou para o tapete de rabo de olho. Ainda no lugar. Seu segredo estava seguro.

— Não acredito. — E, novamente, se sentou. — Faz todo o sentido. Eles não convocaram todas essas pessoas para a Nova Ordem, só deram a elas algo em que acreditar. Eles estão criando uma distração. E você já imagina o que vem a seguir.

— Operação de limpeza. A maior de todas. A última operação de limpeza da ASMEC — respondeu ele. — Você acha que deveríamos estar preocupados com isso?

— Preocupados com o quê? A missão 68? A operação de limpeza? O nosso futuro?

— Eu não sei... Qualquer coisa, eu não sei.

Camargo levou as mãos à cabeça e olhou para o chão.

— Não podemos impedir a Nova Ordem, Camargo. Nós precisamos dela, o mundo precisa dela. Não podemos ficar de fora. O mundo já é cruel por natureza, imagine depois que a ASMEC finalizar a missão.

— Délia, até você? Está parecendo um dos malditos fundadores.

— Camargo, como você não consegue enxergar? Nosso mundo está quebrado, não tem volta. A Nova Ordem vai ser instaurada, mas até lá, muitos ainda vão sofrer.

— E pelo que parece, eu e você não ganhamos uma vaga na janelinha para irmos até ela, não é?

Délia olhou para Camargo e, mantendo o olhar firme, disse:

— Para que ter uma vaga na janelinha quando podemos ir de foguete?

— O quê?

— Ainda podemos ir, Camargo. Confie em mim. Eu te explico no caminho. Pegue Charles, ainda precisaremos dele. Me encontre na saída do portão K em uma hora.

— Portão K? Agora há pouco, estava cheio de gente lá. Nunca conseguiremos sair desse jeito.

— Lembra o que eu falei sobre confiança? Confie em mim. — Délia fez uma pausa. — E, só pra adiantar, vamos precisar da sua irmã.

Délia fechou a porta atrás de si, deixando Camargo em contemplação ao lado de Charles, que permanecia imóvel, com os olhos fechados. Camargo verificou o fluxo de ar pressionando o nariz de Charles e constatou que ele ainda estava vivo. Sem hesitação, segurou nas barras laterais da maca de metal, movimentando a roda da direita com o pé para destravá-la. Para evitar chamar a atenção, cobriu completamente o rosto de Charles com o lençol e saiu do laboratório.

Enquanto passava pela porta, três agentes sorridentes estavam discutindo a reunião com o chanceler e a pré-nomeação de alguns para a Nova Ordem. Camargo também viu uma moça bonita vestindo um jaleco branco, abraçando uma mulher mais velha e chorando. Ao passar por elas, ouviu a mais nova dizer, em voz baixa:

— Eu vou te esperar todos os dias. Sentirei a sua falta.

À medida que seguia pelo corredor, todos comentavam sobre o mesmo assunto: chanceler, convocação, Missão 68 e sacrifício. Se Délia estivesse certa, a distração criada por Consuelo realmente havia funcionado.

Enquanto transportava Charles pelo corredor, sem saber os motivos para tal, Camargo se recordou de Délia no HGP, no momento de seu resgate triunfal, como também no helicóptero, repreendendo-o e deixando-o sem palavras. Seus pensamentos o levaram ainda mais longe, para quando era criança.

Ele tinha apenas seis anos e estava em uma sala branca, com paredes se estendendo ao seu lado enquanto caminhava. Não estava sozinho: havia uma menina de cabelos curtos e óculos de grau sentada no canto da sala, brincando com um cubo mágico. Quando se aproximou dela, a garota cobriu o rosto com as mãos e gritou, pedindo que Camargo saísse.

De repente, a sala foi invadida por duas pessoas que ele conhecia muito bem: Claus, seu pai, e Délia, sua madrasta. Os dois seguraram suas mãos e o fizeram soltar uma chave de fenda que o menino segurava com tanta força que seus dedos estavam arroxeados. Sua mãe entrou na sala e passou por ele sorrindo, mas foi direto para a garota. Ele sabia que a garota era sua irmã, mas não fazia ideia do porquê estava com aquela chave de fenda nas mãos, nem se realmente queria machucá-la.

Ao ouvir as portas do elevador se abrindo à sua frente, Camargo fez uma rápida viagem de volta no tempo. Se lembrava da Délia, da garota do cubo mágico e do sermão de Saba, dizendo que ele não era digno da Nova Ordem. Sentiu-se pronto, digno e sem mais dúvidas. Pressionou o botão e seguiu em frente.

Próxima parada: portão de decolagem K.

O elevador levou apenas alguns segundos para chegar ao seu destino e Camargo foi recepcionado por um grande "K" branco, pintado em uma placa vermelha. Passou pela identificação do portão e, como Délia havia dito para ele estar lá em uma hora, estava bastante adiantado. O helicóptero em que pousara se encontrava lá e as luzes do pátio ainda estavam acesas, então Camargo se dirigiu diretamente ao veículo, mas ao passar por uma pequena pedra, a maca de Charles tremeu e seu rosto ficou descoberto. Camargo parou, encarou-o de cabeça para baixo e, olhando ao redor e vendo que estava sozinho, falou com ele:

— Espero que quando acordar, se é que vai acordar, saiba que não dou a mínima para você. Sei que vai achar que sou uma pessoa boa por ter te tirado de lá e trazido até aqui, mas não sou. Já fiz muitas coisas das quais me orgulho e essa organização é a minha vida. Fui um dos responsáveis por ela estar prosperando e agora querem dizer que não sou digno do grande prêmio? Eles que se fodam. Malditos!

Finalmente no helicóptero, colocou o corpo de Charles no banco traseiro e o afivelou com um cinto de segurança, depois checou todos os controles do painel e percebeu que a nave já estava reabastecida. Como não havia nada a fazer, aproveitou o tempo para contar seus cartuchos de munição e limpar suas armas. Ele possuía um arsenal pessoal, guardado com muito carinho embaixo da poltrona do piloto.

Camargo permaneceu em silêncio por quase uma hora, que parecia ter se alongado por um dia inteiro em sua cabeça. Observou os controles algumas vezes, acendeu e desligou as luzes de navegação, além de cuidar das armas. Charles não dava sinal de vida, sua cabeça pendia para o lado e acordaria com um baita torcicolo — se viesse a acordar algum dia.

De repente, Camargo viu as portas do elevador se abrirem e Délia apareceu. Ela estava vestida com um jaleco branco, abotoado só até a metade, de forma que as pontas voavam com a força do vento, mostrando a blusa azul-marinho que vestia por baixo. Ela puxava uma maleta prateada de rodinhas.

Délia acelerou os passos em direção ao helicóptero e, quando estava perto da aeronave, foi interrompida por uma voz que ela já conhecia muito bem:

— Pare agora mesmo — ordenou Saba.

Ela olhou para os lados, mas não conseguiu encontrar a origem da voz. Assustada, continuou andando, até escutar um segundo aviso:

— Délia.

Camargo viu inúmeras cabeças surgirem da saída de emergência que ficava ao lado do elevador. Quando começaram a se aproximar, os rostos ficaram mais nítidos e reconheceu vários deles, que estavam no auditório no momento da reunião com o chanceler.

Em poucos segundos, a multidão que saiu pela porta de emergência formou um semicírculo ao redor de Délia e do helicóptero. A doutora olhou para trás enquanto as pessoas se espremeram, dando espaço para mais alguém se juntar a eles.

Saba.

— Eu disse para você parar.

— Saba, você não devia estar aqui — respondeu Délia.

Camargo desceu do helicóptero em disparada, colocando-se ao lado da madrasta.

— Nós estamos indo embora, quer você queira ou não — disse com tom ríspido de voz.

— Vocês não podem ir — respondeu Saba.

— Essa não é uma decisão sua. Você não quer que possamos provar por A mais B que somos dignos da Nova Ordem? Então nos deixe em paz.

— Por favor, fiquem. Talvez eu tenha me equivocado ao falar com Consuelo...

Camargo caminhou para frente e se aproximou de Saba, falando no ouvido:

— Nós sabemos o que você está tramando, grandioso doutor Roger Sabatinni. Nós sabemos que a reunião de mais cedo foi uma mera distração.

Saba deixou escapar um sorriso no canto dos lábios.

— Então você sabe — disse Saba, retirando uma pistola da cintura.

Camargo percebeu o movimento da mão de Saba. Sabia que precisava agir rápido para salvar a própria vida. Deixando seus instintos naturais o dominarem, ele puxou uma lâmina de seu cinto e movimentou o braço para frente.

Um disparo foi feito.

Camargo e Saba trocaram olhares de ódio. Saba sorriu e a arma caiu no chão no mesmo momento que um fio de sangue começou a encharcar seu pescoço.

— Está sentindo esse metal frio no seu pescoço? Não? Eu presumo que sim — cochichou Camargo. — Essa é a mesma lâmina que eu usei pra matar aquele garoto, sabe? O inocente, cruelmente assassinado?

Saba deu piscadas mais longas enquanto era obrigado a ouvir o restante do discurso de Camargo.

— Ele sabia demais, Saba. Por isso eu o matei. Mas você? Não, você não precisava morrer. Você me deixou furioso com aquela história de não ser digno da Nova Ordem, que eu até acreditei de início, mas a raiva ia passar. Se você tivesse me deixado para lá, se tivesse me deixado ir embora com Délia, eu iria provar a minha dignidade. Tenho certeza que sou mais digno do que esse bando de babacas que trabalham cegamente por aqui — Camargo concluiu com desdém.

— O que você fez? Você matou um fundador! — exclamou alguém da plateia, que assistia ao assassinato.

Murmúrios e gritos começaram a vir de todos os lados. Mas ninguém ousou atacá-lo enquanto o sangue de Saba continuava a escorrer.

— Eu matei um fundador — ele certificou, se aproximando ainda mais dos ouvidos de Saba. — Eu matei um fundador.

Camargo deu uma gargalhada bizarra.

— E sabe o que é mais legal? É que agora, toda essa gente me assistiu. Toda essa gente, que você liderou por tantos anos e que praticamente lamberam o chão para você passar enquanto você fazia seus joguinhos doentios.

Camargo aumentou o tom de voz, para que todos pudessem ouvi-lo:

— E sabe o que mais? Se eles tivessem sido bem treinados e não fossem somente suas marionetes, eles podiam ter me detido nesse momento, mas não. "Nada de armas na Central", você dizia. Essa política hipócrita de não-violência nunca funcionou comigo e você sempre soube que eu era diferente. Sempre. Por isso, lá no fundo, eu sei que você gostava de mim, já que eu sujaria as minhas mãos para fazer o que você não tinha coragem.

Sentindo as pernas de Saba falharem, Camargo puxou a lâmina com força, deixando o seu corpo sangrar no chão.

Délia soltou o suporte da mala e encarou o enteado com os olhos arregalados e prendendo a respiração. Sua expressão se transformou em puro horror quando viu um lago de sangue se formando no chão. Camargo tinha respingos vermelhos na bochecha e perto das orelhas.

— Délia, ative o DEF 3 e entre no helicóptero. Eu não vou demorar — orientou ele.

Sem pestanejar, Délia pegou seu comunicador e deu a ordem:

— Nasha, ativar DEF 3. Nós fomos comprometidos.

As comunicações na Central de Operações foram bloqueadas. Portas de acesso às salas, elevadores e auditórios foram travadas e assim permaneceriam, até a segunda ordem. Uma luz de alerta começou a piscar a cada dois segundos enquanto um som ensurdecedor soava em todos os lugares.

O DEF 3 fora ativado.

Camargo avançou com determinação, empunhando sua lâmina em direção ao grupo de pessoas que tentavam fugir pela saída de emergência. Dois agentes mais ousados ainda esperaram na porta do elevador, mas eles nunca chegariam a tempo para evitar o abate iminente. Estavam inoperantes. Com golpes certeiros e uma esquiva invejável, Camargo esfaqueou o primeiro no coração, enquanto desviava dos golpes do segundo agente, que recebeu uma facada por baixo do queixo.

Vendo a multidão descer pela escada de emergência, Camargo correu até o helicóptero enquanto gargalhava. Mirou suas mãos no local sob a poltrona do piloto e recuperou seu arsenal, devidamente guardado em uma bolsa verde e maleável. Olhou para Délia e não disse uma palavra sequer, antes de se virar e partir em direção à porta de emergência.

Camargo desceu pelas escadas e encontrou algumas pessoas pisoteadas no trajeto. Para se certificar de que elas estavam realmente mortas, cortou o pescoço de pelo menos umas cinco delas. Depois, variou os golpes na garganta, substituindo-os por facadas nos olhos ou atrás da nuca. Não se deu o trabalho de dar mais de uma facada. Não gastou nenhuma bala.

Tinha que cumprir sua meta mental: matar todos.

Pelos corredores da ASMEC, enfrentou, de uma só vez, quatro

agentes. Sofreu um pouco no combate corpo a corpo. Levou socos que lhe tiraram do sério e o obrigaram a puxar uma pistola calibre trinta e oito, para matar com mais crueldade.

Nem todos eram agentes especializados em combate ou missões externas, portanto alguns foram mais fáceis de abater. Sua lâmina era mais que suficiente.

Esfaqueou, degolou, atirou, esmurrou.

Quando a contagem passou de mais de cinquenta pessoas abatidas, parou por um breve minuto para recuperar o fôlego.

Camargo deixou um rastro de sangue nas paredes da ASMEC enquanto passava. Com todas as portas bloqueadas após o DEF 3, não precisou vasculhar as salas à procura de suas vítimas. O banho de sangue durou pouco mais de duas horas e teve uma contagem de mortos superior a cem — para ser mais exato, cento e dezessete pessoas morreram naquela madrugada pelas mãos de Camargo. Cento e dezoito, na verdade, incluindo o doutor e fundador da ASMEC, Roger Sabatinni.

Délia avistou Camargo saindo pela porta de emergência pela qual havia entrado anteriormente. Ele ainda trazia a lâmina em suas mãos e a mulher não conseguiu ver a cor original de sua roupa ou o tom de sua pele. O homem estava coberto por sangue, dos pés à cabeça e um pedaço de sua calça fora arrancado por algum dos agentes mais resistentes.

Levando uma das mãos até a boca e de olhos arregalados, Délia encarou Camargo, chegando cada vez mais perto dele com passos lentos. Sua outra mão segurava o comunicador e seu dedo indicador pressionou o botão lateral, enviando o que estava escrito no *display* para o chanceler Pablo Consuelo:

A operação de limpeza foi um sucesso. Saba está morto.

Escondendo o comunicador no bolso do jaleco, Délia ofereceu uma das mãos a Camargo para ajudá-lo a subir na aeronave. Ignorando a ajuda, ele subiu no helicóptero e afivelou o cinto, ativando o movimento das hélices.

— Isso foi mais divertido do que ficar aqui entediado por quase uma hora antes de você chegar — disse ele.

— Eu não podia sair antes de conseguir uma informação. Precisava estar certa sobre nosso próximo destino.

— E onde seria esse destino misterioso?

— Espero que você esteja ansioso para conhecer nosso querido chanceler Pablo Consuelo em carne e osso.

O que deveria ser dois ou três dias acabou se transformando em uma semana.

Nenhuma notícia de Monstro e Charles para Leafarneo e Cris.

Os dois podiam até não assumir, mas esperavam que o telefone de Joana fosse tocar a qualquer momento e eles ouviriam a voz de Monstro do outro lado, dizendo que voltaria para a companhia deles — ou pelo menos ouviriam a sua voz, para que soubessem que o garoto estava vivo.

Entretanto, ambos tinham certeza de que aquilo nunca ia acontecer, até porque Monstro não sabia o telefone de Joana, mas isso era um detalhe que a esperança conseguia fazê-los ignorar facilmente.

Gabriel também não tinha dado notícias para Joana, que encarou o supermercado sozinha. Nesse meio tempo, ela compartilhou roupas com Cris, mas teve que comprar camisas com estampas de super-herói, shorts de praia e uma calça *jeans* preta para Leafarneo. Eram as únicas peças que estavam na promoção e ela não podia se dar ao luxo de gastar muito, já que precisava sustentar mais três cabeças... Talvez, não exatamente três.

O estado de Thabs não era dos melhores. Ela passou os dois primeiros dias da semana sem sequer abrir os olhos mesmo quando eles a chacoalharam pelos ombros. A respiração era regular, mas pesada todo o tempo. As veias empretecidas, que antes se estendiam pelas suas pernas, já tinham alcançado o pescoço. Depois do quarto dia, Cris parou de entrar lá. Toda vez que entrava, não conseguia conter as lágrimas.

Leafarneo e Joana se revezaram para dar suporte a Thabs — ou pelo menos tentar. Deixaram bandejas com sanduíches por perto, assim como tiveram que jogar fora vários copos de suco que passavam a noite intactos ao lado da cama. No terceiro dia, deixaram um pequeno prato com o jantar: arroz, salada e carne. No dia seguinte, a carne não estava mais lá. O prato estava jogado no chão, mas Thabs ainda dormia como se estivesse em coma.

Naquela semana, Joana conversou muito com Leafarneo e com

Cris sobre o que acontecera após a saída de Palmas. Mais uma vez, ela encheu um monte de *post-its* com anotações, captando datas, nomes e locais. Cris contou sobre a explosão do posto, a infecção de Póka e a tentativa de salvamento conduzida por George e Felipe. Leafarneo adicionou detalhes sobre o encontro com Eriberto, parecendo animado ao falar dele. E mesmo não estando na sua presença, deixou claro o quanto estava grato por ele ter entrado em contato com os militares para resgatá-los.

Os eventos de Nova Alvorada também não ficaram de fora, mas Joana preferiu conversar sobre eles no dia seguinte, pois precisava ordenar todas as informações primeiro para decidir o que escreveria. Passou parte da madrugada fazendo isso, porém ao invés de estar sozinha, Leafarneo e Cris ficaram acordados com ela enquanto a jornalista escrevia.

Quando passava das três da manhã, Joana organizou uma cama improvisada com quatro edredons de casal dobrados para que eles pudessem dormir ali mesmo, na sala. Thabs agora era a rainha do quarto — e a detentora da maior parcela das preocupações de Cris.

Durante a semana, Cris e Leafarneo haviam se revezado no computador, procurando informações sobre amigos ou familiares que não estavam em Palmas na hora das explosões. Leafarneo não acreditava que os oficiais de Nova Alvorada estavam, realmente, procurando por pessoas conhecidas.

As buscas, que começaram intensas, foram arrastadas dia a dia. Não conseguiram encontrar nada, a não ser uma lista de palmenses dividida em duas categorias: mortos e desaparecidos. Seus nomes não estavam em nenhuma das duas listas. E não o bastante, logo eles descobriram que seus nomes não apareciam em nenhuma notícia sobre aquele dia. Era como se os seis grandes sobreviventes que desembarcaram do helicóptero naquele fatídico dia tivessem simplesmente desaparecido como num passe de mágica.

A ausência de notícias incomodou os dois no início, mas logo deu lugar a uma preocupação ainda maior. Eles enviaram e-mails, mensagens instantâneas e tentaram alimentar a esperança de encontrar algum conhecido, mas sem sucesso. Não receberam uma resposta sequer, nem mesmo dos amigos virtuais que moravam longe e que ambos tinham certeza de que viviam na frente do computador.

A Irmandade Apocalíptica se tornou o único canal de comunicação com o mundo que parecia fornecer algum retorno. Joana ignorou aquele primeiro comentário, que logo no primeiro dia mexera com seu juízo e não ligou para a polícia. Sempre que pensava naquelas palavras, dizia para si mesma que estava protegendo seus novos amigos, que poderiam ser capturados, interrogados ou coisa pior.

Ainda assim, sua mente insistia em lhe lembrar que perder os novos amigos significaria perder também a grande matéria de sua vida. Ao longo da semana, recebeu mais comentários de fãs conspiratórios, porém nada relevante para corroborar com informações úteis sobre a ASMEC.

Precisava de mais.

Precisava deixar sua ambição entrar em jogo, para fazer um movimento ainda mais pretensioso.

Com o consentimento de Cris e Leafarneo, Joana ligou para a emissora que trabalhava e passou cerca de meia hora no telefone, justificando a sua ausência nos últimos dias. Antes de ligar, jurava que já tinha sido demitida sem qualquer aviso — o que seria no mínimo sensato, já que ela não dava notícias havia dias.

A mulher vendeu bem a ideia de que estava trabalhando na cobertura jornalística bombástica sobre Palmas. Ao citar o local, a conversa já tomou uma direção diferente. A emissora nem quis discutir muitos detalhes, só pediu para que Joana fosse cautelosa.

A jornalista prometeu levar convidados, mas não mencionou nenhum nome. Eles lhe prometeram uma hora no início da semana seguinte, com quatro intervalos no Plantão do Planalto, que começava pontualmente às treze horas, de segunda a sexta. Para quem havia pensado que tinha sido demitida, conseguir sair com a certeza de estar empregada e com uma oportunidade de entrevista, ao vivo, para a capital do país, era uma grande vitória.

A emissora não sabia ainda, mas Joana planejava levar Cris e Leafarneo para falarem ao vivo no início da semana seguinte. Leafarneo ficou bem tímido ao receber a proposta, mas topou participar e comemoraram a conquista da oportunidade brindando com café, a única coisa realmente abundante na casa de Joana.

Eles conversaram sobre possíveis *scripts*, perguntas e até mesmo sobre usar alguns bordões clichês. Os três se apresentariam como membros da Irmandade Apocalíptica ao vivo, na TV local. Era o momento perfeito para que alguém, qualquer alguém, pudesse entrar em contato para dar alguma informação relevante sobre a ASMEC. Ainda não teriam o alcance que gostariam, mas seria um excelente primeiro passo, sem dúvida alguma.

Quem sabe, eles não encontrariam o fim que tanto haviam desejado: a cura de Thabs, a condenação dos envolvidos, o paradeiro de Charles. Poderiam até procurar por Monstro, depois de resolverem toda a confusão.

A comemoração regada a café fez com que eles não sentissem sono tão cedo. Juntos, os três assistiram aos dois primeiros filmes da quadrilogia *Alien*. Cris pescou bastante no segundo filme, mas conseguiu ficar acordada para ver Sigourney Weaver entrar em sono profundo, em pleno espaço.

Lembrou-se de Thabs.

O sono foi tomando conta de cada um e Joana dormiu com um sorriso no rosto, pensando em proporcionar aos seus convidados uma noite muito especial.

despedida

Cris saiu do quarto usando um vestido preto de Joana, com uma fina cinta dourada que circundava sua cintura. Seus cabelos estavam presos em um coque apertado e ela não usava maquiagem. Estava descalça.

Quando chegou à sala, encontrou Leafarneo sentado no sofá, esperando por ela com um pedaço de papel em branco nas mãos. Ele vestia uma camisa de mangas curtas do Capitão América, a única peça preta que encontrara. Não se preocupou com as combinações de cores e vestiu a calça *jeans* que Joana escolhera para ele. O resultado ficou decente; talvez não o mais adequado para a ocasião, mas teria que servir.

Joana estava no centro do cômodo, colocando uma proteção transparente ao redor de uma vela robusta em uma mesa portátil.

Cris se sentou ao lado de Leafarneo, que lhe deu um beijo no rosto.

Joana estava terminando de colocar cinco velas menores ao redor da principal. Em seguida, colocou um nome em cada base e colocou para tocar sua música favorita do cantor Yanni, *One Man's Dream*, em um volume baixo, para não atrapalhar a cerimônia.

— Acho que podemos começar — sugeriu ela.

Leafarneo se ajoelhou perto da mesa, apoiando a mão em Cris, que levou um tempo para encontrar uma posição para ficar confortável de joelhos, em seu vestido. Ele parecia nervoso, sem saber o que fazer. Nunca havia comparecido a enterros ou velórios.

Joana não teve o mesmo problema que Cris, porque sua calça preta e folgada lhe permitia movimentos flexíveis. Além da peça, vestia uma regata preta também confortável e solta, que dava a ela um estilo único. Com cuidado, a jornalista se ajoelhou perto da mesa e ofereceu as mãos para Cris e Leafarneo, que retribuíram o gesto, formando um círculo de mãos dadas.

— Vocês são religiosos? — perguntou Joana.

Cris respondeu:

— Eu costumava ser, mas depois disso tudo, não sei mais se há um Deus no qual devo acreditar.

Leafarneo balançou a cabeça em sinal de negação.

— Entendo, Cris — disse a jornalista. — Eu acompanhava minha mãe na igreja quando era criança, mas depois perdemos essa tradição, porque outras coisas pareciam mais urgentes. Desde que ela morreu, nunca mais pisei em uma igreja. O Deus em que eu acreditava me deixou sozinha, por isso eu não deveria mais... você sabe.

— Nunca fui muito crente em nada — Leafarneo finalmente falou.

— Bem, não precisamos tornar isso um momento religioso, então. Ainda assim, gostaria de acender as velas por eles. Talvez seja uma boa hora de fazermos as pazes com nossa fé, ou até mesmo começarmos a cultivar um pouco dela, né, senhor Leafarneo? — Joana sugeriu com um sorriso que foi correspondido por Leafarneo. — Alguém quer começar? — ela perguntou, em seguida.

Cris se adiantou:

— Eu posso começar.

Ela fechou os olhos, respirou fundo e prosseguiu:

— Estamos aqui, nesta noite, para dizer adeus para vocês. Também queríamos dizer que estamos com muita... — ela fez uma pausa, suas palavras abafadas pelo choro. — Saudade. Estamos com muita, mas muita saudade de vocês, seus trouxas — concluiu, entre soluços.

Leafarneo tomou a palavra, surpreendendo-se com a própria coragem:

— Vocês partiram cedo demais. Ainda estávamos nos formando. O ano que vem seria incrível e estávamos prestes a desenvolver todas as ideias que tivemos durante a faculdade. Eu tinha muita vontade de começar aquele joguinho bobo, em que nosso personagem descobria que a Praça dos Girassóis era, na verdade, uma base alienígena. George dizia que as marcas no chão eram só indicações de onde as naves deveriam pousar, quando viessem dominar a humanidade.

Joana baixou a cabeça e sorriu.

— Você era um cara incrível, George — completou Leafarneo. — Sempre tentava nos manter unidos, sempre. E vai fazer muita falta. Já está fazendo muita falta. É por isso que estamos aqui hoje, para encher um pouco o seu saco, onde quer que você esteja.

Sua última palavra marcou o início da primeira lágrima, que ele deixou escorrer sem resistência. Queria que ela levasse um pouco da dor que sentia em seu peito.

— George... eu te amo — disse Cris, baixinho. — Você vai para sempre ser um dos meus melhores amigos. Para sempre. Fica em paz, tá bom?

— Esse amigo de vocês era muito especial, não é? — Joana perguntou.

Leafarneo nem precisou se esforçar para responder:

— Não só ele, Joana. Todos eram. Felipe, por exemplo, devia ter ficado mais conosco. Eu já imaginava ele com oitenta anos, morando em algum porão nos Estados Unidos e escrevendo sobre teorias da conspiração. Era o destino dele. Você iria adorar conhecê-lo.

— Ele era bem noiado com essas coisas, né? — pontuou Cris.

— Era sim, Cris. Até hoje não vou esquecer a história que ele me contou sobre o plano de dominação religiosa que estava sendo colocado em prática na Europa. — Leafarneo fez uma pausa. — Você vai fazer falta, seu super-nerd conspiratório.

Mais sorrisos surgiram, em meio a uma noite que tinha tudo para ser repleta de lágrimas.

— Meninos, as velas — orientou Joana.

Leafarneo pegou o fósforo e acendeu uma das velas menores que estavam circulando a vela principal. Abaixo dela, podia-se ler o nome George escrito em azul, em um pedaço de papel pequeno e com as pontas repicadas.

Cris repetiu o gesto, acendendo a vela que trazia o nome de Felipe na base. Aproveitando o fogo na ponta do fósforo, acendeu a vela de Póka, recitando uma simples mensagem em voz alta:

— Descanse em paz, seu louco tapado que eu gosto um tanto que você nem imagina. Descanse em paz. E vê se não apronta muita coisa aí onde você tá, porque se George te encontrar, já sabe que vai ouvir sermão, né?

— Cris, aproveita o fogo para acender a outra.

Ela olhou para a quarta vela, que trazia o nome de Emu. Quando levou a mão até ela, a chama se apagou.

— Emu, eu não sei se estou pronta para te dizer adeus.

— Cris... — suspirou Leafarneo.

— Eu queria mesmo era te dar uns bons tabefes na cara para você criar vergonha. De onde você tirou aquela ideia maluca de ajudar Délia? Você sabia que ela não era uma boa pessoa. Sabia disso. Mas eu decidi que a partir dessa noite não ia mais ficar bancando a vítima e que também não ia mais ficar te culpando por nada. Essa é a nossa noite de despedida, de nos lembrarmos do melhor motorista da cidade, que nos deixou mais cedo do que deveria. Quando eu morrer, se prepare para os meus tabefes. E para o meu abraço de no mínimo dez minutos, seu, seu... seu chato — Cris completou.

Ela acendeu mais um fósforo e em seguida, a quarta vela. Não ficou histérica ao se despedir de Emu. Lá no fundo, ainda guardaria a mágoa pela história do localizador que o amigo carregava consigo, mas a saudade iria dissolver, eventualmente, aquela mágoa tão dolorosa de uma vez por todas.

— Acho que agora é a minha vez — disse Joana.

A jornalista olhou para o chão. Mais uma vez, as palavras queriam lhe fugir, mas ela não podia deixar.

— Como vocês estão vendo, isso não é nem um pouco fácil pra mim. Eu já dei adeus pra minha mãe, quando vi o corpo dela ser colocado em um buraco no solo. Acho que foi a pior visão que tive em toda a minha vida. Eu me despedi, chorei e pedi a Deus que trouxesse ela de volta. Sofri por pelo menos um ano, sem conseguir levar minha vida para frente.

— Nossa, Joana... eu não sabia de tudo isso — disse Cris.

— Pois é, Cris. Eu não perdi a minha mãe no apocalipse, como vocês perderam os seus amigos. Pelo menos não nesse, porque a morte dela deu origem ao meu apocalipse pessoal. Mas eu acho que consegui dar a volta por cima: me formei, estou trabalhando... Conheci vocês, que no início pareciam só mais uma excelente oportunidade de ter um furo de reportagem, mas vejo que estão se tornando meus amigos.

Cris abraçou Joana bem forte e o abraço foi retribuído. Leafarneo, tocado pela cena, tentou se juntar às duas em um abraço triplo, mas quando se colocou para frente, as duas já estavam se separando. Claro que ele tentou disfarçar, fingindo ter se desequilibrado para não parecer bobo. Joana e Cris riram dele, que ficou super sem graça.

— Mãe, eu já te disse adeus, então hoje quero só dizer que estou com muita saudade. E que eu te amarei para todo e sempre.

Tomada pela emoção, Joana acendeu a última das velas menores, cuja base trazia a palavra "MÃE" escrita em letras maiúsculas. Em seguida, os três deram as mãos e baixaram a cabeça.

Após o fim da despedida, permaneceram na sala, conversando

sobre histórias do passado. Lembranças boas e ruins foram colocadas à mesa. A maioria, no entanto, era boa.

Leafarneo, em dado momento, se queixou de dor na mandíbula por rir das piadas que a mãe de Joana contava quando estava viva e que foram reproduzidas pela filha com total maestria.

Nik, que permaneceu dormindo durante toda a despedida, acordou com as risadas de Leafarneo e juntou-se a eles. Parecia mais manhoso do que de costume, ao praticamente implorar por carinho na barriga.

Depois de três horas de histórias, Joana começou a dar piscadas mais longas, até que caiu no sono sobre o sofá. Cris e Leafarneo se deitaram no chão, na cama improvisada. Depois de um caloroso beijo de boa noite e uma mão-boba, que Cris quase não conseguiu parar, os dois também foram vencidos pelo sono e acabaram dormindo.

argentina

Camargo pilotou o helicóptero por quatro horas até que, finalmente, viu o amanhecer por cima das nuvens. Délia, apesar de cansada, ajudou com a navegação, usando um GPS para localizar as coordenadas geográficas das planícies argentinas.

O helicóptero pousou a trinta metros de uma cerca de madeira que se estendia até o horizonte. A vegetação era rasteira e um grupo de bois era guiado por um cachorro pastor.

Os dois desceram do helicóptero e olharam ao redor.

Camargo parecia confuso e perguntou:

— O que estamos fazendo aqui, no meio desse lugar abandonado?

— Estamos aqui para encontrar o chanceler, Camargo — respondeu Délia. — É ele quem nos dará um lugar na Nova Ordem.

— Não me diga que vamos matá-lo também. Não sei se quero mais sangue nas minhas mãos.

A médica o interrompeu:

— Você não vai fazer nada com o chanceler, Camargo. Nem falar com ele, está me entendendo? Nós estamos exatamente onde o chanceler queria que estivéssemos. A unidade de operações foi desativada e a operação de limpeza foi um sucesso.

Camargo ficou perplexo com a informação.

— O que você está dizendo?

— Ele queria que a unidade de operações fosse desativada e que Saba fosse morto. Foi isso que aconteceu, não foi?

— Aconteceu porque eu precisei...

Camargo virou as costas para Délia e caminhou em círculos, sem sair do lugar. Tentou se recordar do discurso do chanceler, do sermão de Saba, do pedido de ajuda de Délia... Lembrou-se do raciocínio dela sobre o excesso de informação circulando entre os agentes. Assim, juntou todos os pontos, para finalmente concluir que Délia o levou a executar a operação de limpeza mais ambiciosa da ASMEC, até então.

— Você me manipulou, sua... Eu nunca pensei que você fosse capaz de fazer algo assim.

— Eu fiz o que tinha que ser feito, Camargo.

Ele avançou na direção da madrasta, ainda incerto sobre seus sentimentos, que eram um misto de admiração pela genialidade de Délia e raiva, por ter sido usado como uma ferramenta de matar, para que a operação de limpeza acontecesse como Consuelo planejara desde o início.

Antes que pudesse concluir seu avanço, no entanto, Camargo foi atingido por um dardo tranquilizante e caiu no chão. Um grupo de pessoas vestidas com macacões de borracha se aproximou deles e Délia levantou as mãos em rendição.

Uma das pessoas de macacão deu um passo à frente para cumprimentá-la.

— Délia! Quanto tempo, minha querida!

— Pablo! Que bom te ver.

Aproximando-se do chanceler, Délia lhe deu um abraço apertado, passando as mãos em suas costas. O rosto dela encostou no peito de Pablo, que além de alto, tinha braços e pernas compridas. Estava de barba feita e com o cabelo ruivo preso em forma de coque atrás da cabeça, com somente dois fios se estendendo pela lateral do rosto.

Pablo sorriu.

— Délia, o garoto...? — perguntou.

— Ele está no helicóptero. Podem levá-lo.

Apenas duas pessoas permaneceram ao lado do chanceler enquanto as outras foram até o helicóptero para retirar o corpo de Charles. Ele foi colocado em uma maca incomum, sem rodinhas, mas com dois suportes metálicos que podiam ser carregados lateralmente, como um caixão.

— Eu adoraria ter mais tempo para conversarmos tomando um café, mas infelizmente precisaremos adiar. Você, Délia, vem comigo. Vai adorar o laboratório, que está te esperando para você continuar o seu trabalho. E você, meu jovem agente Camargo... logo, vai descobrir o seu destino — disse o chanceler, olhando para Camargo ainda no chão.

Mais duas pessoas pegaram Camargo desfalecido e o colocaram em uma maca semelhante à de Charles.

— Então, tem um laboratório novo me esperando aqui na Argentina? — perguntou Délia.

— Claro que sim, mas não se preocupe com prazos. A Missão 68 nos surpreendeu em vários momentos e a nossa atuação na cidade de Palmas rendeu bons frutos, minha querida. Graças a esses bons frutos é que você ainda está viva. Acredite — respondeu o chanceler.

Délia parou de imediato e engoliu a seco. Pablo a encarou com o olhar firme.

— É brincadeira — disse, esbanjando uma gargalhada.

Délia franziu o rosto, mas respondeu à piada com um sorriso discreto.

— Extraia a cura do sangue daquele garoto para começarmos a sintetizá-la, tudo bem? Não se preocupe, não vou ficar no seu pé como um cachorro corre atrás do osso. Trabalhe no seu tempo. Sem pressa.

— Mas e o recrutamento? Como vamos convencer as pessoas a procurarem a Nova Ordem sem a cura?

— Eu já acertei todos os detalhes com o finado Saba. Já cuidei pessoalmente disso. No momento, meus nervos só estão me deixando preocupados com os procedimentos operacionais da Missão 68. Coordenar um evento em massa como esse, em toda a extensão territorial do seu país, é um desafio dos grandes.

— Eu posso perguntar o que vocês estão planejando?

— Claro que pode, mas eu farei questão de guardar esse segredo. Será uma bela surpresa.

Mais uma vez, um sorriso discreto por parte de Délia.

O diálogo entre o chanceler e a médica terminou e ambos seguiram caminhando, ele sempre olhando para frente. Já Délia fingia olhar adiante, mas tentava decifrar os mistérios estampados no olhar de Consuelo. Afinal, orquestrar a morte de outro fundador e esconder detalhes operacionais não estavam na cartilha de mandamentos da tão proclamada Nova Ordem, que a ASMEC trabalhava com força total para instaurar.

O chanceler e seus acompanhantes pararam no meio do campo aberto. Um dos acompanhantes pisou com mais força no chão, simulando movimentos circulares até encontrar o que procurava. Ao afastar um arbusto com o pé, deixou visível uma roda metálica que estava sobre uma placa de quatro metros quadrados. Pablo Consuelo foi até a roda e girou-a para a direita, emitindo um som abafado e liberando uma corrente de ar frio pelas laterais da escotilha.

— Talvez este lugar esteja um pouco diferente do que você se lembra, minha querida, mas espero que você goste de tudo — disse, segurando a placa com as mãos e a empurrando para abrir uma espécie de câmara subterrânea.

— Depois de você, Délia Albuquerque — acrescentou o chanceler.

A médica, segurando as pontas do jaleco à sua frente com uma das mãos e usando a outra para se apoiar, colocou o pé na primeira barra de metal da escada na entrada da câmara. Ela olhou para baixo e viu apenas escuridão, sentindo seu coração acelerar. Em seguida, olhou para cima e viu o chanceler a encarando profundamente.

— A garota. Ela já está lá embaixo? — perguntou o chanceler.

— Não se preocupe, meu filho Gabriel cuidará dela. Mas tudo no seu devido tempo — respondeu um dos acompanhantes.

Délia respirou fundo e desceu pelos degraus metálicos, perdendo-se na escuridão.

despertar

Brasília, 17 de dezembro de 2012.

Joana estava ansiosa para a reportagem que iria expor os dois sobreviventes ao mundo e contar a história do início do fim, sem esconder os nomes dos envolvidos. Ela citaria a ASMEC quantas vezes fosse necessário, para atrair a atenção desejada.

Cris e Leafarneo acordaram ao som do despertador da anfitriã e foram tomar banho. Leafarneo gostaria de ter dividido o chuveiro com a garota, mas Cris fechou a porta bem na cara dele, deixando-o com mais vontade ainda de entrar com ela.

Faltando dez minutos para as sete da manhã, os dois estavam prontos para sair. Leafarneo vestia a camisa do Capitão América outra vez e repetiu a calça, pois não queria mostrar suas canelas para todo mundo. Joana deu carta branca para Cris escolher qualquer modelo em seu guarda-roupa para vestir; afinal, era um dia especial.

Cris optou por um vestido branco, estampado com flores amarelas. O traje não era muito colado ao corpo, o que a deixou bem confortável e seus cachos já alcançavam a altura dos ombros.

Estavam prontos para sair.

— Você está com medo, Leafarneo? — indagou Cris no sofá, à espera de Joana.

— Talvez.

— Você não vai correr e me deixar sozinha lá, né?

— Claro que não, sua boba. — Ele sorriu e a beijou.

— Hoje, nós vamos fazer justiça. Será o primeiro dia do resto das nossas vidas.

— Você está passando muito tempo com Joana, que fica usando essas palavras bonitas pra emocionar as pessoas.

— Seu besta.

Cris se aproximou de Leafarneo e depositou um delicado selinho em seu pescoço. Leafarneo ficou arrepiado e envolveu Cris em um abraço que começou carinhoso, mas logo se intensificou. Os lábios dos dois se encontraram, Cris com a respiração ofegante e Leafarneo a beijando como se aquela fosse a última vez.

De repente, uma voz familiar os interrompeu.

— Vocês dois juntos... Eu sempre torci por esse casal, desde a época da faculdade.

Eles abriram os olhos, ainda com os lábios se tocando e perceberam a presença de alguém próximo ao sofá.

— Meu Deus! — exclamou Cris, surpresa e animada. — Thabs!

Cris se levantou para abraçá-la, mas seu corpo travou ao ver o estado físico da amiga. Thabs parecia ainda mais magra do que o normal, com olhos fundos e grandes olheiras. Veias escuras tomavam toda a região do pescoço e se ramificavam nas bochechas, deixando-a com um aspecto monstruoso.

— Cris, por que você está olhando para mim desse jeito? — Ela perguntou, notando a expressão de preocupação da amiga.

Cris estendeu a mão para tocar o rosto de Thabs, mas recuou. A amiga percebeu e segurou suas mãos, para tranquilizá-la.

— Eu estou bem, Cris. Eu estou bem — disse, sorrindo.

Leafarneo também se levantou do sofá, mas não conseguiu se aproximar tanto quanto Cris.

— Desculpa, Thabs. Você está com fome? Com sede? — indagou Cris. — Depois de todo esse tempo, tenho certeza que sim.

— Cris, eu ainda estou sentindo o gosto da janta de ontem no fundo da garganta.

— Thabs, você não jantou conosco ontem. Nem antes de ontem. — Ela fez uma pausa, procurando as melhores palavras para dar a notícia: — Você estava dormindo há uma semana!

— Impossível — respondeu Thabs, de pronto.

— Você não se lembra? — perguntou Cris.

— Não, claro que não. É como se eu tivesse ido dormir ontem e acordado agora — respondeu Thabs, confusa.

Cris não conseguia desviar o olhar das marcas no rosto de Thabs.

— Você está realmente bem? Tipo... super bem? — insistiu.

— Claro, estou bem. Apenas com um pouco de enjoo matinal, mas é normal, né? E minhas costas doem um pouco, provavelmente porque fiquei deitada por tanto tempo.

Enquanto isso, Joana saiu do banheiro de banho tomado, trajando uma blusa branca e um terninho preto. Ao adentrar o quarto, notou a cama vazia e os lençóis em rebuliço. Aquilo só podia significar uma coisa. Sem pestanejar, ela correu até a sala para confirmar suas suspeitas.

— Puta merda!

— Oi — Thabs acenou timidamente, de longe.

— Oi — Joana retribuiu, com os olhos quase saltando da face. — Você acordou.

— Quem é você? — perguntou Thabs.

Joana ficou desconcertada e se apresentou, ainda de longe:

— Joana. Prazer em conhecê-la.

— Thabs, você não se lembra de Joana? — indagou Cris. — Foi ela quem nos resgatou de Nova Alvorada.

— Você está enganada, Cris. Eu nunca vi essa mulher em toda a minha vida.

Cris gaguejou e chacoalhou a cabeça. Vivia um conflito interno entre a felicidade por Thabs estar acordada na sua frente e a preocupação pelo seu aparente estado debilitado e veias negras que dominavam o seu rosto.

— Ela vai se juntar a nós? — perguntou Joana. *Se eu conseguir fazer essa garota aparecer na frente das câmeras e revelar tudo o que ela passou... Vai ser um estouro. Será que devo?*

Leafarneo deu de ombros encarando Cris e ela meneou em confirmação com a cabeça.

Sem conseguir conter o sorriso, Joana guiou Thabs pelo ombro e ambas foram para o quarto. Ela ajudou Thabs a vestir uma calça jeans folgada nas pernas, mas bem ajustada na cintura, e uma camisa cinza sem estampa, que tinha encontrado no guarda-roupas. Para completar o visual, pegou uma sandália preta que deixava os pés de Thabs um pouco deslocados para fora.

— Thabs, você gosta de maquiagem? — questionou Joana.

— Não tenho muita intimidade, mas também não tenho nada contra — ela respondeu.

— Você se importaria se...

Joana foi até o banheiro e pegou um estojo de maquiagem que ficava sobre a pia.

— O que acha de...?

— Sem problemas. Deixe-me linda. Há muito tempo que eu não me sinto tão bem.

Joana ficou sem palavras para respondê-la e cuidou da maquiagem. Ela conseguiu esconder as olheiras e deixou Thabs com aspecto mais saudável, aproveitando ainda para cobrir o máximo de veias escurecidas que conseguiu. Thabs não chegou a fazer nenhum comentário sobre elas, como se não tivesse notado que tinha algo diferente na própria pele.

Quando saiu do quarto, Thabs foi recebida por um abraço de Cris. Dessa vez, foi um abraço apertado e demorado.

Joana pegou o celular, que repousava no sofá, para chamar um taxista amigo de longa data. Para sua surpresa, o visor exibia três chamadas perdidas de sua emissora. E uma quarta chamada acabava de chegar. Ligou.

— Alô?

— Joana! Ainda bem que conseguimos falar com você.

— Está tudo certo para a transmissão de mais tarde?

— Não se preocupe. O estúdio será todo seu.

— Ah, sim, eu pensei que tinha acontecido algum problema...

— Não, não, está tudo bem. Quer dizer, quase tudo bem. Você está muito ocupada agora de manhã?

Joana olhou para Cris, Leafarneo e Thabs, que a esperavam perto da porta e respondeu:

— Acho que não muito.

— Ótimo. Hoje às dez vai acontecer a grande abertura do Parque Tecnológico do Planalto.

— Do PTP? Nossa. Carminha deve estar super animada, né?

— Estava, sim. Ela estava se preparando para fazer a cobertura oficial da abertura do parque, mas infelizmente não poderá estar lá. A filha dela sentiu uma forte dor ontem e parece que está entrando em cirurgia neste momento. Ela ligou e pediu inúmeras desculpas.

Joana fez uma pausa no telefone, em seguida, comentou:

— Espero que a filha dela fique bem. O evento de abertura ainda será transmitido em todas as capitais do país?

— Sim, todas as capitais. Eu queria te pedir um favor...

— Você quer que eu substitua Carminha, né? Não vai dar, Alex. Se eu for cobrir para ela, perco o horário de entrar ao vivo com minha matéria.

— Que tal só uma aparição em rede nacional? Uma aparição rápida não prejudicaria seus planos.

Os olhos de Joana brilharam ao pensar na grande exposição que teria. Aquilo poderia ser a virada em sua carreira jornalística, ainda mais depois da notícia bombástica que revelaria mais tarde, sobre o apocalipse.

— Só porque é pela Carminha. Eu faço. Às dez?

— Isso mesmo, às dez. Você está nos salvando, Joana.

— Claro. Estou começando a me acostumar com isso. — Ela sorriu. — Vou deixar tudo acertado aqui antes de ir para lá. Eu chegarei no trailer da emissora meia hora antes, tudo bem?

— Perfeito.

— Espera... Gabriel estará lá para operar as câmeras?

— Ele não está com você? — perguntou Alex.

— Não...

— Vamos dar um jeito, Joana. Nove e meia você receberá uma ligação, então. Não se preocupe.

Joana desligou o telefone e encarou o aparelho. Pensou em Gabriel. Mal sabia ela que seu amigo havia ouvido toda a ligação — e não só isso: naquele momento, segurava uma arma apontada para a testa de Alex, após obrigá-lo a convencer Joana a comparecer na inauguração, a todo custo.

Mesmo cumprindo tudo que Gabriel exigira, Alex teve sua vida interrompida ao fim da ligação, por um disparo seco e impiedoso que desfigurou seu rosto.

o grande dia

— Posso parar por aqui, senhorita? — perguntou o taxista.

— Claro, estamos praticamente lá — respondeu Joana.

Ela entregou duas notas de dez reais ao motorista e desceu do veículo, sendo a última a fazê-lo. Leafarneo, Cris e Thabs já estavam do lado de fora, terminando o café da manhã que Joana comprara para eles numa padaria no caminho.

— Esse lugar parece incrível! — exclamou Thabs, admirando a paisagem.

— Incrível? Mais do que isso. Bem-vindos ao futuro! — disse a jornalista, entusiasmada.

Logo após o táxi partir, os quatro avistaram uma imensa torre do outro lado da avenida. A luz do sol refletia nos vitrais espelhados, que se harmonizavam com estruturas pretas e prateadas. Outros jornalistas e curiosos já começavam a chegar ao local.

As lembranças dos limites da Bolha vieram à mente de Leafarneo. Ainda não tinha visto tantas pessoas juntas desde que fora resgatado por Eriberto.

— É incrível — afirmou, sem muita convicção.

Thabs e Cris atravessaram a avenida antes dos outros, desviando do fluxo moderado de veículos, enquanto Leafarneo e Joana optaram por uma faixa de pedestres próxima e atravessaram com segurança.

Um painel digital sustentado por dois troncos de madeira com flores azuis exibia mensagens de "Bem-vindos" em diversos idiomas. A tecnologia se mesclava à natureza, despertando a curiosidade das pessoas.

Joana e Leafarneo alcançaram Cris e Thabs, que haviam parado para assistir a um homem-estátua que estava maquiado como um robô. Outros artistas se apresentavam no amplo pátio que circundava a torre com caixinhas para receber contribuições dos espectadores.

Recipientes coloridos para coleta seletiva de lixo estavam espalhados pelo local. Policiais, vendedores ambulantes e famílias com crianças se aproximavam da torre até o limite permitido, ansiosos para assistir ao lançamento de perto.

— Joana, o que é este lugar? — perguntou Cris.

— Este é o Parque Tecnológico do Planalto, Cris. Resultado de uma parceria entre o governo e empresas privadas de Tecnologia da Informação. É como um centro empresarial, que vai impulsionar a produção tecnológica de Brasília e do país. Hoje, todas as capitais estão inaugurando um prédio como esse.

— Exceto Palmas, certo? — indagou Leafarneo, um pouco desanimado.

— Palmas ficou no passado. Lembra da nossa conversa? Vocês poderiam trabalhar aqui — sugeriu Joana.

— Nós? — perguntou Thabs.

— Claro! Muitas empresas de TI vão se instalar aqui, especialmente com os incentivos do governo oferecidos aos empresários. Pode ser uma ótima oportunidade de recomeçar.

— Recomeço... quem sabe. — Leafarneo sorriu.

O som das fontes d'água chamou a atenção de Thabs, que se aproximou, empolgada.

— Cris, olha isso!

Duas fontes jorravam água em jatos coordenados e iluminados, que quase se cruzavam ao passar por formas metálicas irregulares.

— Imagine chegar para trabalhar aqui e ver isso todos os dias? — disse Leafarneo, chegando perto de Thabs sem demonstrar receio. — Parece um paraíso, né?

— Parece sim, Leafarneo — concordou Cris.

O sorriso de Leafarneo contagiou Cris, reacendendo a esperança de um novo começo; algo que, dias atrás, parecia impossível.

— Ainda temos quase uma hora até o evento. Estão nervosos para a entrevista? — perguntou Joana.

— Um pouco... Será minha primeira vez na TV — admitiu Cris.

— TV? Eu também quero! O que precisamos dizer? — Thabs se juntou à conversa.

— Apenas a verdade. E não esqueçam de mencionar a ASMEC — sussurrou Joana. — Caso contrário, pode ser difícil encontrar seu amigo.

— Tenho certeza de que vamos encontrar Charles — disse Cris, com convicção. — Não temos mais zumbis ou exército nos perseguindo. E ganhamos uma nova amiga. — Ela olhou para Joana, que corou. — Só ficarei tranquila quando os responsáveis pela ASMEC estiverem presos.

Leafarneo observou Cris outra vez. A raiva que ele vira nos olhos dela em Nova Alvorada, tinha dado lugar à esperança e determinação.

— Se o lançamento atrasar, eu cancelo tudo e vamos direto para a emissora. Nossa tarde será muito mais importante do que este evento de abertura do parque...

Joana tropeçou nas palavras enquanto seus olhos eram capturados pela torre.

— Ela é realmente deslumbrante, não é?

— Com certeza — concordou Thabs, puxando Cris para se aproximarem mais.

— Esperem, meninas. Digam "X"!

Joana tirou uma foto das duas com o celular. Cris apareceu de olhos fechados e a cabeça de Thabs ficou borrada. Elas riram ao ver a fotografia, mas logo pegaram o celular de Joana e apagaram a imagem.

— Precisamos tirar uma foto oficial — disse a jornalista.

Joana retirou da bolsa uma câmera fotográfica profissional. Em seguida, olhou para os lados e viu um homem de boné preto e óculos escuros, que estava com uma blusa também preta, de mangas compridas.

— Por favor, você se importaria de bater uma foto de nós quatro?

— Claro que não — o desconhecido disse.

Quando se virou para ele, Joana arregalou os olhos.

O homem puxou os óculos escuros do rosto e o prendeu na gola de sua blusa, revelando um olho de vidro sobre uma cicatriz recente, que começava abaixo do olho e terminava sob o boné. Ele estendeu o braço direito para Joana no intuito de pegar a câmera para tirar a foto e, por um breve momento, ela hesitou. Assustou-se por não ter percebido antes que o braço direito era o único que ele tinha e não conseguiu tirar os olhos do membro fantasma que desenhava em sua mente para completar o corpo do desconhecido.

— Você não é a primeira que me dá esse olhar.

— Mil desculpas. Eu fiquei só... me desculpe, de verdade.

— Pose para a foto?

Ainda constrangida, ela se juntou a Cris e Thabs e as abraçou de lado. Leafarneo ficou atrás das três e conseguiu envolvê-las em um único abraço, juntando-as no momento que o flash da câmera brilhou.

— Muito obrigada.

O homem sorriu, devolveu a câmera a Joana e se afastou, sem dizer mais nenhuma palavra.

— Ele era estranho... — comentou Cris.

— Acho que você o deixou meio constrangido, Joana — acrescentou Thabs.

A jornalista colocou o cordão grosso da câmera ao redor do pescoço.

— Tão vendo isso aqui? — indagou, ao segurar no cordão. — Mil vezes mais confortável do que qualquer alça de sutiã.

Thabs e Cris concordaram com a cabeça e gargalharam enquanto Leafarneo ficou corado como um tomate maduro. Cris viajou para dentro de seus pensamentos ao ver Thabs sorrindo daquele jeito. Tinha desejado ver aquele sorriso durante todos os dias da semana que havia se passado e, finalmente, seu desejo tornara-se realidade. Sua melhor amiga estava de volta.

O celular de Joana tocou. Faltavam cinco minutos para as nove da manhã.

— Alô?

— Joana? Está na hora, minha filha. Venha rápido, senão atrasaremos a transmissão. Corra!

— Seu Geraldo... eles enviaram você. Que sorte!

Ela afastou o celular do ouvido e cobriu-o com as mãos.

— Seu Geraldo é a agonia em pessoa — sussurrou, fazendo os três rirem ainda mais.

Em seguida, voltou a falar.

— Eles disseram que me ligariam com meia hora de antecedência, para nos prepararmos.

— Nada de meia hora, venha correndo para perto da entrada. Você verá o carro da emissora.

— Posso...

Antes de terminar a frase, o celular já mostrava o aviso de chamada encerrada.

— Alguém deveria ensinar boas maneiras a ele — resmungou. — Preciso ir agora. Caso contrário, Seu Geraldo me perseguirá até o fim do mundo para iniciarmos os preparativos. Vocês podem voltar para casa, se quiserem.

Leafarneo olhou para ela, depois para a torre e de volta para ela com um olhar de quem queria pedir algo, mas estava com vergonha.

Joana percebeu que era a primeira vez que saíam de casa, em pelo menos uma semana.

— Ou, se preferirem, podem ficar por aqui e assistir ao lançamento oficial da torre — sugeriu ela.

Leafarneo pulou de alegria.

— Encontrem-se comigo aqui às 10h30, ok? — Joana disse e os três assentiram — Pedirei uma carona ao Seu Geraldo.

— Não se preocupe. Estaremos aqui.

Joana os deixou.

A multidão cresceu ainda mais após as nove. Thabs parecia estar descobrindo um mundo totalmente novo, levando Cris até uma das fontes e, mesmo com o aviso para não tocar a água, não resistiu e sentiu a temperatura. Juntas, as duas exploraram o local e viram a torre por diferentes ângulos.

Sem dúvida, a entrada da torre era o ponto favorito das amigas. Elas observaram a movimentação dos guardas vestidos de azul, que antes mantinham as pessoas a uma distância segura, porém logo após a retirada das faixas de restrição, as escadarias foram liberadas.

Leafarneo foi o primeiro a correr até lá, seguido por Cris e Thabs.

Os três se infiltraram na multidão e conseguiram chegar perto do grupo que se aglomerava para entrar.

Eles só ouviram o final do discurso, proferido por um guia vestido com um uniforme vermelho. Ao se afastar, ele revelou duas faixas de grama sintética que se misturavam à porta de metal hexagonal decorada com símbolos de néon.

— Parece que estamos entrando em uma nave espacial — comentou Leafarneo.

E assim, acompanharam a multidão e passaram pela enorme porta, que parecia um portal para outra dimensão. O ar frio do interior fez Cris se arrepiar assim que ela entrou na torre. Leafarneo e Thabs, de boca aberta, observaram o grande salão central, sentindo como se estivessem em um filme de ficção científica.

Na entrada, diversos totens prateados aguardavam as pessoas. Leafarneo percebeu que estavam desligados. Viu pelo menos vinte deles, com monitores inclinados e adesivos laterais indicando onde colocar as mãos para a leitura biométrica. Teve a ideia de posicionar a mão sobre eles, imitando a voz sintética do Google Tradutor.

Cris e Thabs deixaram Leafarneo para trás quando viram pessoas o encarando com olhares desaprovadores. Elas então seguiram por um dos dois largos corredores que dobravam logo após os totens.

Nas paredes de tom prateado, três telões exibiam imagens do fundo do mar. Mais à frente, outros aparelhos decoravam as paredes. A torre, que antes lembrava uma nave espacial, agora passava a sensação de um submarino no fundo do oceano.

Leafarneo alcançou as duas antes que chegassem ao ponto onde os corredores se encontravam.

Cinco escadas rolantes levavam a multidão ao andar inferior, onde um amplo salão ainda estava vazio. Cada um seguiu por uma escada, admirando os detalhes arquitetônicos da torre enquanto desciam.

Ocupando quase toda a parede frontal, havia mais monitores; dessa vez, um conjunto de oito, nos formatos de um triângulo e um trapézio.

Dois guardas de vermelho tiravam dúvidas dos visitantes sobre a estrutura do prédio e Leafarneo ouviu que os andares superiores ainda estavam fechados, porque seriam ocupados por empresas apenas no início de 2013.

— Olhem, olhem lá!

A multidão começou a apontar para os monitores, que já não mostravam mais imagens do fundo do mar. Agora, cada um exibia um repórter ou jornalista. Joana, entretanto, não estava em nenhuma das telas.

Sem ouvir o áudio, todos podiam ver a torre do PTP de vários ângulos.

No monitor triangular mais à direita, Cris apontou para o homem robótico que a encantou na entrada. Thabs observou cada um deles e notou um movimento diferente, logo abaixo: uma abertura no chão, que revelou um palanque metálico, que subiu lentamente até atingir um metro de altura. Enquanto isso, um homem de terno, gravata e All Star se aproximou.

O grande discurso para inaugurar o parque estava próximo e, a julgar pelos trajes do possível orador, os três sobreviventes esperavam um discurso cheio de metáforas sobre como a aparência e as roupas não impediam alguém de fazer a diferença no país.

As imagens nos telões mudaram.

— Uau! — exclamou Leafarneo ao notar o telão central.

Na faixa azul, abaixo das imagens, leu “Rio de Janeiro”. Os outros monitores exibiam os parques que seriam inaugurados, simultaneamente, em outras capitais: São Paulo, Recife, João Pessoa, Belo Horizonte, Vitória, Salvador e Belém acompanhavam o Rio na configuração atual.

— Alô, som. Som. Testando.

Todos os olhares se voltaram para o homem, que sorriu orgulhoso para a multidão. As conversas e murmúrios de excitação foram diminuindo até que o silêncio tomou conta.

Os telões mostravam as outras capitais. E adivinha quem apareceu no telão central?

— É ela! — Leafarneo falou mais alto do que gostaria, colocando o dedo na boca em seguida.

Apontando para a tela, ele viu Joana sorrindo para a câmera de Seu Geraldo. Sem ouvi-la, tentou fazer uma leitura labial para entender o que a jornalista estava dizendo. Cris o beliscou em seguida, para ele prestar atenção no discurso que estava por começar.

— É, sim. Agora fala baixo... Olha.

Cris percebeu uma silhueta no fundo do telão em que Joana aparecia.

— Lá atrás... É aquele homem que estava com Joana em Nova Alvorada? Aquele Gabriel?

— Não, Cris. É só um estranho. Psiu, acho que vai começar.

— Psiu, você! — disse Cris, beliscando-o novamente.

Dividido entre o fim do teste de som do palestrante, os beliscões de Cris — que faziam-no ter ainda mais vontade de beijá-la — e a leitura labial de sua nova amiga, Leafarneo viu o telão triangular se apagar. Ao lado, um repórter mais velho parou de falar, e seus olhos se arregalaram.

O espanto emergiu em alguns grupos da plateia, as pessoas se perguntando o que havia acabado de acontecer. Suspiros e gritos acompanharam os visitantes, que apontavam para os três monitores desligados. No centro dos monitores, todos viram uma nuvem amarela e laranja se formar atrás de Joana, ofuscando-a antes da câmera desligar.

Definitivamente, algo tinha acabado de explodir do lado de fora.

O orador interrompeu o teste de som. Os dois guardas de vermelho receberam instruções pelo rádio e um deles afastou o orador do palco, levando-o até uma porta lateral.

— Por favor, mantenham a calma, até...

O homem de terno nunca chegou ao seu destino.

A mensagem pedindo calma também não.

Uma segunda explosão ocorreu abaixo do palanque suspenso para o grande discurso, nocauteando toda a multidão presente no salão inferior.

procurando thabs

Dois minutos se passaram.

— Cris, levanta! Levanta, por favor!

Os apelos de Leafarneo funcionaram. Cris moveu os dedos da mão direita com dificuldade. Ao abrir os olhos, tossiu devido à poeira que havia subido após a segunda explosão.

Ela ouvia a voz de Leafarneo baixinho e notava as veias em seu pescoço pulsarem. Ele gritava, mas o zumbido em seus ouvidos era mais alto. Havia algo úmido na testa e Cris tocou o rosto, percebendo que aquilo era seu próprio sangue, escorrendo de um corte no supercílio.

— Cris!

O último grito foi mais audível que os demais. Com um empurrão, Leafarneo a fez rolar duas vezes. Ela o viu cair no chão, sendo atacado por um zumbi.

— Não é possível. Não!

Cris tentou se levantar para ajudar Leafarneo, que estava no chão e se esquivava de um homem atlético, com um buraco enorme na região abdominal. Um pedaço de seu intestino saía e voltava para o lugar a cada movimento.

Imagens dos ataques em Palmas e Nova Alvorada surgiram em sua mente. Há alguns minutos, ela estava pronta para deixar tudo para trás. Entretanto, os zumbis insistiam em cruzar seu destino de forma brutal, como se a perseguissem até a morte.

Cris tentou se apoiar nas mãos, porém seu braço tremia e ela não tinha forças para sustentar o próprio corpo. Rolou mais uma vez e apoiando-se no braço forte e usando as pernas, Cris se levantou. A ideia de ajudar Leafarneo congelou em sua mente ao perceber a destruição e mortes ao redor. Viu pessoas feridas ou mortas no chão, e crianças gritando pelos pais. O salão prateado, antes pristino, estava manchado de sangue e coberto de corpos. O palanque estava destruído. O telão central, que antes mostrava Joana, estava apagado e rachado.

— Cris, me ajuda!

Leafarneo ainda estava em perigo e seu rosto demonstrava medo. Ele tentava se livrar das mandíbulas do zumbi o quanto podia, mas seus braços já não estavam mais tão fortes.

Cris viu os intestinos expostos do homem e sangue escorrendo sobre Leafarneo.

As investidas do morto-vivo estavam cada vez mais próximas. Cris olhou em volta e pegou uma bolsa. Pensou em atirar no zumbi, mas percebeu que não surtiria efeito, então abriu-a rapidamente e derrubou seu conteúdo no chão.

Uma caneta. Era a única arma disponível.

Sem hesitar, Cris segurou o objeto firme na mão e a enfiou na nuca do zumbi que atacava Leafarneo. A caneta entrou de maneira suave no início, portanto teve que ser empurrada com mais força para perfurar o crânio e atingir o cérebro do zumbi, que parou de se mexer como se um botão de desligar tivesse sido pressionado nele.

Leafarneo se desviou do corpo desfalecido que havia caído sobre ele e se colocou de pé.

Cris tentou encontrar Thabs na multidão, mas não conseguiu. Olhou para as poucas pessoas de pé e para o chão, procurando-a pelos cabelos ruivos. Seria impossível encontrá-la, entre tantos corpos.

Leafarneo segurou a mão da jovem e os dois foram em direção às escadas. Quatro delas foram destruídas após a explosão. Cris olhou para os destroços e contou dez corpos, quase soterrados. Depois, observou a única escada que ligava o salão inferior ao superior, dando acesso aos corredores circulares.

De repente, soltou a mão de Leafarneo, ao tropeçar no que parecia ser a cabeça de alguém. Gritos de desespero, poeira, zumbido nos ouvidos e dor de cabeça a dominaram. Ficou paralisada, até o amigo reaparecer para tirá-la dali. Segurou-a com mais força, prendendo a mão dela entre seu braço e peito.

— Thabs! Thabs! — gritaram.

O nome de Thabs se perdia entre outros gritos ensurdecedores.

Chegaram à escada, que estava parada, mas pelo menos inteira. Quando Leafarneo pisou no primeiro degrau, uma mão enrugada o agarrou pelo tornozelo.

— Me ajuda, pelo amor de Deus...

A mão pertencia a alguém sem rosto visível, escondido sob a

escada rolante; a mesma escada que esmagava o corpo do homem que pedia ajuda.

Sem pensar duas vezes, Cris tocou a mão dele, soltando-a da perna de Leafarneo.

— Me desculpe.

Ela subiu em seguida com um aperto no coração. Queria ajudar o desconhecido, mas acima de tudo, queria encontrar Thabs. Lá de cima, Cris avistou o salão inferior. Vasculhou a região com os olhos enquanto gritava à procura da amiga com todas as forças, até que viu cabelos vermelhos.

— Ali, Leafarneo!

Infelizmente, a moça ruiva mostrou seu rosto pálido. Sangue escorria de seus ouvidos e se misturava com os cabelos. Cris viu a mulher tentar remover uma barra de metal que perfurava seu olho, mas seus reflexos a fizeram parar de olhar para a cena. A garota virou o rosto e se ajoelhou ali mesmo, vomitando o que tinha no estômago.

— Cris, não é ela.

— Leafarneo, o que está acontecendo?

— Eu não sei...

— Por que estamos nesse inferno de novo?

— Eu não sei! Estou começando a achar que nunca saímos dele. A ASMEC está aqui?

— Sem dúvida — respondeu ela.

Leafarneo ajudou Cris a se levantar.

— Thabs! — gritou ela novamente, com voz rouca.

Cris e Leafarneo continuaram procurando por Thabs do alto, observando o sofrimento no salão inferior. Viram um homem acariciando o rosto de uma mulher com a cabeça dela sobre o seu colo. A mulher parecia inconsciente e não dava para saber se ainda respirava. Enquanto a acariciava, o homem gritava por alguém chamado Thomas, com o olhar carregado de desespero. Do outro lado, viu uma garotinha sozinha, cuja parte de cima do seu vestido tinha se desprendido na altura dos ombros. Ela olhava para os lados e passava as mãos nos olhinhos enquanto balbuciava alguma coisa, fazendo um bico. Cris não conseguia ouvir sua voz daquela distância.

Foi quando um som metálico anunciou o início de outra tragédia. O chão tremeu e os dois sobreviventes se apoiaram um no outro, mas não foi suficiente quando a terceira explosão aconteceu.

A última escada e o piso desmoronaram. Cris, Leafarneo e mais três pessoas caíram. Cris não desmaiou dessa vez. Estava consciente durante toda a queda e sentiu o impacto.

A dor de cabeça piorou. Cris tocou o próprio rosto, esperando não encontrar algo como a barra de metal que vira na moça ruiva. Felizmente, não parecia haver nada de anormal. O corte em seu supercílio ainda parecia ter a mesma extensão. E a jovem esperava, do fundo do seu coração, que aquele fosse somente um corte superficial.

Cris procurou Leafarneo enquanto se levantava. Seu braço ficou ainda mais dolorido após a queda e ela suspeitou ter quebrado algum osso na mão ao tentar, mais uma vez, usar as duas mãos para se levantar.

Leafarneo estava ao seu lado, desacordado.

— Leafarneo!

Cris correu até ele e implorou:

— Por favor, acorde. Você não vai morrer aqui. Não pode morrer, droga!

Cris verificou seu pulso, mas não sentiu nada. Encostou-se no amigo e, ao aproximar seus lábios dos de Leafarneo, sentiu uma respiração fraca. Pelo menos, ele tinha sobrevivido ao impacto.

— Por favor, volte pra mim.

As palavras de Cris surtiram efeito: o corpo de Leafarneo tremeu como se recebesse uma descarga elétrica. Em seguida, ele respirou fundo e falou:

— Cris. Precisamos sair.

— Eu não saio sem Thabs.

— Como você não vê? Essa já é a terceira explosão nessa droga de parque: a primeira lá fora, que deve ter acertado Joana... A segunda, que destruiu tudo isso aqui e a terceira, que veio para complementar o efeito da anterior. Você acha que já acabou? Porque eu tenho a impressão que não.

Cris olhou para ele e, na hora, sua mente concordou com tudo. Três explosões até então, logo viriam mais. Alguém definitivamente queria levar aquele lugar ao chão. Contudo, seu coração deixou a preocupação em segundo plano. Ela só precisava rever Thabs.

Ela se levantou e procurou a amiga entre feridos, corpos e mortos-vivos. Desviava dos zumbis, jogando-os sobre outros corpos, tornando-os mais lentos. A maioria deles se deliciava com um banquete de cadáveres no chão.

Leafarneo tentou acompanhar Cris, que não aceitou segurar sua mão. As lágrimas molhavam seus gritos roucos, abafados pelos outros sobreviventes desesperados. O nome de Thabs era só um entre tantos: ela ouviu alguém clamar por Carlos, Denise, Patrícia... e percebeu que não ouvia mais os gritos por Thomas.

Cris se aproximou do palanque, caminhando com cautela, até que viu uma perna nua. Imaginava que encontraria Thabs pelos cabelos, mas nunca pensou que a reconheceria pela perna.

Só que era impossível esquecer aquelas veias pretas que cobriam quase toda a pele.

A perna se mexia.

Thabs estava viva.

transição completa

— Thabs! — Cris chamou, enquanto se aproximava.

A resposta não veio. E nunca viria.

Cris contornou os corpos para ver o que havia atrás do palanque e Leafarneo a alcançou pouco antes de seus olhos encontrarem uma cena que jamais esqueceria: realmente, Thabs estava ali, com as veias pretas tomando não só o seu corpo, como também o seu rosto. Ela estava debruçada sobre o homem que ia discursar, explorando suas entranhas tal qual uma criança debruçada sobre uma tigela de cereais.

— Thabs...

Dessa vez, o chamado saiu num lamento desesperado e os olhares de Cris e Thabs se cruzaram. Os olhos da segunda já não eram mais os mesmos e Cris se lembrou de como ela estava bem pela manhã. Também se recordou dela em Nova Alvorada, prestes a comer até mesmo os mortos. Thabs parecia um animal selvagem devorando sua presa, com sangue escorrendo pelo queixo.

— Cris, precisamos sair daqui — insistiu Leafarneo.

— Eu não posso, Leafarneo. É Thabs! — respondeu Cris, chorando.

— Cris, olha...

Leafarneo apontou para as cavidades nas paredes por onde mais mortos-vivos entravam, tropeçando nos corpos.

— Precisamos ir.

Cris olhou para os mortos-vivos, para Leafarneo e para Thabs.

— Thabs, por favor, pare.

Cris agarrou a ruiva pelos braços, tentando retirá-la de cima do homem de entranhas violadas, mas Thabs balançou as pernas e fez pressão com os ombros, livrando-se de Cris. Em seguida, virou-se para trás e olhou para ela. Cris chorava enquanto pedia para Thabs voltar ao normal.

Thabs virou a cabeça para um lado. Não fazia ideia do que aquela garota na sua frente queria. Virou a cabeça para o outro lado. Quem era aquela garota? Não a reconhecia mais. Só sabia que ela precisava ser eliminada.

Com um passo mais largo que o normal, avançou e segurou Cris pelos ombros. Ao firmar o pé no chão, deu um novo impulso e saltou, segurando aquela que um dia foi sua amiga. Se tivesse com as unhas grandes, teria afundado todas elas nos músculos de Cris até atingir seus ossos.

Cris caiu de costas e Thabs ficou por cima dela, prendendo-a com os joelhos para que ela não pudesse escapar, utilizando uma força descomunal que deixava a outra imóvel da cintura para baixo. Sentindo que a presa estava firme no lugar, Thabs tentou morder o rosto de Cris, que a segurou pelo pescoço.

— Thabs, para com isso. Você não é assim!

Sua mente sabia que Thabs não responderia, mas seu coração ainda acreditava que ela poderia voltar ao normal.

O que deveria ser uma tentativa de afastamento evoluiu para um sufocamento quando Cris viu os dentes de Thabs chegarem cada vez mais perto. Um hálito podre emanou da boca dela, deixando Cris enojada.

Uma pancada jogou Thabs a pelo menos três metros de distância de Cris. Leafarneo acabara de acertá-la com um extintor de incêndio, recuperado nas proximidades do palanque. Ele estendeu a mão para ajudar Cris a ficar de pé e, ao sustentá-la, uma pontada na costela o fez gemer de dor.

Thabs se levantou, de costas para Cris e Leafarneo. Ao vê-la de pé, os dois se colocaram em estado de alerta e Cris pegou uma barra de ferro no chão. Não queria ter que usá-la, mas se viu sem outros artifícios para se salvar.

Ao contrário do que esperavam, entretanto, Thabs não se virou para atacá-los.

Ela virou a cabeça para um lado.

Em seguida, para o outro.

Cris imaginou que ela fosse dar um mortal para trás e pegá-los de surpresa, mas seus olhos logo deixaram de alimentar suas simulações mentais e suas esperanças.

Thabs encarava uma morta-viva de frente. Era uma mulher de cabelos curtos e encaracolados, assim como os de Cris, que arrastava corpos enquanto caminhava.

Com um salto, Thabs avançou até a morta-viva e a atirou no chão. Encarando-a com aquele estranho gesto de cabeça, Thabs fez um rápido avanço e cuspiu um pedaço de carne embebida em sangue para o lado, após fazer uma abertura na traqueia da moça.

Em meio a grunhidos horrendos, Thabs levou a boca até a abertura que acabara de fazer e mastigou o que havia pela frente.

— Meu Deus! — exclamou Cris ao assistir a cena.

Leafarneo se aproximou dela, soltando o extintor.

— É a nossa Thabs, Leafarneo. Nossa Thabs. Ela se foi.

— Ela se foi, Cris. Aquela não é a nossa Thabs, é só um morto-vivo ambulante, só que mais estranho do que o normal. Para sairmos daqui, eu tenho o Plano A e o Plano B. O plano A seria subir pela escada, seguir até o corredor e pronto. Porta de saída e adeus.

— Mas não temos mais a maldita escada, Leafarneo. Qual o plano B?

— Bem... Está ali na frente.

Leafarneo apontou para a porta por onde vinham mortos-vivos.

— Você só pode estar brincando, né?

— É a única passagem não bloqueada que eu vejo.

— Os mortos-vivos estão vindo dali! Não sabemos o que diabos pode estar lá fora nesse momento, só esperando por nós.

— Cris, antes de pensar em lá fora, acho que seria bom pensar no problema que está ainda mais perto.

Thabs saltou outra vez.

Os olhos de Cris se arregalaram e ela ouviu o grito de Leafarneo chamando por seu nome. Pensou em se virar de costas para se livrar da investida, mas seus pés não responderam a seus comandos. Não se viraram. Então, os olhos arregalados de Cris se fecharam em um ato reflexo.

As mãos geladas de Thabs agarraram seus ombros. O cheiro do hálito podre invadiu as suas narinas e lhe causou uma instantânea ânsia de vômito. Seus pés deixaram, lentamente, o solo. Ela estava livre como um pássaro — ou melhor, como uma minhoca retirada da terra ao ser capturada por um pássaro.

— THABS! — gritou com todas as suas forças, colocando as mãos atrás da cabeça para evitar o impacto do forte empurrão.

Colocando força para baixo, Thabs atirou as costas de Cris contra o chão, quase partindo sua presa em duas partes.

A cabeça de Cris se chocou com a barra de ferro que carregava em suas mãos e seus dedos ficaram em migalhas. Ela tirou o braço de trás da cabeça e abriu os olhos por um milésimo de segundo.

Thabs já tinha feito o seu movimento.

Cris não sabia ao certo se teria a traqueia arrancada, como a vítima anterior ou se perderia o nariz e talvez parte dos lábios. Não quis esperar para saber. Fechou os olhos, retirou a mão que apoiava a cabeça e segurou a barra de ferro na posição vertical com firmeza.

Thabs não parou.

Cris escancarou a boca e gritou uma última vez.

A barra de ferro entrou por um dos olhos de Thabs, só parando quando havia mais de dez centímetros de metal perfurando o seu cérebro. O sangue de Thabs, misturado a pedaços coagulados de um composto escuro, escorreu pela barra de ferro.

Leafarneo correu até Cris, que ainda gritava quando ele a alcançou. Vendo-a histérica, após ter acabado com a pós-vida de Thabs, o rapaz a segurou pelos ombros e a libertou, ao passo que Cris rastejou para que ele pudesse soltá-la.

Thabs caiu morta de bruços. A barra de ferro pressionada pelo chão havia perfurado o seu crânio por completo, aparecendo através de seus cabelos ruivos após a queda.

Cris gritou o nome de Thabs, soluçando, até perder o fôlego. Teve sua mente invadida por imagens de sua melhor amiga viciada em jogos online do Facebook e adoradora incondicional de gatos. Aquela que lhe oferecera abrigo tantas vezes durante a faculdade e estava sempre disposta a ouvir suas lamentações sobre os garotos estúpidos que só queriam *aquilo* e nada mais. Em todas as memórias, Thabs parecia feliz e se atrevia até a sorrir, mesmo quando estava tímida. Na verdade, quando estava tímida sorria ainda mais, já que não tinha coragem para falar nada.

Cris não sabia lidar com o fato de ter perdido sua melhor amiga.

Não sabia lidar com o fato de ter *matado* a sua melhor amiga.

Perdida em desespero, balbuciou pedidos de socorro para Leafarneo, que a levantou do chão. Ela apontava para Thabs a todo instante e olhava para as suas mãos, querendo arrancá-las por terem respondido ao seu pior desejo.

Ao abraçar Cris, Leafarneo tocou em uma mancha generosa de sangue que se formou na altura das costelas da garota, que não conseguia se manter de pé sozinha. Ele apoiou o corpo da amiga em um de seus ombros e, sem falar mais uma palavra, conduziu-a até o seu Plano B.

Sabia que tinha grandes possibilidades de encontrar algum veículo da ASMEC por perto ou até mesmo um helicóptero, como em Nova Alvorada. A passos lentos e se desviando dos corpos que encontrou em seu caminho, andou até a cavidade na parede, que antes das explosões deve ter sido uma bela porta com decoração futurista. Contudo, antes de atravessá-la, teve sua caminhada da vitória interrompida por uma voz que ecoou no salão inferior, ao mesmo tempo que os telões da torre foram ativados.

Dois telões não emitiram luz, pois tinham sido danificados após as explosões, mas os outros estavam em perfeito funcionamento; até mesmo o telão central, com uma rachadura no meio que o dividia em dois.

Leafarneo teve sua atenção capturada por uma pessoa exibida no telão.

Não conseguia ainda ver o rosto do estranho, que estava coberto por um capuz, unido a uma manta que cobria também o resto do seu corpo. Ao fundo, um conjunto extenso de prédios destruídos se estendia até se perder de vista. Por trás da destruição, os primeiros raios de sol de um novo dia começavam a raiar.

Um chiado, seguido de um estalo em caixas de som que Leafarneo não podia ver o assustou. Ao contrário das notícias exibidas antes das explosões, o áudio havia sido liberado.

O estranho de capuz ainda estava parado enquanto o som de uma forte ventania soava no local.

Leafarneo continuou andando, porque Cris precisava de ajuda o mais rápido possível. Antes de atravessar a porta, seus olhos capturaram de relance o momento que a figura dos telões levou as mãos até o capuz, para removê-lo.

A imagem estava escurecida.

A retirada do capuz fez Leafarneo parar antes de atravessar a abertura na parede e perder a firmeza no queixo, para segurar a boca fechada.

Seus joelhos ficaram sem forças e ele perdeu o equilíbrio, caindo por cima de corpos estranhos junto a Cris.

Ele reconhecia a figura do telão.

Era um garoto.

Estava diferente desde a última vez que o vira.

Seu topete foi cortado por inteiro e o cabelo estava rente ao couro cabeludo.

Era George.

o soneto do apocalipse

As teclas compassadas de um piano ecoaram, acompanhadas por um suave toque de violino.

O garoto do telão parecia estar olhando para a câmera, como se estivesse conversando com alguém, mas não saiu um mero discurso de sua boca. Suas palavras saíram em harmonia com o piano, com o violino e até mesmo com a ventania, que passou a soar baixinho:

A humanidade irá sofrer
Dias sombrios ainda virão
Noites repletas de destruição
Desafios que podemos vencer

Precisamos pagar por corromper
Por transformar a vida em ilusão
Por tornar podre cada coração
Por ceifarmos a alma de um ser

Embebida por hostilidade
A humanidade irá cair
Recuperando a sanidade

A humanidade irá surgir
Para mudar a realidade
E com dignidade, reconstruir

Leafarneo percebeu a gravação do telão ser reiniciada quando se deparou com o garoto de capuz novamente.

Não soube o que pensar de imediato. Nenhum dos outros sobreviventes das explosões olhava para o telão.

Ele se parece com George, mas George está morto. Não é ele. George está morto? Deveria... Não, não deveria. Está aqui, na minha frente. Está falando comigo, mas está falando em nome da ASMEC. Não.

Parece com ele, mas não é. Não é George. George está morto. George está mesmo morto? Eu não posso acreditar. Eu não posso acreditar...

Leafarneo olhou para o telão até ver o garoto retirar o capuz mais uma vez.

Procurou por qualquer resquício de diferença na gravação, para sanar a própria dúvida.

George está vivo?

Ele olhou para Cris, que tinha feições de quem precisava de socorro imediato. Ela não estava mais consciente e Leafarneo nem sabia se a amiga tinha ouvido aquelas palavras, porque tinha dúvidas se elas não eram só uma alucinação da sua mente conturbada pelos últimos eventos. Podia ter ficado mais tempo para tirar a prova, mas tinha problemas mais urgentes para se preocupar.

Leafarneo pegou Cris no colo e atravessou a porta, deixando a imagem do garoto para trás.

A luz do sol ofuscou os seus olhos. Quando os abriu, se deparou com uma cena que o alegrou dos pés à cabeça: oficiais do exército, atirando em mortos-vivos que vinham de um estacionamento repleto de caminhões de carga infestados pela ameaça.

E não foi só o poderio militar que fez seus olhos brilharem de alegria.

— Que bela coincidência — disse Eriberto, fazendo Leafarneo estampar um sorriso no rosto. — Onde estão os outros?

— Não há outros. Somos só nós dois. Não deixe ela morrer, eu te imploro.

Eriberto engoliu em seco e pegou Cris em seus braços.

Ela já não conseguia mais lutar. Sua respiração estava pesada e irregular, cada vez menos frequente.

Cris estava morrendo.

Eriberto correu com ela nos braços, acompanhado por Leafarneo, que não a deixaria sozinha um minuto sequer. Eles passaram por pessoas no chão sendo assistidas por enfermeiros do exército, outras clamando por socorro.

O lindo parque parecia ter se transformado em um campo de guerra, tomado pelo caos.

Eriberto abriu as portas de uma ambulância, estacionada próxima à única fonte que ainda permaneceu intacta após as explosões. Uma moça de longos cabelos loiros estava sentada perto da fonte, com a cabeça boiando sobre a água. Finos fios vermelhos deixavam as suas narinas e se misturavam à água ainda em movimento, formando desenhos abstratos.

Leafarneo ajudou Eriberto a colocar Cris em uma maca dentro da ambulância.

Ela ainda respirava, mesmo que lentamente.

Eriberto rasgou parte do vestido de Cris para averiguar como estava sua situação. Uma perfuração na altura do pulmão direito era a responsável pela vazão de sangue.

Eriberto se virou para pegar esparadrapo, algodão e uma gaze. Inicialmente, limpou o ferimento e colocou a gaze sobre ele para tentar estancar o sangramento.

— Preciso da sua ajuda! Pressione aqui com força. Esse sangramento precisa parar.

Leafarneo seguiu as instruções dadas e colocou a mão sobre a gaze que estancou o sangramento. Sentiu os pulmões de Cris se inflarem cada vez menos durante a respiração.

Até que deixou de sentir.

— Eriberto, ela não está mais respirando!

As vistas de Leafarneo se escureceram ao ouvir as próprias palavras. Estava perdendo Cris.

Eriberto soltou de imediato a tesoura e o esparadrapo que tinha em mãos.

— Não, não, não. Você não, Cris... Cheque a pulsação, Leafarneo.

As palavras de Eriberto pareceram mais lentas do que o normal. Leafarneo olhava para ele, tentando entender o que ele dizia, mas os movimentos de lábios não pareciam fazer qualquer sentido. O oxigênio do ar parecia insuficiente para respirar.

Estava se perdendo.

Estava perdendo Cris.

— Leafarneo, volte! Eu preciso de você!

Mais palavras que pareciam jogadas ao vento. Ele tentava capturá-las, mas não conseguia.

Eriberto não teve outra escolha. Levou a mão até o rosto de Leafarneo, aplicando-lhe um tapa caprichado, de mão cheia.

— Leafarneo!

O impacto fez seus olhos piscarem enquanto sua bochecha assumia uma coloração avermelhada.

Finalmente, ele estava de volta.

— Cheque o pulso, Leafarneo!

Com os dois dedos sobre o pulso de Cris, Leafarneo esperou. Concentrou-se ao máximo até sentir uma leve pulsação no braço da amiga.

— Ela tem pulso, Eriberto!

— Ótimo.

Eriberto se posicionou sobre Cris e a prendeu com as pernas. Leafarneo se afastou e imaginou Thabs sobre ela naquele momento, com uma barra de ferro enfiada no olho, pronta para sua vingança. Mais alucinações. Tentou lembrar se tinha batido a cabeça em algum momento, mas nada lhe veio à memória.

Eriberto entrelaçou as mãos e colocou sobre o tórax de Cris. Tinha medo de quebrar suas costelas de vez, mas precisava fazer o ar entrar em seus pulmões. Por sorte, não precisou chegar na décima compressão.

Cris abriu os olhos, sugando uma grande quantidade de ar e deparou-se com Eriberto sobre suas pernas ao acordar.

— Bem-vinda de volta, Cris — ele disse, sorrindo.

Cris sorriu de volta.

Eriberto saiu de cima dela e voltou a cortar o esparadrapo para finalizar o curativo e deixou instruções expressas para Leafarneo pressionar a gaze até o sangramento ser estancado; que as seguiu sem pestanejar.

Contemplou o brilho nos olhos de Cris mais uma vez. Não podia perdê-la. Não ela.

— Eriberto, você pode nos dar um momento? — pediu Leafarneo.

— Claro — concordou, desconcertado. — Estarei aqui fora, se precisarem de mim.

Eriberto desceu da ambulância, mantendo-se próximo por precaução. Seus olhos observaram o caos que tomava a avenida, com pessoas em pânico e mortos-vivos avançando. Soldados do exército haviam controlado parte da ameaça, mas os zumbis estavam recuperando terreno e fazendo as forças militares recuarem.

— Que Deus nos ajude — balbuciou, baixinho.

Dentro da ambulância, Cris segurou a mão de Leafarneo com força.

— Cris, você ouviu George? Você ouviu?

— Ouvi o quê? Leafarneo, o que tá acontecendo?

Cris tentou se levantar, mas as dores nas costelas não a permitiram.

— Como assim "ouviu George", Leafarneo?

— Nada, não foi nada. Eu preciso que você descanse.

George foi exterminado junto com toda a população da cidade de Palmas. Pode ser duro acreditar nisso, mas eu preciso seguir em frente. Foi só uma alucinação. Só uma alucinação. Não era o nosso George.

Tentando afastar as armadilhas que sua mente insistia em lhe pregar, Leafarneo sorriu para Cris, contemplando cada centímetro do seu rosto. Ela sorriu de volta, envergonhada. E foi aquele sorriso que Cris observou, antes de fechar os olhos e cair em um sono profundo.

O sangramento estava sob controle.

Em alguns dias, ela conseguiria repor tudo o que perdeu.

Exceto Thabs.

Leafarneo sabia que, quando Cris acordasse, as crises de choro seriam incontáveis. E choraria com ela, mas acima de tudo, estaria ao seu lado para oferecer seus pêsames e sua coragem, para que ela jamais desistisse.

Isso, contudo, seria depois. Naquele momento, ele ficou feliz por vê-la sorrindo mais uma vez.

Ao ter certeza de que Cris estava apenas dormindo, Leafarneo saiu da ambulância para deixá-la descansar. Encontrou Eriberto encostado no veículo, encarando o caos com o olhar triste.

Leafarneo foi recebido fora da ambulância por um turbilhão de gritos que ecoavam de todas as direções. Pessoas corriam rumo à avenida enquanto um engavetamento de veículos motivava uma infinidade de buzinas a serem pressionadas a cada segundo. Alguns poucos oficiais do exército, que foram encaminhados ao parque após as explosões, ainda resistiam; só que mesmo armados, estavam em menor número. Bem menor.

— Você parece surpreso — observou Leafarneo.

— Você, não?

— Um pouco. Só que tô aliviado pela presença de vocês. Pelo menos, nós temos o apoio do exército para conter esses mortos-vivos de uma vez por todas. Não foi como em Palmas, que eles nos impediram de sair da cidade e ainda atiraram em Charles.

— Conter? Você não sabe ainda, não é?

— Não sabe o quê?

— Isso aqui é só uma amostra do que está acontecendo nesse momento em todas as capitais do país.

— Como é?

— Isso mesmo. Quando nós fomos chamados pra cá, a situação já tinha saído do controle em pelo menos cinco capitais. Ainda assim, estamos aqui tentando virar o jogo.

O sangue de Leafarneo pareceu ter congelado por um breve momento dentro de seu corpo. Seu rosto ficou pálido como se tivesse acabado de ver um fantasma. Sua cabeça se movimentou em estalos curtos e inquietantes.

Ele abriu as portas da ambulância e se sentou. Eriberto se acomodou ao seu lado.

— Você tem para onde ir, garoto?

Leafarneo meneou a cabeça. Eriberto entendeu aquilo como um "não".

— Eu vou ajudar vocês. Topam vir comigo? Você e a garota?

— Para onde vamos?

— Não sei. Eu ainda quero ter um pouco de fé que essa situação toda vai se reverter, mas até lá, precisamos procurar por um lugar seguro. Você tem alguma ideia?

— Eu? — indagou.

Ainda estava em estado de choque.

— Claro. Você que é o *expert* em apocalipses.

Leafarneo fechou os olhos e respirou fundo, a cor do seu rosto voltando ao normal.

— Local seguro não, mas eu sei de algo que eu gostaria muito de fazer. Eu vou me vingar por cada um dos amigos que a ASMEC tirou de mim. Eles vão pagar por todas as mortes que foram responsáveis. Todas.

Eriberto se calou diante do anúncio da vingança e voltou a encarar a destruição à sua volta.

Sentado na ambulância, ao lado de Leafarneo, ele presenciou o momento em que o som dos tiros cessou e o último oficial do exército, que insistia em conter a ameaça fugia pela avenida para tentar preservar sua própria vida.

O som da guerra foi vencido pelo som dos gritos de desespero.

Os zumbis já haviam tomado conta do parque.

Em poucas horas, aquela infinidade de corpos se levantaria em uma horda de mortos-vivos implacáveis.

O caos que Leafarneo encarava com os olhos não parecia nada perto do que se passava em sua mente.

O menino do capuz.

O som do violino.

Os prédios destruídos.

O soneto do apocalipse, anunciando o fim desesperador de uma Era e o início da Nova Ordem.

Seria aquilo uma alucinação?

epílogo

Em um futuro não muito distante...

— Nossa, dessa vez você se superou, Cris. Eu nunca tinha visto você falar para a câmera com tanta convicção.

— Acho que essa vai ser a nossa última mensagem, não é?

Leafarneo olhou no seu relógio de pulso.

— Isso. Precisamos sair agora ou perderemos a nossa carona para a Argentina.

Ele fez uma pausa, em seguida, continuou:

— Quem diria... Primeira viagem para o exterior.

— Primeira viagem para o exterior. Grande bosta. Se fosse em outras circunstâncias... — respondeu ela, de forma ríspida.

— Me desculpe... Eu só queria tentar, sei lá, fazer uma gracinha.

— Eu que devo desculpas. Eu não devia estar sendo tão dura com você depois de tudo.

Ele se aproximou e a abraçou.

— Chega de autoflagelação. Temos coisas mais importantes para fazer, como terminar de empacotar tudo para levar, por exemplo — orientou, com um sorriso no rosto.

— Você não existe, sabia?

Cris apertou as bochechas de Leafarneo e se afastou com uma grande mochila nas costas.

Leafarneo esperou ela desaparecer pelas escadas e se virou para trás.

— Você acha que isso vai dar certo? — perguntou.

Devia estar sozinho no topo daquele prédio, mas seus olhos viam mais alguém.

George estava com ele.

— Claro que sim — disse baixinho, com ar confiante.

— Obrigado pela força.

Com um sorriso no rosto, Leafarneo terminou de arrumar suas coisas e desceu para encontrar Cris, que o esperava no fim da escada.

fim?

Aponte a câmera do celular para o QR Code abaixo
e conheça mais livros visitando o nosso site.